Camille Laurens

Index

Gallimard

Camille Laurens est née en 1957 à Dijon. Agrégée de lettres, elle a enseigné en Normandie, puis au Maroc où elle a passé douze ans. Aujourd'hui, elle vit dans le sud de la France.

Elle a reçu le prix Femina 2000 pour son roman *Dans ces bras-là*.

*L'histoire est un livre infini que
nous écrivons et lisons et tâchons de
comprendre, et dans lequel, aussi, on
nous écrit nous-mêmes.*

CARLYLE

- A -

A, noir corset velu des mouches éclatantes
Qui bombinent autour des puanteurs cruelles,
Golfes d'ombre.

ARTHUR RIMBAUD

ABRI

Il allait changer sa vie, mais elle ne le savait pas. Elle l'avait acheté à la Maison de la Presse en face de la gare, où — ce n'était pourtant pas le bout du monde — les journaux n'étaient plus livrés depuis deux jours. La marchande un instant désemparée s'était souvenue d'un stock d'invendus des années passées, et comme ils avaient en leur temps reçu un prix ou quelque récompense, les sortir de la cave et de l'oubli lui avait paru de l'intérêt général.

Cela s'appelait *Index*, titre peu vendeur, comme la marchande avait pu le constater, et dont elle avait tiré la leçon qu'à Beuzeville seul le Goncourt répondrait désormais à la boulimie littéraire des voyageurs. Fini le temps du mécénat où elle acceptait un plein carton de la Plume d'or de Basse-Normandie ou des piles du prix des Marins Pêcheurs ! Cela dit, elle ne se plaignait pas : elle venait, son chiffon à poussière encore à la main, de vendre à une jeune femme élégante un exemplaire d'*Index* que le temps n'avait pas abîmé sous son emballage de plastique.

Il avait fallu plusieurs circonstances concomitantes pour que Claire Desprez, aveuglée par les mains du Destin, achète ce livre démodé. D'abord les journaux parisiens n'étaient pas arrivés, et le cartable qu'elle portait ne renfermait, en dépit de ses allures universitaires, que sa brosse à dents. Ensuite elle ne fumait pas, ou plus. Enfin elle voyageait seule et n'avait pas sommeil. Ainsi la question de la *contenance*, toujours aiguë chez Claire Desprez, s'était-elle posée devant les présentoirs vides de la marchande de journaux : que faire dans un train pendant deux heures quand la nuit tombe sur le paysage noir, sans fumer, sans dormir, sans lire, sans personne à qui parler ? Il ne s'agissait pas de meubler un ennui — Claire ne s'ennuyait jamais en voyage — mais de paraître occupée, aux yeux d'autrui, par une activité décente (et elle se disait que dormir ne l'était guère, en public, surtout dans cette position assise où la bouche s'ouvre naturellement), une activité qui vous mette à la fois en règle avec la société et à l'abri de ses regards (et ce n'était pas le cas du sommeil, évidemment, pendant lequel les autres vous observent et vous jugent). *Index* s'apprêtait donc à remplir pour elle, dans le train, le rôle que jouent le bavardage dans les premières rencontres ou la cigarette dans les dîners en ville.

Elle était assise dans le bâtiment préfabriqué qui servait de refuge, malgré ses vitres cassées, contre le vent du quai B. De l'autre côté de la voie, la gare était presque entièrement dans l'ombre, à l'exception d'un énorme distributeur de bonbons flambant neuf dont les enfants tiraient à tout hasard les poignées. Elle songeait au temps perdu dans l'attente des correspondances ; elle aimait bien la première partie du voyage, pendant laquelle les vaches du bocage et les passagers du tortillard d'Étretat se donnaient les uns aux autres un spectacle pacifique. Mais il y avait vingt minutes d'attente à Beuzeville dans les courants d'air, désœuvrée, à guetter à l'horizon, malgré la pendule au premier plan, la silhouette d'un train de marchandises qui ne ralentissait même jamais. Sur le quai, son cartable et son livre posés à côté sur le banc, du moins pouvait-on rester sans rien faire. Qu'on soit assis, les yeux fixés, par un trou du carreau, sur le point où les rails se rejoignent, ou debout à faire les cent pas, mime d'un balancier d'horloge, on ne prête pas le flanc à la critique : attendre est, dans les gares, une occupation ordinaire et plutôt bien considérée.

Quelques minutes avant l'heure, la petite gare de Beuzeville devenait d'ailleurs exactement une *station*. Un signal sonnait longuement dans un bureau sans lumière d'où émergeait, comme un coucou de pendule suisse, le chef de gare. Les voyageurs qui avaient empiété sur la ligne rouge peinte le long du quai — Attention Danger : Ne pas dépasser avant l'arrêt complet du train — reculaient d'un pas et s'immobilisaient, le cou tendu vers la plaine où manquait un panache de fumée ; on prenait la pose pour un peintre naïf. Des barrières blanches entouraient les maisons de construction récente. Les panneaux indiquant Beuzeville, les rideaux fleuris du logement de fonction et une dame flanquée de deux valises apportaient la symétrie nécessaire. Un drapeau bleu, blanc, rouge flottait sur la façade. On n'attendait plus, on espérait.

Claire avait identifié malgré elle, moins absorbés que les autres dans cette impatience commune, quelques habitués du train de Paris. Ils lui auraient volontiers souri au premier signe de reconnaissance, mais elle détournait les yeux dès qu'elle sentait venir, après un regard un peu long, l'ébauche d'un salut : n'en savaient-ils pas déjà trop, et ne portaient-ils pas atteinte à sa vie privée en s'immisçant à heures fixes dans son emploi du temps, tel ce tout jeune séminariste qu'elle avait un jour renseigné poliment et qui depuis, l'ayant accueillie à son insu dans la grande famille des voyageurs en souffrance, l'appelait Ma sœur. Elle aurait voulu qu'on ne sût rien d'elle, pas même qu'elle était assise là les lundis et les jeudis depuis un mois, presque toujours à la même place. À son avis, en tout cas, cela ne conférait à ceux qui l'avaient remarqué aucun droit à la moindre complicité, car si elle admettait qu'attendre ensemble le Messie, la mort, la fin du monde pouvait à la rigueur rapprocher les humains, il n'en était pas de même du rapide de 18 h 10.

Sous le réverbère du parking où brillaient les capots des voitures alignées, une paire de phares s'est déplacée encore au ralenti puis s'est éteinte. Des pas ont martelé le sol dans les profondeurs de la terre. Un homme est sorti du passage souterrain ; il s'est arrêté et, boxeur en lutte contre les éléments, les poings serrés à hauteur du visage, le regard dévié par un léger strabisme, la bouche crispée, il a allumé une cigarette. Le vent courbait très bas les arbres, la flamme vacillait. L'homme était grand, large d'épaules. Un chapeau cachait son front et, à cette distance, son âge. Il a parcouru du doigt l'indicateur des chemins de fer affiché sous verre à la sortie du tunnel. À la fin il s'est retourné lentement vers le carreau cassé où se découpait le visage de Claire, sans paraître s'apercevoir que le train arrivant du Havre était en vue dans la direction opposée.

Il faisait presque nuit. Les champs s'étendaient alentour jusqu'à l'horizon, hérissés seulement ici et là d'un pont de pierre ou d'un peuplier, comme si Beuzeville — ses quatre ou cinq maisons basses en arc de cercle autour de la gare, ses nains de jardin, sa cabine téléphonique — n'existait que par la volonté d'un enfant installé sur le tapis de sa chambre et qui remballerait tout sitôt le train passé. Il régnait peut-être sur le monde une sorte de Grand Aiguilleur plein d'expérience à qui revenait le soin de réunir telle ou telle personne en un lieu donné, à un moment donné (c'était précisément la question qu'aurait souhaité débattre le séminariste avec ses frères et sœurs du quai B), mais à Beuzeville, Claire devait s'en rendre compte, il n'y avait qu'un Petit Horloger.

AIGUILLAGE (Erreur d')

L'homme au chapeau pivota sur lui-même et, de ce mouvement de l'index qui lui avait valu le surnom de Finger, releva légèrement le bord de son taupé, montrant à la pauvre lumière d'un réverbère le plus beau visage qui soit au monde. Puis, la mâchoire dure, il examina sans un geste les contours obscurs du bâtiment ; le taxi l'avait bel et bien trompé : ce n'était pas la gare routière de San Francisco.

C'était l'une des premières pages du livre, que Claire Desprez n'avait pas encore ouvert. Elle s'était levée à l'annonce du train, s'était placée juste à l'endroit où elle savait pouvoir monter dans un wagon de seconde et lisait distraitement la quatrième de couverture plastifiée qui recensait les principaux éloges des critiques : « Un suspense à vous couper le souffle ! » « Une fois embarqué, vous ne quitterez plus les rails de cette histoire noire. » « *Index* : au bout de l'enquête, un scandale à ne pas mettre entre toutes les mains. »

Claire s'est mordu la joue gauche, désappointée : elle n'aimait pas les romans policiers. Quand elle en lisait un, il lui semblait souvent que c'était la suite d'un premier volume autrement plus intéressant mais hélas introuvable en librairie. Elle n'entrait guère, fût-ce le temps d'un voyage, dans cet univers où les héros sont fatigués comme s'ils avaient été brisés par quelque chose qui n'est jamais raconté ; personne ne paraît savoir ce qu'ils ont fait avant le début de l'enquête : si quelque douleur les a laissés pour toujours à même d'être quittés sans broncher par une femme, le lecteur ne la mesure en eux qu'à un pli de la bouche, parce que cette douleur a été renfermée et scellée de telle sorte dans leur cœur qu'elle a échappé même au chroniqueur, comme le poing d'un mort crispé sur l'explication du crime mais qu'on n'arrive plus à desserrer.

Or Claire, quoique obsédée par la discrétion dans la vraie vie, ou peut-être justement à cause de cela, estimait que la fiction devait tout dire : c'était un peu facile de s'en tirer avec deux ou trois jeux de physionomie — est-ce que tout un passé tenait dans un claquement des doigts, est-ce qu'on s'affranchissait d'une histoire en commandant un whisky ? —, cela n'avait pas de sens. Claire était architecte et avait, dans son métier, le souci du détail ; pour elle un livre devait être un plan précis que l'on déplie ; de même qu'elle inscrivait soigneusement l'échelle et toutes les mesures sur ses croquis, de même un écrivain devait donner la profondeur des âmes. Sur la surface du plan s'élaboraient les trois axes de l'espace, hauteur, longueur, largeur; dans les pages du roman, passé, présent, avenir, les trois dimensions du temps.

Claire a évalué rapidement la tranche du livre à travers l'enveloppe transparente : deux cents pages tout au plus, serrées les unes contre les autres. Le polar avait toujours été un genre bref, tracé moins au crayon qu'à la gomme. À cet égard, *Index* était un excellent titre, la réponse préalable d'un auteur ironique à toute interrogation : non, vous ne saurez rien, ou presque rien, gardons un doigt devant les lèvres, chut! Cet escamotage énervait Claire Desprez, et elle jugeait aussi sévèrement les romans policiers qu'un projet de logement où manquerait la hauteur sous plafond. Certes, on y apprenait comment telle enquête minutieusement menée avait réussi, mais on ignorerait toujours pourquoi la vie avait raté. Si l'on pouvait d'ailleurs appeler vie, se disait-elle en glissant dans son cartable l'inutile achat dont l'auteur du moins portait un nom à consonance française, si l'on pouvait appeler vie cette parodie d'existence où se complaisait le polar américain, d'où Claire avait personnellement toujours émergé avec la conviction philosophique que «la vie» n'était qu'une suite de douches et de bourbons secs et que le destin d'un privé consistait essentiellement et alternativement à être propre comme un sou neuf et saoul comme un cochon.

Elle avait en outre une préférence ancienne pour les aventures chevaleresques dans lesquelles le héros, non content de se tirer des épreuves imposées par sa dame, de porter ses couleurs au tournoi, de pourfendre l'ennemi, d'abattre des châteaux et des têtes, de sillonner le monde, de quêter l'impossible Graal, sait aussi danser le branle au bal du roi dans des souliers à la poulaine. Elle adhérait dans ces récits à des mots qui lui semblaient usés partout ailleurs et qui trouvaient là un pouvoir unique d'excitation sensuelle : épaules, homme, beauté, visage. Ce qui dans un roman policier n'aurait témoigné que d'une grande pauvreté de vocabulaire devenait l'occasion de rêver à la force des hommes et à l'innocence des femmes. C'était comme ces statues antiques dont on contemple avec émotion les fragments parce qu'à regarder ici un torse, là un pied, un profil, un avant-bras, on s'imagine que personne n'a su depuis avec autant de perfection ce qu'est un corps. Claire attribuait au talent des artistes la pureté des formes et des mots, alors que c'était elle qui projetait sur eux sa nostalgie des commencements, son regret d'une époque antérieure à l'indifférence et à l'usage : elle aimait les choses vierges, la saveur des mots à leurs débuts, sans comprendre qu'il ne tenait pas au génie de Chrétien de Troyes qu'Arthur eût été le nom d'un beau roi plein d'amour quand il n'était plus, huit siècles après, que celui d'un cocu ou de l'écorché des carabins.

Bref, Claire Desprez avait des chances réduites d'apprécier *Index,* tandis qu'elle avait, quelques semaines auparavant, sur le même trajet, dévoré l'anthologie de textes médiévaux toute dépenaillée qu'un étudiant avait oubliée entre deux sièges en descendant à Rouen.

Il y avait encore une autre raison pour laquelle Claire supportait mal la lecture des romans policiers ; mais cette raison n'était pas, pour l'heure, disponible dans sa conscience.

Le train se profilait à l'horizon. Il était encore trop loin pour qu'on entende son vacarme et, les conversations s'étant tues, on était englouti dans un silence bizarre, tout imprégné du saisissement que l'on éprouvait à voir ce cortège de ferraille lumineuse onduler sans bruit ; dans ces moments-là Claire se sentait régulièrement la victime impuissante de quelque jeu fantaisiste : dans cet espace du monde où elle était forcée d'attendre, limité par le ciel, une portion de voie ferrée et deux pylônes de la SNCF, l'Aiguilleur avait, pendant quelques secondes, coupé le son, et il observait ses marionnettes ; comme une disposition particulière du terrain déportait les rails très à l'ouest, les feux du train disparaissaient tout d'un coup, ils sortaient du couloir où le convoi semblait lancé, et on avait l'impression que le train s'éloignait au lieu d'arriver. Les novices le regardaient alors comme on regarde partir un bateau sur lequel on aurait dû être, avec un serrement de cœur vite tempéré toutefois par la confiance qu'ils avaient dans le sérieux des transports publics. Les deux paysans qui montaient à Rouen négocier l'achat d'un tracteur devaient connaître ce jour-là en un éclair fugitif ce que ressent le marin levé trop tard après une beuverie et qui manque l'appareillage. Peut-être aussi tout à l'heure retrouveraient-ils sans le savoir le malaise du jeune mousse fraîchement embarqué lorsqu'ils tangueraient jusqu'aux toilettes, d'une rangée de fauteuils à l'autre, dans l'allée du compartiment : cette angoisse et ce flottement du pied seraient leur seule expérience de la mer pourtant si proche. Dans le pays de Caux, les cultivateurs ont tous un parent engagé sur un navire ou vivant de la pêche ; la Manche est là qui sale leurs champs, et cependant ils en ignorent tout. Une catastrophe parfois leur en rappelle les dangers — un cousin qui n'est pas rentré du Groenland, une barque prise dans la tempête à Fécamp —, mais quand le train brillant comme une coque glisse le long du quai au ralenti, ils courent après une portière avec la précipitation des sédentaires, se promettant d'être de retour le lendemain dans leur monde stable et familier, entre le phare d'un silo à grains et la seule houle des blés. Aussi la mer en Normandie n'avait-elle jamais paru à Claire une véritable ouverture : à

24

Beuzeville, le vent avait beau vous fendre la peau comme au large des côtes, c'était l'intérieur des terres, un lieu clos d'où Paris faisait figure de capitale exotique. Autant Claire serait volontiers restée sur la plage d'Étretat, où elle respirait, autant elle soupirait de soulagement quand le rapide du soir, la *Frégate,* l'emportait de Beuzeville pour un voyage qui ne durait que deux heures mais pendant lequel passaient quelquefois dans sa tête des chansons de marins, Hissez haut, matelots, nous irons à San Francisco !

La portière d'un wagon non-fumeurs s'est immobilisée devant elle. Bien qu'au passage chacun ait constaté que le train était aux trois quarts vide, on se pressait autour d'elle en pestant contre l'unique voyageur qui descendait, une vieille femme munie d'une canne dont elle se servait moins pour se soutenir sur le marchepied que pour repousser les assiégeants. Seul l'homme au chapeau, en retrait, terminait sa cigarette : Claire l'a remarqué en se retournant pour écarter le bout d'un parapluie qui lui vrillait les vertèbres — mais enfin, une seconde, il ne partira pas sans vous ! —, il était grand, il devait avoir à peu près son âge, un peu plus peut-être, elle ne voyait dans la pénombre que son menton et des rides au coin de l'œil, il tenait sa cigarette entre le pouce et l'index, très près de la bouche.

Claire s'est installée dans le sens de la marche, côté fenêtre. La nuit était tombée tout à fait. On était en février. Le vent jetait quelques gouttes sur la vitre. Les gens s'étaient dispersés dans le wagon. Un garçon d'une dizaine d'années avait escaladé un fauteuil et rampait le long des porte-bagages. « Descends de là tout de suite, a crié sa mère, descends de là ou je vais le dire à ton père, je te préviens, tu vas te faire appeler Arthur. » Le train s'est ébranlé au coup de sifflet. Claire Des-prez regardait se consumer sur le quai un mégot incandescent. Elle venait d'avoir trente-sept ans et gardait vivaces quelques espoirs que divers épi-sodes de sa vie auraient dû normalement lui faire perdre depuis longtemps.

Bien qu'elle luttât souvent contre, une grande rêverie s'emparait d'elle dès que la locomotive prenait de la vitesse. Le train du soir, avec ses fenêtres éclairées sur la bande sombre des wagons, se déroulait comme une longue pellicule : en s'ac-célérant, le mouvement des roues en dévidait la bobine tressautante et Claire, à la fois actrice et spectatrice, saisissant son visage sur l'écran de la vitre quand le train s'engouffrait sous un tunnel, puis le perdant parmi les reflets, assistait au ciné-roman de sa vie. Elle en choisissait d'ailleurs elle-même les principales séquences, évitait les unes, élisait les autres ; elle faisait, pour ainsi dire, tourner un bout d'essai aux événements déjà vécus : s'ils supportaient l'épreuve du cinéma-scope, ils étaient classés, selon leur prestation, bons moments, moments intéressants, moments riches d'avenir ; il fallait bien qu'ils eussent une qualité intrinsèque pour venir ainsi recomposer, au milieu d'ombres par milliers, le film tremblant des jours passés. Quand il lui plaisait, elle en projetait d'éternelles reprises au rythme des roues sur les rails ; mais il lui semblait aussi que des scénarios d'amour étaient écrits là-haut, qui n'avaient pas encore été joués en bas.

Si Claire aimait avoir entre les mains un livre, ou un dossier à étudier, dans les trains, c'était donc par ce mouvement de pudeur qu'on éprouve, dans une salle obscure, lorsque les lumières d'un coup s'allument et que notre voisin, qui a déjà fait claquer son fauteuil, nous surprend bouche ouverte, yeux agrandis, pleins de larmes. C'est pourquoi elle se hâtait d'entrer dans le compartiment et se blotissait tout contre la vitre, comme ces cinéphiles qui s'installent toujours au premier rang pour pouvoir rêver sans qu'on les voie rêver.

AMOUR

Il allait changer sa vie, mais elle ne le savait pas. Elle l'avait rencontré à la seconde réunion du conseil municipal d'Étretat où — ce n'était pourtant pas un cocktail mondain — il portait un nœud papillon blanc. Le maire lui-même, décontenancé, avait quitté la salle un moment afin de troquer ses bottes crottées contre les souliers qu'il réservait pour la messe.

Il s'appelait Francis Cosse, nom qui était l'objet, comme elle devait bientôt l'apprendre, de multiples métamorphoses. Il revenait d'un stage d'un an à New York où, lui avait-il expliqué, ses journées se divisaient en trois au fil des heures. Le matin, il courait dans Central Park, pédalait et canotait : c'était Cosse-tôt. Le soir il sortait dans le monde, fréquentait les milieux de la mode et des Beaux-Arts : c'était Cosse-tard. — Et dans l'entre-deux, avait demandé Claire poliment, stupéfaite que le ministre de la Culture ait nommé conservateur du nouveau musée Maupassant cet émule de l'almanach Vermot, et dans l'entre-deux, vous travailliez ? — Oh ! dans l'entre-deux guère. J'assistais à des colloques, je rencontrais des collègues américains. Il avait haussé les épaules et penché la tête d'un air navré : « C'était Cosse-toujours ! »

Ils avaient visité ensemble la dernière maison de Maupassant à Étretat, la *Villa Mauresque,* dont la restauration venait d'être confiée à Claire dans le dessein d'y ouvrir un musée voué à l'écrivain normand. Le ministère et la Société des amis de Maupassant avaient sélectionné son projet, elle avait eu de la chance, à moins qu'ils n'aient pensé, au vu de son curriculum, qu'avoir soutenu une thèse sur les ksar du Sud marocain pouvait être d'une utilité quelconque pour la rénovation d'une construction normande baptisée mauresque. Tandis que le maire les y conduisait, traçant avec sa 2 CV, parmi la foule des badauds, un sillon digne d'une moissonneuse-batteuse, Francis Cosse évoquait Manhattan. Claire fouillait dans son cartable à la recherche d'une pomme qu'elle croyait avoir emportée pour son goûter et qui était restée à Paris sur la table de la cuisine. N'était-elle jamais allée à New York ? C'était bizarre, pour une architecte. À la sortie du village, un petit crachin avait parsemé les vitres de minuscules gouttes. Les piétons gagnaient un abri, tête renfoncée dans leur col. À

New York, quand il pleuvait on levait la tête ; c'était une ville que la pluie embellissait, tout brillait, le verre, l'acier. Il était tombé amoureux de New York. Il souriait d'un air si niais, à demi tourné vers elle assise sur la banquette arrière, qu'elle s'était dit que, plus probablement, il était tombé amoureux *à* New York et que la silhouette de quelque mannequin américain se profilait derrière les charmes minéraux de l'Empire State Building qu'elle n'avait vu qu'en photographie.

La *Villa Mauresque* dépendait de la commune d'Étretat mais était située en dehors de l'agglomération ; le maire était donc formel : une voiture serait indispensable à Monsieur le Conservateur qui allait loger sur place. Aux premières vaches noyées dans le paysage. Monsieur le Conservateur avait en silence appuyé son front contre la vitre, et Claire n'avait pu décider si son expression était celle d'un enfant découvrant un jouet inconnu à la vitrine d'un magasin ou celle d'un forçat qui vient d'apercevoir à travers les barreaux du fourgon la figure mélancolique de ses compagnons d'infortune. Il n'avait livré le fruit de sa méditation que devant la barrière du jardin qu'il avait poussée d'un geste brave en concluant que « ça allait le changer », ce à quoi Claire avait répondu, malgré son incompétence puisque, *bizarrement,* elle n'était jamais allée à New York, que oui, sûrement.

Au-dessus de la porte, une pancarte annonçait :

MINISTÈRE DE LA CULTURE
Commune d'Étretat
Rénovation de la Villa Mauresque
Musée Guy de Maupassant

Francis Cosse avait tapoté du doigt le V majuscule : «Figurez-vous que sur l'avant-projet, ils disent : sa dernière demeure ! Plutôt maladroit comme formule, non ? J'ai cru qu'on allait m'installer une guérite au cimetière du Montparnasse. Le pauvre Guy... » — Oui, oui, avait répondu Claire sans raison, les yeux baissés, en entrant dans le vestibule jonché de gravats, notant d'un seul coup que les ouvriers étaient déjà partis en week-end, qu'un séjour aux États-Unis n'apportait décidément rien que la détestable manie d'appeler chacun par son prénom et que Francis Cosse portait des Church's.

Jusqu'à Yvetot, la voie ferrée était parallèle à la route, où circulaient à vitesses inégales voitures et platanes. Les phares d'une automobile faisant la course avec le train ou les lumières d'une proche maison, lampe de l'ouvreuse dans les ténèbres, détournaient parfois son attention. Ceux qui ont l'habitude des songes éveillés, sachant la place qu'y tient l'amour, trouveront sans doute bien plat l'épisode qu'elle avait choisi, où ne saillait rien à quoi s'amarrer, ni parole ni regard, pas même un autre visage en transparence sur le défilé des arbres, à peine un vague parfum de vétiver venu d'un passager voisin. C'est qu'ils confondent le rêve et le souvenir. Ces événements sans importance avaient bien eu lieu l'après-midi même à la *Villa Mauresque,* et Claire se les rappelait sans émotion particulière ; mais au moment où, par la magie du voyage, elle basculait du souvenir dans la rêverie, les images anodines fixées par sa mémoire se muaient en scènes qui n'avaient jamais existé ; un simple détail prélevé à la réalité la plus banale lui permettait de construire un rêve dont les contours étaient au moins aussi précis que ceux d'un souvenir. Seul le désir de conserver au cours des choses son ordre naturel la poussait à se remémorer d'abord, avant de s'abandonner à l'illusion, les faits vécus, comme on lit au générique, avec celui des protagonistes, le nom d'un débutant qui deviendra, l'instant d'après, dans le faisceau du projecteur, amant ou dieu, idole. Si pendant ce voyage Claire Desprez s'était plongée dans la lecture d'*Index,* Francis Cosse serait probablement resté pour elle l'une de ces silhouettes éphémères que l'on côtoie durant sa vie, dont on ne retient rien, héros peut-être d'autres histoires mais qui se renouvellent en restant indifférents dans la nôtre. Cependant la cadence des roues sur les rails avait trompé sa vigilance à l'égard du rêve, et Francis Cosse venait ainsi d'accéder au rang imprévu de personnage. Le maire d'Étretat, dont justement les rouflaquettes faisaient de lui le représentant pour ainsi dire autorisé de tous les subalternes voués à l'oubli, avait ici joué les utilités. Il avait tenu le plus innocemment du monde ce qu'il croyait être son rôle d'élu, et qui l'était au fond, d'une autre manière.

Claire s'était arrêtée sur le seuil de la pièce principale, au rez-de-chaussée : toute cette partie de la maison serait réservée à l'habitation, le vestibule devant servir de hall d'accueil et, par l'escalier, mener directement au premier où serait aménagé le musée. Les travaux dureraient encore plusieurs semaines — il allait constater lui-même l'étendue des dégâts causés par les intempéries et le manque d'entretien, la verrière brisée, le balcon descellé, les murs moisis — mais le bas serait habitable sous quinzaine si toutefois le maître d'ouvrage... Pardon Mademoiselle, avait dit le maire en se faufilant par la porte qu'elle barrait, et il était entré ; il avait marché d'un pas décidé jusqu'aux fenêtres dont il avait repoussé les volets. Puis il s'était retourné et, époussetant du plat de la main les murs couverts de plâtre, il avait souri en direction du couple arrêté sur le seuil : « Vous verrez, vous serez très bien ici. » Les pleurs d'un bébé leur parvenaient d'une maison voisine. Le maire s'était penché sur le jardin : la vue était magnifique, et c'était d'un calme ! Pas comme en ville, avec tous les touristes. Évidemment la route passait juste en face, c'était dommage, mais après sept heures du soir plus personne ne circulait, surtout l'hiver.

La pluie tombait sans faire de bruit, imperceptible bruine. Le tronc d'un arbre immense coupait le carré de la fenêtre. Francis Cosse avait parcouru les quatre pièces qui composaient le rez-de-chaussée, il avait gonflé les poumons, fermé les yeux, réfléchi, hoché la tête d'un air dubitatif et demandé, comme s'il hésitait encore entre Étretat et le Metropolitan Museum, s'était dit Claire avec irritation, s'il y avait un garage. Elle écrabouillait du pied des poissons d'argent qui glissaient parmi les plâtras : était-il libre de dire non maintenant, pif, est-ce qu'on perdait son temps en concertations, paf, avait-il accepté ce poste, oui ou non, pif, paf ? — Oui, s'était écrié le maire, enthousiaste, un beau, avec deux places même. Vous pourriez presque y mettre des chevaux ! Francis Cosse avait souri à un souvenir personnel. Son nœud papillon était de travers comme après une nuit blanche : il s'adapterait bien à cette *Villa Mauresque* au nom évocateur qui, d'après les informations de Claire, avait été ni plus ni moins qu'une gigantesque garçonnière, malgré la plaque de marbre commandée au Havre à un spécialiste des dalles funéraires et qui, dévoilée le jour de l'inauguration, devait persuader les esprits soupçonneux qu'ICI GUY DE MAUPASSANT ÉCRIVIT SES ROMANS.

Monsieur le Conservateur parlait tout seul. «Près de la cheminée, je vois très bien le divan en maroquin. Là dans l'angle, on pourrait placer la console en marqueterie de Florence, avec la collection de narguilés.» Il semblait avoir oublié que tous ces objets provisoirement regroupés à Rouen avaient appartenu à l'écrivain normand et seraient par conséquent placés au premier étage. Il entrait en possession de l'espace avec des émerveillements de jeune marié, courant d'une porte à l'autre, secouant les poignées récalcitrantes, s'extasiant devant le vitrail d'un œil-de-bœuf, prenant Claire à témoin de l'harmonieuse proportion des pièces. «Oh! la maison plaît à Mademoiselle, ça je le sais bien, n'est-ce pas, avait dit le maire. Et vous ça vous plaît-ti? Pour sûr on ne trouve pas mieux dans le coin, et puis tranquille, et grand, bon pour toute une famille.» Topez là, avait conclu Francis Cosse avant d'esquisser un pas de valse, les bras arrondis autour d'une taille imaginaire. Le maire riait, content. Il s'essuyait les mains dans un mouchoir à carreaux.

Alors s'était produit le «décrochage», le glissement de la mémoire à l'imagination, du souvenir à la rêverie: au moment précis où Claire s'était rappelé le pas de deux enfantin de Francis Cosse heureux d'emménager, elle était devenue sans s'y attendre sa cavalière fantôme. Un vertige de bon-

heur l'avait saisie, dans sa pose de voyageuse
somnolente, le front contre la vitre, à l'idée d'habiter là. Elle tournait, tournait, le maire riait, les
essieux battaient la mesure. Ils allaient louer la
Villa Mauresque, y mettre des meubles, faire
pousser des roses. On achèterait des rideaux fleuris, des abat-jour, des tentures, de la vaisselle. On
installerait des chambres d'amis, des chambres
d'enfants. On fermerait les volets la nuit, on ferait
de beaux rêves, celui-ci parmi d'autres : ils
ouvrent la porte avec une clé de fer forgé ; il la
soulève pour passer le seuil, elle penche la tête
contre sa joue : ils jouent au jeu d'entrer chez eux.
Les murs sont bleus, avec un fin galon de passe-
menterie. Des tapis à ramages sombres couvrent
le sol. Sur une petite table en bois d'ébène fument
des pipes orientales. Il la fait tourner dans ses bras.
    Elle tournait, tournait. C'était là tout son rêve,
ce qu'elle avait toujours voulu : choisir une maison avec un homme. À quinze ans elle ne formait
pas d'autre espoir, mais le dissimulait de peur de
paraître niaise ; vingt ans après elle n'avait pas
d'autre regret, mais le cachait de peur qu'on la
dise amère. Le jeune homme avait eu jadis un
visage et un nom ; il les avait perdus, ne conser-
vant que le titre vague et clandestin de premier
amour. Francis Cosse ne les lui rendait pas, il prêtait seulement sa silhouette dansante au mirage
d'une visite immobilière : dans l'ivresse des tour-
billons, la doublure du jeune premier pouvait faire

illusion. Le maire n'allait-il pas tirer de sa poche, au lieu d'un ample mouchoir à carreaux, un discours nuptial, un bail de vingt ans ? Le cavalier en nœud papillon ne célébrait-il pas leurs noces en lui faisant passer le seuil sans que ses pieds touchent terre ? En décollant de la terre ferme, on ne savait plus où l'on était, tout chavirait...

Si Francis Cosse n'était donc, dans le jugement rétrospectif de Claire, qu'un grand naïf épris d'Amériques, dans sa rêverie c'était un homme qui l'avait prise entre ses bras. Pour se représenter plus concrètement ce phénomène, on n'aura qu'à distinguer, dans la géographie physique du cerveau, les champs cultivés de la mémoire et l'océan de l'imagination, celui-ci infiniment plus vaste, bien sûr, puisque tout ce qui est déjà arrivé ne peut rivaliser en nombre ni en force avec la multitude des choses qui n'ont pas eu lieu : masse informe, elles grondent et elles ondoient pour advenir, et comme la marée monte sous l'influence de la Lune, de même parfois elles se répandent à la faveur d'un hasard — c'était pour Claire l'attraction de la Fatigue et du Voyage —, la mémoire alors est noyée sous le flot des visions du songe. Cette invasion ne dure pas, la mer bientôt se retire, ne laissant que des traces furtives, presque invisibles. Quand plus tard un promeneur marche près du bord, quelques coquillages l'avertissent que la mer était là. De même, lorsqu'on évoque certains souvenirs que l'on croit plats, le pincement de l'amour ou du désir nous fait savoir que le rêve un moment les a recouverts. Mais tout très vite rentre dans l'ordre. Aussi quand Claire Desprez reverra Francis Cosse, elle aura l'impression de le retrouver tel qu'elle l'avait quitté la première fois, superficiel et blagueur. Elle ne remarquera pas l'empreinte qu'inscrit déjà profondément en elle le rêve du 2 février, dans la *Frégate* de 18 heures 10 ; car l'amour, le désir sont dans notre mémoire assagie comme les coquillages à marée basse : il faut se pencher pour les apercevoir, et Claire avait depuis longtemps toutes les raisons de ne pas se pencher sur elle-même.

Elle ignorait donc, et n'aurait même pas voulu croire, comme on se moque au réveil des fantasmes du sommeil, que Francis Cosse ne pouvait désormais pas mieux se défendre d'être aimé que la vie d'être rêvée. Si cet amour doit prendre corps dans l'avenir et qu'un jour elle cherche par amusement à en dater la naissance, ou plutôt la conception, elle ne pensera pas à son voyage d'un jeudi d'hiver. Elle dira même en riant que ça partait mal, pourtant, à la *Villa Mauresque*, qu'elle l'avait trouvé bête, qu'il avait dû savoir y faire pour se faire aimer, peu à peu, comme s'il y avait quelque chose à faire pour être aimé. Toutes les datations sont difficiles : les géologues se trompent de mille ans pour une pierre, les archéologues de cent pour un tombeau ; les historiens hésitent, faute de documents : des livres ont été détruits, des papiers perdus, des traces effacées, sans lesquels on ne peut écrire l'histoire. Érosion, pillages, autodafés : les amoureux ont les mêmes lacunes, et les seuls documents qui les auraient renseignés exactement — les roues d'un train, le bercement d'un rêve —, ils les ont brûlés dans l'oubli. Déjà en Claire l'impression s'en dissipait. Yvetot, Yvetot, une minute d'arrêt.

Toutes les images, celles du souvenir et de la rêverie, se sont effacées d'un coup devant celles de la réalité présente. Le petit garçon que sa mère avait menacé d'appeler Arthur, peu soucieux d'être débaptisé, avait entrepris l'escalade du flanc nord du compartiment en s'accrochant aux rideaux. Sa mère lisait un roman. Elle en était à ce passage sur lequel ses yeux étaient précisément tombés lorsqu'elle l'avait feuilleté, et qui l'avait déterminée à l'acheter : « Son secret douloureux l'étreignait. Elle étouffait, il fallait qu'elle parle. » Juste derrière Claire, une voix où perçaient des intonations normandes s'excusait auprès d'un interlocuteur muet d'avoir égaré un recueil de textes que celui-ci lui avait prêté : « On a dû me le faucher à la bibliothèque. De toute façon il était rien moche ! Je t'en paierai un autre. » Elle s'est tassée dans son fauteuil. Sur le quai des gens trottinaient tout contre le train, scrutant l'intérieur des wagons, l'œil inquiet. Toutes les images sont à la fois puissantes et bornées. On se croit à tort plus libre quand on rêve ; car si le souvenir est limité par la réalité des choses qui ont vraiment existé, c'est le désir qu'elles aient existé qui limite nos rêves. Mais les images qui nous emprisonnent le plus sont celles qui s'offrent maintenant au regard : un compartiment dans la faible lumière des veilleuses, des visages las, un garnement qui grimpe aux rideaux. Les images du présent sont enfermées dans leur présence. Claire ne sait pas si le bilan de son après-midi à la *Villa Mauresque* appartient à la mémoire ou au rêve ; tous deux sont d'ailleurs très proches : le rêve est le souvenir de ce qui n'a pas eu lieu. Tous deux flottent dans l'absence, et Claire s'y plaît, alors qu'elle n'a jamais pu pardonner à la réalité d'être réelle. Il y a toujours eu deux poids, deux mesures. Par exemple, elle admet volontiers que sur les paquebots le ballottement des vagues, leur clapotis facilitent la naissance d'un amour, tandis qu'elle trouverait inepte l'idée qu'une passion ait quelque chose à voir avec le confort de la SNCF. Cette injustice provient seulement de ce qu'elle prend le train quatre fois par semaine, tandis qu'à l'exception d'un court voyage en ferry-boat, autrefois, elle n'est jamais montée sur un bateau.

AVORTEMENT

L'homme au chapeau aurait bien aimé fumer, mais il était assis dans un compartiment non-fumeurs. C'était à vrai dire le côté le plus pénible de l'affaire : devoir entrer au fil des heures dans différents lieux où il n'aurait jamais eu l'idée d'aller — musées, piscines, restaurants diététiques, expositions culturelles — et où la nécessité de ne pas se faire remarquer lui imposait diverses contraintes : ne pas fumer, boire du jus de carotte ou, pi encore, ôter son chapeau. Il avait dû se soumettre par deux fois déjà à cette dernière obligation, d'abord au Club aquatique des Dauphins, pour d'évidentes raisons de discrétion, ensuite à l'Olympic Théâtre où la dame du vestiaire s'en était d'office emparée, disant qu'un ça suffisait, plaisanterie qu'il avait comprise une heure plus tard en lisant sur les affiches du foyer : Eugène Labiche. *Le Chapeau de paille d'Italie*. Le sien venait des Puces. Il avait personnellement toujours respecté le précepte inculqué par son père, selon lequel un homme n'enlevait son couvre-chef que pour saluer une femme ou un enterrement, ce qui d'ailleurs était pour lui la même chose, puisque la Mort était une Femme.

Claire s'est réveillée en sursaut : le long tunnel qui précède Vernon venait d'aspirer le train avec un bruit de succion qui l'avait tirée de son cauchemar. On avait dépassé Rouen, elle n'irait donc pas voir ses parents, comme elle l'avait pensé. Ce n'était pas là ce qui la contrariait, car elle considérait comme un privilège de ne pas devoir choisir. Mais elle s'était promis de ne pas dormir. Un peu de salive coulait au coin de sa bouche. Sa natte s'était relâchée, des cheveux s'en échappaient par petites touffes. En se frottant les yeux, elle a senti le quadrillage en nids d'abeille laissé sur sa joue par le rideau SNCF. « Ma princesse au petit pois ! » s'était exclamé Alexandre Blache, alors tout imprégné d'un séminaire sur les contes et la tradition orale, en découvrant sur son ventre, au matin de leur première nuit, les mille replis du drap. Ce joli surnom lui était resté quelque temps, se réduisant au fil des semaines d'abord au jaloux « Ma princesse », puis à l'élégant « Princesse ». Il allait prendre sa forme strictement diminutive quand elle avait rompu, subodorant dans un sursaut de sentimentalité lucide qu'elle ne pouvait plus être aimée d'un homme qui l'appelait « Petit pois ». Lui-même en outre ne s'appelait pas vraiment Alexandre. Il avait changé de prénom à douze ans, dès que ses lectures l'avaient persuadé d'une anomalie dans le cours de sa destinée : sa mère l'élevait seule, et Dieu sait qu'il n'avait rien à lui reprocher ; mais il n'était pas né pour s'appeler Raymond ! Il avait dès lors développé toute une mythologie personnelle sans aucune référence à l'état civil, avec l'aisance qu'on déploie généralement à oublier qui l'on est. Claire y pensait encore avec une certaine irritation, maintenant qu'après l'avoir tenue sous l'empire d'Alexandre il était à ses yeux redevenu Raymond. Encore ignorait-elle qu'au moment où elle l'avait quitté, lui-même s'interrogeait sur l'avenir de leur relation et envisageait d'y mettre un terme ; car enfin, si lorsqu'elle était sa Princesse il était son Prince, il commençait alors à penser qu'apparié à un Petit pois, le roi de Macédoine risquait de terminer navet.

Claire a continué à se masser la joue, s'efforçant de faire disparaître, avec les marques sur sa peau, les souvenirs désagréables. Elle s'est redressée, rajustée, le visage tourné contre la vitre. Elle avait avec son apparence extérieure les réflexes d'un assassin sur les lieux du crime : avant tout, qu'il n'y ait pas de traces. Être discret sur sa propre histoire, parler peu, ne pas se fier aux confidences était totalement inutile si le corps restait sans surveillance, aussi vain que pour le meurtrier d'essuyer toutes ses empreintes quand il oublie son portefeuille derrière un fauteuil. Car si la vie était, comme elle l'avait lu un jour sérieusement sous la plume d'un humoriste, un crime dont personne n'est innocent, alors le corps la trahissait trop ; on n'avait qu'à le consulter comme ces papiers perdus, un peu fripés sous les rabats transparents : carte d'identité — yeux verts, 1,70 m, cicatrice à la tempe, chute de vélo à six ans —, permis de conduire — trous d'acné juvénile disparue tard, couronne sur la molaire inférieure gauche, taches de rousseur —, carte d'assuré social — informations confidentielles, célibataire sans enfant, cicatrice au bas-ventre, appendicite, césarienne ? vergetures diffuses en haut des cuisses, accouchement, anorexie, régimes ? —, prospectus divers — institut de beauté rue Bonaparte, vêtements dégriffés, haute coiffure hommes-femmes, cheveux blancs des catastrophes, rides d'expression exprimant tout. C'est donc pour n'être pas *découverte* que Claire Desprez cultive depuis l'adolescence ce qu'elle appelle elle-même une élégance défensive : puisqu'on dit d'un vieillard raviné et chenu qu'il « a vécu », elle espère que d'une femme lisse et nette on pensera qu'elle ne connaît rien à la vie. Elle met du blanc, des couleurs pastel, des robes à fleurs ; cet hiver elle porte un manteau rose, ce qui permet de douter de ses prétentions à l'effacement : car de mémoire de contrôleur, dans la *Frégate* de 18 h 10, il n'y a qu'un seul manteau rose, les voyageurs étant le plus souvent assortis à leurs bagages et à la saison : marron, gris, noir.

Contrôle des billets, s'il vous plaît.

Claire a tendu le sien précipitamment, une main sur sa joue. Le contrôleur, qui a pris son service à Rouen, encore frais, lui sourit : jolie blonde, un peu dans le genre de Grace Kelly, son idole de jeunesse, dont il vient d'apprendre en feuilletant un magazine de son épouse que sous des allures plutôt froides elle avait caché un tempérament volcanique. Si les cloisonnements du hasard et le secret professionnel ne rendaient pas invraisemblable un tel dialogue, le Dr Le Guennec, médecin de famille des Desprez, qui soigne aussi le contrôleur pour des douleurs articulaires et sa femme pour le syndrome de la ménopause, approuverait ce jugement physiognomonique ; il a en effet eu le loisir de se faire une opinion identique puisqu'il a suivi la petite Claire jusqu'à son départ de Rouen à dix-huit ans et qu'il la revoit encore de temps à autre chez ses parents. S'il mettait son fichier à jour, il se rendrait d'ailleurs compte qu'il témoignait en début de carrière d'une invention maintenant réprimée, car sur le bristol consacré à Desprez (Claire), Profil psychologique, il a reproduit la formule qui ornait à ce moment-là le Bazar de l'Horloge : «Ce que vous ne voyez pas en devanture est certainement à l'intérieur.»

— Merci, Mademoiselle.

Elle a repris son billet. On l'avait toujours appelée Mademoiselle, même passé trente-cinq ans, même en compagnie d'un homme, et parfois jusqu'à la faute de tact ou à l'injure : à la réception des hôtels où elle demandait une chambre double ou dans les jardins d'enfants où elle promenait sa nièce. Mais il n'y avait pas grand-chose à dire sur le fond, puisqu'elle n'était pas mariée.

Elle renouait le ruban de sa natte quand soudain, à l'entrée du tunnel de Pontoise, elle l'a vu ; il se réfléchissait sur le fond noir de la vitre, son chapeau rabattu sur les yeux, et regardait dans sa direction avec une intense attention. Une fraction de seconde elle s'est immobilisée, le cœur battant, les doigts pris dans son catogan : Ne bougez plus ! Mains sur la nuque ! Elle n'a eu que le temps d'apercevoir sa propre image, buste redressé, coudes tirés en arrière, visage lâche et consterné, puis le train a jailli du tunnel comme un nageur qui cherche l'air et tout s'est brouillé dans les lumières de Pontoise.

Elle a baissé les bras brusquement sans terminer la boucle de son nœud. Qu'avait-elle fait ? Que pouvait-on lui reprocher ? Une idée affreuse — et, sur le moment, lumineuse — lui a traversé l'esprit : il existait dans les trains, peut-être depuis peu, peut-être à l'essai sur quelques lignes du réseau, des surveillants contre le vol, chargés de contrôler les usagers, l'air de rien, comme dans les supermarchés. Certes, celui-là n'avait pas exactement l'air de rien, avec son feutre à larges bords, mais Claire avait lu récemment que les dernières méthodes d'espionnage consistaient, pour ne pas attirer les soupçons, à attirer l'attention ; la fausse ménagère poussant son caddie archiplein n'avait plus cours dans les grandes surfaces, pas plus que le petit monsieur propret qui feint d'hésiter entre deux marques de lessive tout en scrutant les allées. Non, les nouveaux inspecteurs de magasins portaient les cheveux en crêtes multicolores et des épingles dans les narines.

C'en était donc un, dans l'uniforme choisi par son employeur. Claire était manifestement la cible du jour, la femme à abattre. Et pourquoi ? Une peur panique s'est emparée d'elle : elle était *repérée*. Qu'elle n'ait rien fait ne calmait pas le mouvement précipité de son cœur ; ce qui l'inquiétait, hors de toute éventualité d'erreur, de justification, de malentendu, c'était d'être dans la mire. D'ailleurs l'innocence des gens qu'on dévisage est toute relative : quand on vous regarde avec insistance, vous avez forcément fait quelque chose.

Claire, par exemple, avait déjà commis plusieurs vols. Ainsi elle avait encore le stylo en or dérobé vingt ans plus tôt chez les parents de, enfin chez des gens qu'elle connaissait. L'incident avait fait du bruit, à l'époque. On l'avait soupçonnée dans la famille, on avait même dit devant elle qu'il s'agissait d'un cadeau ancien, qu'il avait une valeur sentimentale, qu'on y tenait. Elle n'avait pas bronché, elle savait tout cela. Elle l'avait gardé jalousement. D'ailleurs, d'une façon générale, elle prenait grand soin des objets qu'elle avait volés : c'était sa manière d'être honnête. Souvent cela s'apparentait moins à un vol qu'à une négligence. Foulard emprunté, pas rendu, briquet ramassé sur une table, oublié, pendentif passé au cou, emporté. Il en était de même, récemment, de ce livre qui s'avérait être, au terme des réflexions hâtives de Claire, la cause de son actuelle surveillance. Elle respirait mieux, c'était vraiment une vétille aisément explicable. Au début du mois, au retour d'un de ses tout premiers voyages à Étretat, beaucoup de monde était monté à Yvetot et son manteau disposé en corolle sur le siège à côté du sien n'avait pas suffi à lui éviter la présence d'un voisin. C'était un étudiant roux, elle s'était fait la remarque, pendant qu'il demandait si la place était libre, que ses cils mêmes étaient roux. Il s'était plongé presque aussitôt dans un travail littéraire. Différents ouvrages couvraient la tablette et ses genoux. Claire avait bientôt cessé de s'y intéresser en se rencognant contre la vitre avec un dépliant sur les musées normands. Lorsqu'elle s'était aperçue qu'un livre avait glissé sous l'accoudoir, l'étudiant avançait vers le fond du compartiment où plusieurs personnes déjà debout attendaient l'arrêt complet du train. C'était Rouen. Vous vous seriez levée, vous auriez dit : « Monsieur, votre livre ! » en agitant à bout de bras le volume blanc à bord bleu. Mais Claire ne pouvait pas crier ainsi d'une extrémité à l'autre de l'allée, la main tendue, comme à quelqu'un qui s'en irait malgré elle, crier Adieu ou Revenez, avec entre les doigts ce blanc mouchoir à liséré bleu, au risque qu'un autre se retournât et pas lui, la regardât, un peu pâle, à demi dressée par-dessus la rangée des fauteuils, esquissant au second vain appel le geste de le rejoindre comme une abandonnée, et pas lui. Voilà comment les choses s'étaient passées. Elle avait ramassé le livre. Il était loin d'être neuf, des pages s'en détachaient. L'étudiant roux était passé sur le quai, la tête droite, l'esprit ailleurs, à cent lieues déjà de la gare et du train. Elle avait lu d'une traite jusqu'à Paris. Bien sûr elle aurait pu remettre le livre au contrôleur ; mais celui-ci l'avait interrompue au milieu du plus étrange récit — Contrôle des billets, s'il vous plaît —, l'histoire d'un amour entre une belle pucelle et le chevalier qui l'a violée, et Claire avait voulu savoir la fin. Elle avait pensé le laisser sur son siège à l'arrivée, où les employés du nettoyage l'auraient récupéré, mais, pendant qu'elle enfilait son manteau, son nouveau voisin, un monsieur grisonnant monté à Rouen, lui avait tapoté le bras : « N'oubliez pas votre livre. Mademoiselle. » Ainsi s'était-elle approprié le livre. Il n'y avait pas de quoi fouetter un chat, encore moins organiser une filature. En outre, se disait maintenant Claire avec une pointe d'insolence, est-ce qu'on vole un livre ? Est-ce que l'acte de voler un livre a une

existence juridique ailleurs que dans les biblio-
thèques ou les librairies ? Ils lui semblaient appartenir plutôt au vaste domaine public où traînent
tous les objets de consommation courante, ceux
dont il serait impossible de retrouver le propriétaire parce que tout le monde les possède. Qui irait
rendre au Bureau des objets trouvés un journal
laissé sur un banc, un paquet de cigarettes oublié
sur un comptoir ? Qui s'est déjà donné le ridicule
de rapporter au commissariat un billet de banque
en dérive dans un caniveau ? Ce n'est pas tant leur
peu de valeur marchande qui les condamne : on
s'inquiéterait d'une vieille paire de gants. Mais ils
n'ont aucune valeur dans le temps ; ce sont des
objets provisoires, usés avant qu'on s'y attache.
Or, on ne peut parler de vol à propos de choses
qui meurent et qu'on remplace. Claire était bien
certaine que personne jamais ne venait réclamer
un livre aux objets trouvés, jamais rien qu'un portefeuille, un vêtement ou un parapluie, tout ce qui
à la fois résiste à la succession des jours et en
reçoit l'empreinte : moufle au pouce déformé, tricot sentant l'antimite, photos de famille. Les
autres choses sont libres de tout lien. Le choix
même qui préside à leur acquisition reste imper-
sonnel : *Libé, L'Équipe, Le Figaro*, les Benson et
les Gauloises bleues ont en commun avec elles
d'être éphémères : les cigarettes partent en fumée,
l'argent est dépensé, les livres sont lus.

Un livre, à propos, elle en avait un, un qu'elle

avait acheté, qui lui appartenait. Sa couverture plastifiée témoignerait qu'il n'avait jamais été à personne, qu'elle n'avait pas l'habitude de se procurer des livres ailleurs que dans les magasins. Le fermoir de son cartable s'est décoincé avec difficulté. Elle en a tiré *Index* sans un regard à gauche de l'allée centrale où un coup d'œil au ras des cils lui a néanmoins permis d'identifier une masse sombre sur l'orangé des fauteuils. Le compartiment était aux trois quarts vide.

Une seule fois on l'avait prise en flagrant délit. Quelques personnes déambulaient nonchalamment. Le vigile des Nouvelles Galeries de Rouen, jailli de nulle part, l'avait attrapée par le bras au moment où elle empochait un petit carnet quadrillé. Elle avait quinze ans alors, mais vingt-deux ans après son ventre se contractait de terreur au souvenir de cette emprise sur son bras. Il l'avait menée dans le bureau du directeur, au dernier étage du magasin. Elle n'avait pas voulu dire son nom, prévoyant placidement de se jeter par la fenêtre au moment où son père, averti, franchirait la porte. Le vigile marchait à grandes enjambées, les mains enfoncées dans les poches, luttant contre l'envie de lui envoyer la paire de claques qui l'eût rendu coupable à son tour, criant « Alors t'accouches, petite garce ! », l'index soudain menaçant, « tu préfères que j'appelle la police ? » Il ressemblait traîtreusement à tonton Marcel, son oncle favori. Du temps avait passé. Elle n'avait plus peur, elle était même très calme ; ce n'était plus à elle de décider. L'attente avait été presque agréable, du moment qu'il n'y avait rien à faire. Finalement elle avait payé 1,50 F et elle était partie. La porte avait claqué derrière elle. Jamais son père ne l'avait su.

Elle a refermé son cartable. Le roman était hermétiquement clos, comme si la nature qui veille à la protection des naissances avait aussi donné aux livres leur membrane. L'enveloppe était assez grossière, mais lisse et ferme ; elle adhérait parfaitement aux contours du livre dont la surface semblait la face d'un visage : le prénom et le nom de l'auteur — yeux mi-clos rapprochés —, le titre au beau milieu tel un nez un peu aplati surmontant les lèvres pincées de l'éditeur nullement fendues d'un sourire. Visage impénétrable sous son masque à la transparence imparfaite, visage de criminel déformé sous son bas nylon, visage de mongolien perçant l'opacité du placenta : les doigts de Claire ont glissé sans trouver de prise, le plastique s'est seulement plissé par endroits en rides monstrueuses. Claire y a appliqué sa main tout entière, a crispé ses doigts écartés et a enfoncé ses ongles. La peau a cédé sous les griffes, par lambeaux, charnue, collante. Claire a maintenu la pression, écarté les bords. Tous les traits se sont distordus ; soudain ses ongles n'ont plus recontré de résistance. Cela s'est déchiré d'un seul coup et s'est affaissé sur ses genoux comme un ballon crevé.

Elle a feuilleté le livre délivré, affectant de parcourir quelques lignes. Le roman se présentait bien sous la forme d'un index, et l'action paraissait comme prévu, hélas, se... Elle est revenue brusquement en arrière, son œil venait de buter distraitement sur le nom du conservateur d'Étretat, en italique dans le texte ! Des voyageurs déjà se levaient, repliaient leur journal, enfilaient leur manteau. Claire tournait les pages avec fébrilité. Les gens rassemblaient leurs bagages près des portières quand d'un coup les veilleuses se sont éteintes, le train a plongé dans le noir avec fracas. Ah ! ont crié les passagers d'une même voix altérée, ah, comme si le sol se dérobait sous eux, comme si l'obscurité les entraînait dans un grand trou, ah du bord des abîmes et des accidents ; et Claire aussi a crié Ah ! dans la nuit du compartiment, aveugle, absurde, c'était *San Francisco* qu'il fallait lire et non Francis Cosse bien sûr, abrutie.

Quand la lumière s'est rallumée, on entrait au ralenti sous le pont Cardinet. L'homme n'avait pas bougé, mais son chapeau semblait plus enfoncé sur son front. Dans le reflet de la vitre seules ses lèvres étaient distinctes ; lorsqu'il y a porté la main, elles se sont entrouvertes : geste invétéré du fumeur ou baiser d'acteur lancé du bout des doigts, comment savoir ? Claire y a lu l'hommage où d'autres auraient lu la manie, le signe où d'autres rien. Toutes ses frayeurs se sont dissipées. Elle a souri, elle voyait clair à présent. La vitre lui a rendu son sourire, sourire de belle voyageuse qu'avaient attirée les fenêtres et à qui l'on vient de retirer l'escarbille qui noyait son œil. Plus d'alarme inutile, il s'agissait seulement d'un homme qui l'avait remarquée ! Peut-être était-il lui-même séduisant ; peut-être était-ce le début d'une passion, s'il osait l'aborder. Tout à l'heure, elle avancera le long du quai. Il posera sa main sur son bras, Mademoiselle... Elle se retournera, puis tous deux commenceront une valse dans le hall immense de la gare. Heure exquise qui nous grise sous la pendule énorme. Elle tourbillonnera dans ses bras, elle ne touchera plus le sol. Exit Francis Cosse. Introït l'homme au chapeau.

Il était 20 h 15 à sa montre. On arrivait. Elle aimait cette heure à Paris, quand les restaurants se remplissent, les cafés, les théâtres. Elle avait promis d'appeler Raymond-Alexandre avant vingt et une heures pour une histoire de cloison à abattre, mais elle ne le ferait pas ce soir. Elle a renoué soigneusement son catogan face au carreau : Miroir magique, qui est la plus belle ?

Les miroirs des contes de fées ne disent que la vérité, fût-elle le plus souvent inconsciente (il y avait un développement prévu sur ce point dans la volumineuse thèse d'Alexandre Blache, maître assistant à la Sorbonne et spécialiste des mythes et littératures populaires). Mais la vérité change au fil du temps, et l'on n'est la plus belle que si l'on a tué les images rivales. Ce jour-là Claire avait interrogé deux fois le miroir de la vitre obscurcie par le soir. Deux réponses s'étaient succédé : d'abord coupable, ensuite aimable ; ici voleuse, là charmeuse. Elle avait certes commis des fautes, souvent elle se montait la tête à propos de rien ; mais le miroir magique, tous cauchemars vaincus, venait de la proclamer la plus belle. Claire conduisait ainsi sa vie, comme ses lectures, en sautant des pages ; en feuilletant son index personnel, elle passait sans transition de l'angoisse au bonheur.

« Vous êtes arrivés à Paris Saint-Lazare, terminus de ce train. Assurez-vous que vous n'avez rien oublié dans le train. »

Elle a rangé son livre, jeté le plastique dans la poubelle. Elle a enfilé son manteau. Le wagon s'était vidé. Elle est descendue, a marché le long du quai. Au fond, une masse compacte attendait les arrivants. Elle était fière de n'avoir pas de valise : elle ne débarquait pas, elle rentrait.

Elle avait à peine dépassé les scènes de retrouvailles et d'embrassades, le menton levé, aux lèvres un sourire de sphinx, lorsqu'une voix l'a interpellée, tout près de son oreille — Mademoiselle... Son cœur s'est arrêté. Elle s'est retournée, aussi imprudemment qu'Orphée perdant son Eurydice. C'était un gros homme courtaud, au visage lourd et rouge, assez jeune pourtant, avec une casquette enfoncée sur le front, qu'il a soulevée d'un doigt : « Voilà, je me disais, vous êtes toute seule, alors je me disais, on pourrait aller boire un café ou quelque chose, non ? »

« Vous êtes arrivés à Paris Saint-Lazare, terminus de ce train. Assurez-vous que vous n'avez rien oublié dans le train. » La voix était presque douce. Tout le monde descend, s'est dit Claire. Elle s'est dégagée, a marché à vive allure jusqu'aux escaliers du métro. Peut-être y a-t-il entre rêve et réalité la même différence qui existe entre un chapeau et une casquette : la seconde est beaucoup plus plate.

Tandis que Claire dévalait les marches du métro en balançant son cartable, les équipes de nettoyage arpentaient la *Frégate*. Claire eût mieux fait d'y oublier *Index* entre deux fauteuils. Mais elle ne le savait pas.

- B -

Le narrateur pressent ou devine, à travers B, la très lointaine existence de Z, que B ne connaît pas.

JORGE LUIS BORGES

BARBE

Alexandre Blache avait dans l'idée de supprimer le mur qui séparait sa chambre de la pièce commune. Il lui fallait de la place pour la bibliothèque. Il avait cru d'abord qu'un aménagement rationnel viendrait à bout de la masse des livres accumulés au fil des ans dans le petit appartement. Après avoir essayé successivement le classement par genre, par nationalité, par siècle, il avait opté pour l'alphabet, non sans dépit car son instinct de créateur lui disait qu'il aurait pu construire autour de sa chambre une sorte d'œuvre d'art, que les livres agencés selon des règles précises auraient alors dessiné les méandres d'une histoire subtile, et il se sentait comme un romancier qui vient d'accoucher d'un dictionnaire. L'ordre alphabétique lui-même ne le satisfaisait guère, il en était esclave ; parfois il suivait du doigt le bord de l'étagère avec la lenteur appliquée d'un enfant qui apprend à lire, et la rencontre inopinée d'un Apulée parmi les *Œuvres complètes* de Balzac lui était plus incompréhensible que pour l'écolier la découverte du zèbre côte à côte avec l'âne dans un abécédaire ou pour un lecteur attentif la résurrection au chapitre cent d'un personnage enterré dans le tome précédent. De plus la bibliothèque, qui aurait dû n'être, page idéale d'écriture, qu'une suite de **I** sur les rayonnages rectilignes, succombait à la dyslexie aux environs de la lettre **T** où la reliure bleue des Tolstoï s'en allait coiffer horizontalement les derniers volumes de Thucydide. Le reste était par terre en tas sur les côtés, u v w x y z souillant les marges de gros pâtés difformes. Enfin, il s'était fait une raison : c'était l'espace qui manquait.

Alexandre Blache vivait avec sa mère dans un petit trois-pièces au 26 de la rue Chapon. Cette adresse avait toujours quelque peu froissé son orgueil viril, mais on ne lâche pas un loyer 48 et Madame Blache aimait le quartier. Elle disposait d'une pièce à elle où s'entassaient d'autres livres, des ouvrages de théologie pour l'essentiel. Quant au couloir, il était trop étroit pour y installer des étagères ; un menuisier avait simplement fixé sous le plafond des caissettes de bois peint qu'on n'atteignait qu'avec un escabeau. Elles débordaient de papiers jaunis, anciens cours pouvant resservir, journaux qu'il faudrait classer un jour de temps libre. Lorsque, en visite, avançant à tâtons le long du corridor, on trébuchait dans l'un des tapis qui l'obscurcissaient encore, on n'avait pour se rattraper que le secours de tentures flottantes ; Alexandre brusquement retourné guettait alors, les yeux levés, l'avalanche qui emporterait tout, livres, tissus, tapis, œuvre à venir, destin. Il n'en pouvait plus.

Alexandre Blache avait toujours voulu écrire. Deux obstacles majeurs avaient empêché jusqu'ici la pleine réalisation de ce désir. D'abord il était trop jeune : La Fontaine n'avait-il pas publié ses *Fables* aux alentours de la cinquantaine ? Voltaire écrivit *Zadig* à cinquante-deux ans. Ensuite — et c'était plus grave car il n'était pas sûr d'en guérir sinon peut-être en vieillissant, justement — il avait une excellente mémoire : chaque fois qu'une idée nouvelle se présentait dans l'embryon de roman qu'il gardait en gestation, une citation célèbre lui venait presque simultanément, rythmée, belle, fine, qui brisait son élan. Non qu'Alexandre fût un modèle de modestie (il n'avait pas en vain assassiné Raymond) ; ce n'était pas l'admiration qui le paralysait, ni l'humble crainte de ne savoir mieux dire. Simplement, les phrases qui s'offraient à lui ne quittaient plus son esprit, elles l'encombraient, le hantaient. Il fonçait sur elles tête baissée comme les fous contre les murs, mais elles ne cédaient pas. Chaque fois qu'il tentait d'examiner posément son handicap, la légende du Zahir s'imposait à son souvenir telle que Borges la cite dans l'un des contes de *L'Aleph* : « Zahir, en arabe, veut dire notoire... En pays musulmans, les gens du peuple désignent par ce mot "les êtres et les choses qui ont la terrible vertu de ne pouvoir être oubliés et dont l'image finit par rendre les gens fous". » Les zahir d'Alexandre n'étaient pas des personnes mortes ou vivantes, ni des objets, ni des détails insignifiants de l'existence, la forme d'un tronc, le bras d'un fauteuil, le bouchon d'un tube de colle. Mis à part le visage bouffi de son directeur de thèse, Alexandre Blache n'avait pas d'autre zahir que des phrases de la littérature : bribes de Beckett, aphorismes de René Char, fragments d'Homère, maximes de La Rochefoucauld, pensées de Pascal, vers de Racine, alexandrins, moralités, refrains, sonnets ; et la définition même du zahir en était un !

Sa mère, qui connaissait chacune de ses souffrances, ainsi d'ailleurs que chaque instant de sa vie, lui citait en exemple le cas de Montaigne que sa mémoire ni sa bibliothèque n'avaient empêché d'écrire deux mille pages. De plus, Alexandre (qu'elle se réjouissait d'appeler encore Raymond quand il était malade ou malheureux) n'était pas resté totalement stérile, loin de là. N'était-il pas l'auteur d'une passionnante thèse de troisième cycle ? N'avait-il pas publié divers articles dans des revues littéraires et même, deux ans plus tôt, un court texte de fiction ? La suite viendrait à son heure, la grande thèse, la grande œuvre, elle en était sûre ; petit déjà il était doué en tout.

Lui aussi, dans ses moments d'apaisement, le

croyait. Mais lorsqu'il reprenait ses notes ou relisait les quelques paragraphes ébauchés, l'un de ses zahir surgissait, et avec lui le doute et le silence. Il avait commencé plusieurs romans. L'un prétendait rénover la structure mythique du roman policier, mais il n'arrivait pas à le finir. Un autre s'inspirait à la fois de sa condition d'enfant naturel et de son étude des contes, dans lesquels, on le sait, les bâtards abondent (mais Alexandre se méfiait de la psychanalyse : il avait choisi librement sa spécialité, voilà tout). C'était — ou plutôt ce serait un jour — l'histoire de deux frères dont le père est mort inconnu d'eux et qui suivent des chemins différents avant de se retrouver. Comme beaucoup d'écrivains, Alexandre avait en tête le début et la fin de son livre, assortis de quelques scènes frappantes encore en désordre dans son imagination. La vie de l'aîné, par exemple, fournissait matière à un long récit initiatique : il quitte sa famille, voyage en Orient, apprend l'arabe, se fixe quelque temps au pays des Mille et Une Nuits, au bord de la mer, Homme libre, toujours tu chériras la mer, échappe miraculeusement à un terrible accident de chemin de fer à l'intérieur des terres désolées ; Alexandre, subjugué par l'idée de la destinée, avait entrepris d'écrire ce chapitre : il voulait dire les gémissements, les corps broyés, la fin brusque d'un monde en chacun d'eux, les corps mêlés, tombés pêle-mêle les uns sur les autres et pourtant lointains, unis et séparés, ensemble et seuls dans l'affreuse singularité de leur mort... Cela s'était soldé par quatre lignes excessivement pathétiques dont les derniers mots étaient venus buter sans espoir de rebond sur un vers de Victor Hugo ; de la retraite de Russie à la catastrophe ferroviaire, la mémoire d'Alexandre ne retenait plus, serré entre l'étau des tempes, que douze syllabes impossibles à oublier : Et, chacun se sentant mourir, on était seul.

Il avait évidemment songé à se débarrasser de cet épisode pour en inventer d'autres. Le fils aîné rêve au visage maternel, à la maison d'enfance, aux jours enfuis, car les vrais paradis sont les paradis qu'on a perdus. Il aime une femme, à qui l'auteur pensait donner les traits de Claire Desprez telle qu'il l'avait vue la première fois (quelles personnes auraient commencé de s'aimer si elles s'étaient vues d'abord comme on se voit dans la suite des années ? Mais quelles personnes aussi se pourraient séparer si elles se revoyaient comme on s'est vu la première fois ?) ; puis il la quitte, bien qu'elle se plaigne et pleure : J'aimais, Seigneur, j'aimais, je voulais être aimée.

L'impatience d'Alexandre Blache, la main crispée sur son stylo, semblait susciter de nouveaux zahir. Là où naguère une analogie en déclenchait la formation, un mot maintenant suffisait. Les mots évidemment lui appartenaient aussi ; mais le lexique commun était comme un vaste lainage déjà tricoté par d'autres : souvent Alexandre n'osait pincer un fil de peur de tirer à lui la maille entière. Ainsi, les mauvais jours, une phrase aussi banale que « Il rêva longtemps d'une autre vie » ne trouvait aucune issue sous sa plume mais s'enflait comme un ballon où la mémoire aurait soufflé, jusqu'à engendrer ce monstre dont aucun lecteur sensé n'aurait voulu : « Je fais souvent ce rêve étrange et pénétrant, longtemps je me suis couché de bonne heure, mais n'est-ce rien que d'être un autre, la vie est triste hélas et j'ai lu tous les livres. » À son insu la dernière citation était erronée. Peut-être eût-il été délivré s'il s'en était rendu compte, s'il avait pu se dire que toute la littérature n'est qu'une suite de citations fausses. Les symptômes en tout cas, quoique chroniques, étaient inquiétants. Cependant Madame Blache avait une culture suffisante pour se persuader que la situation de son fils ne serait réellement désespérée que le jour où le zahir de Valéry deviendrait sien, où il ne pourrait plus même esquisser un paragraphe sans que la marquise sortît à cinq heures en semant désert et désolation, ce qu'elle se gardait bien d'évoquer jamais. Tous deux parlaient d'ailleurs rarement de l'avenir. Il était entendu qu'Alexandre se ferait un nom dans l'histoire de la littérature. Ce que devait être ce nom n'avait jamais été formulé : ils tendaient silencieusement à être, dans le souvenir de l'abandon, lui le fils de Lucienne Blache, elle la mère d'Alexandre Blache.

Ces dernières années, celui-ci s'était un peu répandu dans le monde, et plus encore depuis quelques semaines qu'il se laissait pousser la barbe. Il en avait eu l'idée dans le 38 qui le ramenait à la maison. «Figure-toi que ce salaud s'est amené au Réveillon, tu ne devineras jamais... RA-SÉ, ah mais complètement! Plus un poil au menton... Tu vois d'ici le tableau!» Alexandre, de dos, ne voyait pas très bien, mais une attention soutenue et quelques coups d'œil adroits lui avaient permis de repérer, parmi la cohue de midi, un vieillard rouge de colère, bouc et cheveux blancs : après cinquante ans d'accord parfait, son jumeau lui avait fait l'affront de paraître glabre, sans préavis, à une fête de famille.

Alexandre avait d'abord pensé utiliser cette anecdote dans son roman ; se félicitant intérieurement de sa disponibilité d'esprit, il s'apprêtait à extraire de sa poche-revolver le calepin qui ne le quittait pas lorsqu'une autre idée l'avait saisi : il allait démasquer son père ! Ou plutôt, puisque son père portait un masque, prendre le même afin de le confondre. Il s'agissait d'une barbe noire très fournie dont Lucienne Blache gardait secrètement une boucle entre deux pages de l'Apocalypse. Le jour de son enfance où sa mère lui avait montré son portrait en devanture du kiosque à journaux — L'archéologue Yves Zeld trouve le poing du Colosse de Rhodes — le petit Raymond avait eu la certitude que sa barbe était un postiche. Pendant des semaines, le temps que s'effiloche cette nouvelle sensationnelle, il avait rêvé que la société tout entière s'était ralliée à lui, le fils oublié, en placardant de par le monde des avis de recherche. Sur le chemin de l'école, il scrutait ce visage — Wanted Yves Zeld —, son air sympathique et faux sous la fausse barbe qui, une fois arrachée, découvrirait derrière les artifices publicitaires les traits plus vrais de l'anthropométrie. Depuis, la barbe n'avait pas bougé, elle avait un peu blanchi seulement mais restait avenante, démultipliée sur les murs de la mairie du Ve qu'Alexandre longeait avec mélancolie pour gagner la Sorbonne, contemplant ce visage comme en un miroir l'avance des années — Votez Yves Zeld —, son père s'était lancé dans la politique, et lui dans quoi ? Il avait donc décidé, dans le 38, à la faveur d'un récit accessoire, de commencer à quarante-deux ans ce qu'un enfant entreprend généralement beaucoup plus tôt : il avait décidé de ressembler à son père. Parallèlement il s'était lancé dans le monde, à l'assaut des professeurs de rang A ou chez les étudiants des meilleures familles. Dans son fantasme préféré, il devisait, une flûte à la main, au milieu d'un cercle d'amis, caressant négligemment sa belle barbe noire, souriant, l'air sympathique et faux, sous les lambris, quand soudain entrait son père, ici et là dédoublé dans les hautes glaces du salon. Voilà Yves Zeld, disait quelqu'un. Il s'arrêtait, et la barbe magique opérait le miracle que des années de procédure n'obtiendraient pas : il le reconnaissait.

Madame Blache n'avait pas commenté la métamorphose. Elle jouissait sans doute en la considérant d'un souvenir mêlé d'espérance. Et puis, quand son fils rentrait tard dans la nuit, elle l'entendait monter l'escalier, il était fatigué, mais elle se répétait que c'était bien, que le monde est fait pour aboutir à un livre. Il tournait la clé dans la serrure, à la fois grisé de paroles et anxieux d'avoir perdu son temps, tâtonnant parmi les tentures en se promettant d'écrire une page aussitôt sur ses mondanités récentes, d'en conjurer la pure perte ; il s'asseyait à sa table, sous la lampe d'architecte, il allait croquer le monde puis en affiner chaque trait jusqu'au dessin parfait, mais sa tête dodelinait, il sombrait dans l'océan du sommeil sans pouvoir se raccrocher longtemps à l'objet de ses pensées, le monde, le monde, le monde, car le monde existe aussi pour empêcher d'aboutir à un livre.

Il était vingt et une heures trente quand Claire Desprez a téléphoné. Alexandre était en train de couper les pages d'un vieil album acheté l'après-midi même sur les quais, un *Voyage au Maroc* avec des photos des années trente. Il a laissé sonner plusieurs fois, le temps de traverser en imagination une pièce infiniment plus grande. Sa mère s'était déjà retirée, mais de la lumière filtrait sous la porte. Claire était d'accord pour passer rue Chapon voir la cloison le lendemain en début d'après-midi. Madame Blache lui ouvrirait, Alexandre surveillait un devoir à la Sorbonne mais il aurait du temps libre après la remise des copies : ils pourraient prendre un thé chez Pons, ce n'est plus Pons d'ailleurs, mais il n'arrive pas à s'y faire. — Ah ! j'oubliais le principal, je te préviens pour que tu ne me cherches pas pendant une demi-heure, je me suis laissé pousser la barbe, si si, depuis Noël, on ne s'est pas revus depuis, je crois, ah ça je ne sais pas, tu jugeras, maman aime bien. À demain donc, vers quatre heures.

Il a repris son coupe-papier, l'index arqué le long des pages comme pour les écrire en tous sens. Le livre était vieux. À mesure que la lame tranchait, des fils de papier jauni s'en détachaient. Aux pieds d'Alexandre le petit tapis de prière marchandé jadis à Fès se couvrait de poils duveteux. La Kasbah de Tanger, des cigognes à Ouarzazate, une Européenne en casque colonial, dix lignes de Loti, sous la pression du pouce et de l'index s'ouvrait un monde. Alexandre s'est absorbé dans sa tâche. Il ne sortira pas ce soir. Il coupera soigneusement les pages du livre qu'il n'a pas encore écrit, avec un bonheur proche de l'inspiration. Vers minuit, le livre ouvert, le livre refermé, il en ramassera à terre les barbes blanches, pour une fois sans regret du temps passé et même confiant car, à son heure, pense-t-il en s'endormant, comme l'album longtemps vierge enfin révélé, son livre doit aboutir à un monde.

De son côté Claire Desprez a du mal à trouver le sommeil. Elle s'en veut trop tard d'avoir accepté une rencontre avec Madame Blache, en l'absence d'Alexandre. Il y a des années qu'elle n'est pas allée rue Chapon. Elle se souvient du corridor trop sombre tendu d'étoffés lâches. Plusieurs fois dans la nuit elle se réveillera après y avoir pénétré, frissonnant d'avoir reconnu, pendues le long des murs, les molles dépouilles du cabinet de Barbe-Bleue.

BÉBÉ

Elle l'avait longtemps attendu, et ça pouvait recommencer. Des mois, se disait-elle, amère, en versant du lait dans son thé, des heures faisant des mois, l'estomac noué, prête à défaillir, persuadée qu'il ne viendrait pas, pour à la fin le voir paraître sur le seuil, point de mire des regards, objet des commentaires, marcher vers elle, et chaque fois elle eût souhaité disparaître, ne pas avoir été, par son désir, coupable de sa venue. Car il finissait par venir dans des pantalons à carreaux, un gros havane aux lèvres, un panama sur la tête, il finissait par surgir, surprenant, bien en chair, du néant où une trop longue attente l'avait relégué, décrété impalpable, impossible, il arrivait, impossible en effet dans un costume rayé d'avocat marron ou tout de blanc vêtu un jour où il tombait des cordes ; elle détournait les yeux pour que cela ne soit pas vrai, les gens jasaient, on le montrait discrètement du doigt, quelques sourires entendus circulaient ; il l'apercevait, ah, dérangeait deux ou trois tables en s'excusant, qu'est-ce que c'est, un homosexuel, un excentrique, un échappé de Sainte-Anne ?, il s'asseyait, ouf, j'ai cru que je n'y arriverais jamais, bon, qu'est-ce que tu prends ? Son visage était alors tout près du sien, ce visage poupin à la fois jeune et vieux des nouveau-nés, rose et fripé, lisse et velu, est-ce qu'elle l'aimait, est-ce qu'on pouvait l'aimer, comme ces bébés sur qui trop de temps a passé et qui semblent inaptes à l'amour, à l'existence, avec leurs gencives désertes, leurs poils noirs, leurs membres ratatinés ; l'attente n'avait été qu'une tragique erreur, il fallait fuir. Il était là pourtant, les gens revenaient à leurs moutons, rentraient dans l'ordre, il avait l'air tout animé, et Claire était contente qu'il soit venu.

Une des serveuses a allumé de petites lampes d'angle à pompons. À la droite de Claire, deux femmes en plein travail discutaient autour d'un amas de papiers répandus sous leurs tasses à café, des universitaires aussi, probablement. Le jour baissait déjà.

Les écoliers sont sortis à quatre heures, le rez-de-chaussée s'est rempli d'enfants et du parfum du chocolat chaud. Les mamans bavardaient entre elles d'une table à l'autre. Celle d'Alexandre avait été très aimable ; elle s'était excusée du dérangement en précédant Claire dans le couloir. Toutes deux s'étaient assises sur le lit. Le mur n'était pas portant, on pouvait donc, comme prévu, le mettre à bas sans difficulté. Un livre fraîchement coupé traînait sur le bureau : un *Voyage au Maroc*. Y était-elle retournée ? s'était enquise Madame Blache. Non, pas récemment, d'ailleurs ses parents n'y vivaient plus, son père était à la retraite depuis sept ans déjà, ils étaient retournés s'installer à Rouen. — Oui, j'ai su cela par mon fils, que ne savait-elle par son fils, votre père était censeur, n'est-ce pas ? — Non, proviseur. Il était proviseur au lycée Lyautey quand Alexandre est arrivé. — Oui oui, en effet, je me rappelle. Et comment va-t-il ?

Madame Blache avait dans ses tiroirs des dizaines de lettres postées de Casablanca, datées des deux années noires où son fils, VSNA au Maroc, avait été éloigné d'elle. Elle relisait régulièrement cette correspondance, chef-d'œuvre de drôlerie et d'affection, dans laquelle Alexandre révélait précocement son talent de conteur. Le père de Claire Desprez y figurait en bonne place sous le titre de vieille baderne.

— Pas très bien. Il a eu une attaque d'hémiplégie il y a trois mois. Ma mère s'en occupe un peu, mais elle commence à se faire vieille, elle aussi. Mes deux frères sont à Rouen, heureusement.

Madame Blache s'était inquiétée de l'âge de Madame Desprez, puis Claire avait pris congé. Par l'embrasure d'une porte, en sortant, elle avait aperçu le lit jumeau de celui d'Alexandre. Ma chambre est dans un triste état, avait dit Madame Blache, mais vous ne faites pas l'architecture d'intérieur, je crois ?

Claire a réclamé un pot d'eau chaude. Les lycéens de Montaigne débouchaient aux grilles du Luxembourg, souvent par trois, deux filles un garçon, deux garçons une fille, lequel en trop ? Ils la transperçaient de leurs yeux sans la voir, à travers la vitrine où passaient des reflets d'eux-mêmes. À présent, Claire s'y détachait nettement sur la nuit tombante, elle aurait dû monter au premier.

Il y avait de plus en plus de voitures qui tournaient autour de la fontaine, des autobus bondés, une ambulance hurlante. Un homme faisait les cent pas devant la station de taxis, une cigarette à la bouche, les traits crispés, tapotant nerveusement contre sa cuisse un objet indéfinissable, journal ou chapeau. Des étrangers demandaient leur chemin. Vedi quel bel taxi, s'exclamait une dame à la leçon neuf de la méthode Assimil, vedi quel bel taxi, à répéter vingt fois, regarde le beau taxi, exemple idiot de l'impératif mais parfaite illustration du farniente, on avait bien ri quand même, on apprenait l'italien, il y a combien de temps, dix ans.

Les sifflets du jardin ont retenti ici et là en écho, aigus comme des trompettes d'enfant. Les grilles allaient fermer. Des retraités sortaient en bandes, emmitouflés, leurs boules de pétanque à la main.

Il était cinq heures vingt. Pour Claire le Temps avait passé sous forme humaine : écoliers, lycéens, gens vaquant à leurs affaires, vieillards s'étaient succédé derrière la vitre, repères chronologiques d'une heure et de la vie. De nombreux bus avaient défilé, qu'elle aurait pu prendre. Il restait un fond de thé dans la théière, mais trop fort.

— Ah ! tu as déjà commandé ? Tu as bien fait. Mais quelle idée de te mettre ici, en plein courant d'air, c'est bien mieux en haut. Non, restons là, maintenant que tu es servie.

Il portait une casquette en tweed comme les garçons dans les années cinquante pour aller à l'école. La casquette en elle-même n'était pas laide, il avait dû en choisir longuement le tissu, à moins que ce ne soit précisément une vieille casquette d'enfance, du sur-mesure pour Raymond trop étriqué pour Alexandre ; ses cheveux étaient si épais qu'elle semblait posée dessus plutôt qu'enfoncée. Il avait toujours eu une grosse tête, et la barbe n'arrangeait rien.

— Quel chic, ma chère ! un peu Armée du Salut, mais enfin...

Claire avait mis son tailleur en lainage écossais. Madame Blache l'avait félicitée de son bon goût.

— Non, il est très bien, très très bien. Tu ne prends pas de risques, c'est tout ce que je veux dire.

Ce n'était évidemment pas son cas : la casquette en équilibre s'annonçait comme un défi au plus grand des dangers, celui du ridicule. Les premiers temps, Claire lui avait envié une si belle indifférence aux sarcasmes du monde, puis elle avait compris qu'il n'en avait simplement pas le moindre soupçon. D'ailleurs les casquettes ne convenaient qu'aux canailles ou aux travailleurs, et il y avait de l'affectation à se faire la tête d'un manager de combats véreux quand on enseignait la littérature à la Sorbonne.

— Tu n'as jamais aimé te faire remarquer, n'est-ce pas ? Quel dommage... Tu pourrais tout te permettre, tu sais.

— Oui, je sais, peut-être...

Elle savait, oui. Mais plus le temps passait, plus l'opportunité s'éloignait de lui répondre que son audace à lui aussi avait des bornes ; certes il n'hésitait pas à se détacher du lot, à affronter la rumeur publique. Il semait à tous vents dans la mémoire collective des traces de son passage : on l'avait aperçu coiffé d'un melon, il avait commandé six gâteaux d'un coup avec son thé anglais, il déambulait chaussé de bicolores des années trente, il encourageait depuis peu une barbe rabbinique ; combien de soirs avait-il autrefois chanté devant le porche l'air de Don Juan qui devait l'avertir de sa présence en cas d'oubli du code, Deh Vieni alla finestra, et elle se hâtait d'apparaître pour le faire taire, il continuait, des passants ralentissaient en riant sous cape, elle disait : Chut, les voisins, elle avait l'impression qu'il chantait faux mais n'en était pas sûre, il enchaînait, tendant tragiquement les mains vers elle, *Là ci darem la mano,* elle descendait au plus vite l'escalier qui craquait, ouvrait la porte et le tirait à l'intérieur. Tel était le courage d'Alexandre Blache. Pour le reste il effaçait méthodiquement les empreintes ou, pour plus de sûreté, n'en laissait pas : ainsi Claire n'avait rien de lui, pas une trace. Elle l'avait constaté il y a longtemps en classant d'anciennes correspondances : aucun mot d'Alexandre, pas un billet. Il n'avait pas dédicacé les livres offerts, pas répondu aux lettres ; il venait ou téléphonait. Cela l'avait soudainement frappée, des années plus tard, comme une humiliation : était-il possible qu'il ait eu soin toujours de ne rien risquer que des signes éphémères, qu'il ait écrit sciemment toute l'histoire à l'encre sympathique afin qu'il n'en restât rien que paroles en l'air, aria, sourires ? *Verba volent.* Elle avait passé son courrier au crible pour dénicher finalement quelques mots de sa main, son cœur s'était serré en les reconnaissant, ah ! tout de même !

— Ah ! tout de même, Mademoiselle, prenez ma commande, s'il vous plaît !

C'était une fiche de prêt de la Bibliothèque nationale qu'il avait glissée sous sa porte un jour où elle était absente. Comment diable avait-elle alors souri de son humour quand elle tenait entre les mains la preuve unique de sa veulerie ? À la rubrique « Nom du lecteur », il avait inscrit : A.

A suivi d'un point, Albert, Alphonse, Arthur, anyone, anonyme. «Ouvrage demandé» : DES-PREZ Claire, en lettres capitales. «Cote» : 10 contre 1. Puis il avait coché la case «Manque à la réserve», mis la date et signé B. B comme Bernard, Bertrand, bye bye baby.

La serveuse attendait, patiente, elle le connaissait bien. — Voyons, euh, un Opéra, un Sévigné... et... ils sont frais vos macarons ? Non, plutôt ce gâteau anglais, comment, un cheese-cake, ah dites-moi, il faut une véritable mnémotechnie chez vous ! Le thé tout de suite, s'il vous plaît.

À y bien réfléchir Madame Blache avait usé du même procédé : dans certaines lettres d'elle que Claire avait lues en cachette pendant leurs vacances en Grèce, elle apparaissait quelquefois sous l'initiale de son prénom, pour des propos insignifiants : C. a-t-elle pensé à emporter un nécessaire à coudre ? Tu as vraiment besoin de repos, mon chéri, dis-le à C. Assez, assez. Claire s'était sentie vexée : sans doute n'avait-elle pas été jugée digne de figurer dans les papiers livrés plus tard à l'exégèse. Sans doute ne méritait-elle pas d'être la clé d'un roman d'amour.

— Voilà. Excuse-moi, je suis à toi. Alors, que deviens-tu ? Toujours sur le chantier de Levallois ? Ça avance ?

La Maison de la Culture de Levallois était achevée depuis plus de neuf mois. Le maire avait coupé le ruban en mars dernier, et l'inauguration avait fait l'objet d'un article du *Monde* qui citait tous les noms de l'équipe d'architectes. Mais de même qu'Alexandre ne prenait pas en compte une heure qu'elle avait perdue par sa faute, de même ignorait-il les mois qu'elle avait occupés en son absence : elle l'attendait une heure, il l'oubliait un an, les choses étaient dans l'ordre. Alexandre Blache avait derrière lui le passé des autres, et devant lui son propre avenir.

— C'est fini depuis longtemps, Levallois. Je travaille à Étretat maintenant : la *Villa Mauresque,* la dernière maison de Maupassant. Tu la connais ?

— Oui, je vois où c'est. Mais on ne visitait pas, jusque-là...

Il ne l'avait pas vue depuis plusieurs mois. Elle avait l'air triste, presque butée, c'était une fille assez seule, au fond, sous des airs distants. Quelle lumière pourtant dans ses yeux, quelle ardeur à l'écouter jadis, les poings serrés sous ses joues, dans cette salle hideuse du lycée Lyautey où il débarquait à peine, frais émoulu de la Rue d'Ulm, quel choc, cette vieille baderne de Desprez lui avait confié les Math Sup, «Je vous confie ma fille», avait-il dit, mi-dérisoire, mi-sérieux, elle lui avait tendu la main la première, farouchement, on aurait juré un accord de mariage, du moins était-ce ainsi qu'il avait le soir même croqué la scène dans une longue lettre à sa mère. Ô temps suspends ton vol.

— Et toi, qu'est-ce que tu fais en ce moment ?

Ah ! Mademoiselle, s'il vous plaît, je vais prendre une tarte aux pommes. Tes cours, ton roman ?...

Au moins elle était sûre de ne pas se tromper, elle : ce chantier-là ne changeait pas !

— Ça avance doucement. Mais j'ai le temps, je ne veux pas le bâcler. Quand Voltaire a écrit *Zadig,* ça n'est pas rien, eh bien il avait cinquante ans. On ne fait rien de bon quand on est jeune, j'en suis de plus en plus convaincu. Tous ces étudiants qui se lancent dans dieu sait quoi, je les en dissuade : Pour avoir la crème, on laisse au lait le temps de se prendre, comme disait Flaubert.

La crème ! Il devait passer pour un vieux schnock et ne pas s'en douter le moins du monde. Dans ce même salon de thé, plusieurs années auparavant — c'était encore chez Pons, maison fondée en 1876 —, n'avait-il pas évoqué quelques chefs-d'œuvre de quadragénaires, Hugo, Flaubert ? L'avenir opérait insidieusement son mouvement tournant.

— Merci mademoiselle.

Elle a coupé sa tarte en petits morceaux avec le bord de sa fourchette. Elle y mettait une intensité rare, presque démente ; quelquefois il pensait qu'elle finirait folle, elle avait l'œil un tantinet trop fixe, d'ailleurs est-ce que sa mère ne devenait pas un peu dingue ?

— Comment vont tes parents ? Tu les as visités, récemment ?

— Tu parles d'eux comme de monuments

historiques ! Remarque, c'est tout à fait ça : les chefs-d'œuvre en péril !

— Non, ça se dit, visiter quelqu'un, c'est très correct même. Si tu travailles à Étretat, Rouen est sur ton chemin, non ?

Il avait toujours eu avec elle un indéfectible côté prof.

— Oui. J'y vais dimanche. Au fait je suis allée chez toi, j'ai examiné le mu...

— Oui, je sais. J'ai appelé maman tout à l'heure.

Naturellement. Était-elle distraite d'avoir oublié dans la vie d'Alexandre l'importance essentielle du fil ombilical, l'indispensable cordon téléphonique. Il mangeait très mal ses gâteaux, les engouffrait en mettant les doigts dans sa bouche. Il était d'ailleurs un peu gras, toujours soi-disant entre deux régimes. Sa mère l'avait trop nourri, bébé. Comment avait-il pu lui plaire, elle ne se souvenait pas, bien qu'elle ait parfois retrouvé, dans d'autres rendez-vous, quand il ne s'empiffrait pas, quelque chose d'un charme ancien sans rapport avec rien, peut-être la fascination d'antan, la séduction restait latente, ou bien l'attente simplement, elle était assez bête pour tomber là-dedans, les mauvais jours.

Il avait posé ses copies sur une chaise inoccupée entre elle et lui ; c'était un devoir sur la métamorphose des dieux dans la mythologie grecque. La première feuille, sur le dessus du paquet, présentait une écriture large et ronde, une écriture de fille... Gagné, elle s'appelait — fichtre! — Constance Fabre de Cazeau.

«Zeus s'unit à Léda sous l'apparence d'un cygne; il aspergea la captive Danaé d'une pluie d'or; comme de son union avec Alcmène sous les traits d'Amphytrion, de chaque accouplement divin naissait un fils.» Le cygne au long cou flexible, la pluie d'or sont dans ces mythes les symboles évidents de la puissance fécondante de Zeus qui...

Claire n'a pas osé tourner la page. Trois ou quatre copies doubles étaient insérées à l'intérieur, un vrai roman.

— Bon — elle a regardé sa montre — je ne vais pas tarder.

Elle avait l'air en colère, irritée: il avait dû faire une gaffe tout à l'heure à propos de Levallois. Elle était d'un naturel susceptible qu'il comprenait mal et attribuait vaguement à l'éternel féminin. Vers la fin elle lui reprochait continuellement de la considérer comme un jouet qu'on rejette au fond d'un tiroir; elle disait: tu ne penses plus à moi dès que tes yeux me perdent de vue, je rentre dans ma boîte; il se défendait, elle ajoutait: ne nie pas, dès que je m'éloigne d'un pas, j'entends claquer le tiroir où tu me ranges. Ils riaient, l'incident était clos, il n'y pensait plus.

— Tu sais, c'est faux, ta théorie du tiroir. Je pense à toi souvent.

Il avait un sourire fourbe et paternel. Sa phrase

était déconnectée du présent, reliée par un fil invisible à quelque conversation souterraine où Claire avait l'existence passive d'un objet qu'on examine à la devanture d'un magasin en en supputant le mode d'emploi. Elle n'avait pas loin à aller pour retrouver le cheminement de sa pensée : il ne voulait pas laisser croire que cette histoire de mur à abattre avait été la seule raison de leur rencontre, il voulait la remercier, la dédommager ; et elle était d'accord pour jouer le jeu, ne pas couper les ponts, elle connaissait les règles qui masquent d'un voile amical le soupçon du néant.

Il l'a regardée en souriant. Elle s'était ressaisie dans le geste ébauché de se lever, rougissante, Vous vous troublez, Madame, et changez de visage. Peut-être l'aimait-elle encore.

— Tu penses à moi ? C'est gentil. Et qu'est-ce que tu penses ?

Elle enfilait sèchement ses gants.

— Je pense, je ne sais pas, rien de précis. Ce que tu fais, ce que tu deviens.

Son visage s'était aussitôt refermé, cette fille était une huître. Elle avait mis ses coudes sur la table, les mains sous le menton, elle contemplait avec un intérêt froid, fixement, non pas ses yeux mais sa bouche ou son nez. Il a essuyé de l'index quelques miettes de pâtisserie. À vrai dire il en avait par-dessus la tête des parties de bras de fer, des pugilats verbaux.

— Excuse-moi, ça fait stupide mais une idée

vient de me traverser la cervelle, je la note sinon
je l'oublie. Deux petites secondes, excuse-moi.

Il a sorti un calepin rouge gansé de noir. Des
morceaux de gâteau étaient tombés dans sa barbe.
Claire a saisi au vol, détaché, le mot BOXE, en
lettres majuscules. Il griffonnait rapidement, le
buste penché au-dessus de la table, le bras replié
devant le visage comme pour se protéger à la fois
des plagiaires et d'un mauvais coup. C'était pourtant à ses dépens à elle que les rencontres avec lui
se soldaient par un K.-O. Ses rendez-vous étaient
des sommations, elle se rendait. Que pouvait-il
écrire de plus pour ses Mémoires futurs ? Aujour-
d'hui 3 février, assommé C. ?

— Voilà. J'ai remarqué que sinon tout me sort
de l'esprit.

Il a rangé son carnet, satisfait, a joint ses doigts
écartés en en faisant craquer les jointures. À
gauche, une femme entre deux âges, une collègue
de l'UER de langues, ponctuait un discours véhé-
ment de petits coups frappés de l'index sur le bord
de la table ; sa tasse vibrait dans la soucoupe. Il a
souri aux anges.

— Tu as l'air content de ta trouvaille.

— Oui, une métaphore, une bonne idée, je
crois.

Il a soulevé la théière, l'a inclinée . une goutte
très sombre en est tombée. J'en redemande ? a-
t-il dit.

— Non, pas pour moi.

84

Il a enfourné sa demi-rondelle de citron comme un protège-dents. Mais elle déclarait forfait. Il parlait de ses projets, de ses cours de chant avec une ancienne diva, d'amis qu'il avait dans le monde, les journaux, l'édition. Il pensait se lancer davantage dans la bataille. Elle l'écoutait, les coudes sur la table, les deux poings serrés sous les yeux, les joues en feu derrière la chaleur des gants qu'elle n'avait pas ôtés, cherchant simplement, dans cette pose fascinée d'étudiante, malgré la fatigue, à esquiver les coups, à soigner sa garde.

Enfin elle s'est levée. Il l'a aidée à enfiler son manteau. Alors tu m'abandonnes, a-t-il dit d'une voix enfantine, boudeur. Oui, elle l'abandonnait. Elle abandonnait. A.B., vainqueur par abandon. Elle a haussé les épaules, souriante :

— Eh oui, je t'attends, je t'abandonne, voilà notre destin commun.

Elle l'a embrassé, elle est sortie. Il l'a suivie du regard, elle a agité la main derrière la vitre, elle avait une démarche souple, adieu, adieu, Un je ne sais quel charme encor vers vous m'emporte, peut-être aurait-il dû...

Un bruit sec l'a fait sursauter. Il a détourné la tête, laissant s'éloigner Claire le long du Luxembourg sans plus la voir : derrière le comptoir à quelques pas de lui venait de claquer brusquement un tiroir invisible.

— Excusez-moi Monsieur, j'ai fini mon service, puis-je encaisser ?

Alexandre Blache a souri de toutes ses dents :
tout au monde aboutit à un livre.

— Mais oui, Mademoiselle, bien sûr, encaissez, encaissez.

Alors il a tiré son calepin de sa poche, dévissé
son stylo-plume et écrit en lettres capitales :
BOXE (suite) : LE MONDE COMME UN
RING (filer la métaphore).

BÉNÉVOLE

Il devait à tout prix l'aborder de façon naturelle, afin qu'elle n'ait aucun soupçon de son véritable mobile. Il la suivait depuis plusieurs jours déjà sans trouver le moyen de lier connaissance, et cette maladresse inhabituelle le rendait nerveux. De n'importe quelle femme il aurait fait la conquête en une heure par l'une de ces formules à l'emporte-pièce dont aucune jamais ne se lasse, T'as de beaux yeux tu sais, C'est à vous cette jolie bouche-là ? Il pouvait évidemment se risquer et l'inviter tout à trac à prendre un verre, mais ce n'était pas à première vue le genre de la maison : il n'arriverait sans doute à rien qu'à se faire repérer comme un bleu. D'ailleurs elle avait un port de tête qui vous tenait à distance, elle n'était pas très expansive, mais ça, il commençait à savoir pourquoi.

Le lendemain la chance le favorisa. Elle était sortie faire ses courses, il assura discrètement sa filature chez le boucher, le boulanger, puis décida d'entrer sur ses pas chez l'épicier, à la fois dans l'intention de la regarder de plus près et de s'acheter une bière. Il avait laissé son chapeau dans la voiture, par prudence. Vaine précaution : elle ne lui jeta pas un coup d'œil. Elle demanda du savon, une douzaine d'œufs, paya et s'en alla. Alors il eut un éclair de génie. Il prit un œuf à l'étalage, lança une pièce au marchand et sortit en courant. Elle tournait le coin de la rue pour rentrer chez elle. Il hâta le pas pour la rejoindre, Pardon Mademoiselle, n'avez-vous pas laissé tomber ceci de votre panier ? Elle fit volte-face. Il tenait l'œuf entre le pouce et l'index, avec aux lèvres le sourire improvisé du parfait galant homme.

Constance Fabre de Cazeau s'est massé doucement les tempes. Ils ne boucleraient pas à temps le numéro deux de *Boustrophédon* si tous les manuscrits étaient du même tonneau. D'abord ça n'avait rien à voir avec le thème du mois, ensuite la seule idée un peu astucieuse était probablement de seconde main, elle le sentait : le type avait dû traduire une page d'un vieux polar américain et l'envoyer à tout hasard à la revue. Souvent les écrivains en herbe recopiaient purement et simplement des paragraphes d'un livre qu'ils croyaient pilé par l'oubli ; si Constance n'avait pas lu suffisamment pour reconnaître aussitôt l'auteur original, elle avait assez de flair pour subodorer le plagiat. Le mois précédent, alors que *Boustrophé-*

don se consacrait au «Roman d'amour», il s'était trouvé parmi le courrier un chapitre d'*Autant en emporte le vent* où les noms seuls avaient été changés. Aussi Constance insistait-elle auprès de son père pour qu'il supprime de la publicité la phrase litigieuse : «Les envois retenus seront récompensés.» Car elle craignait, à la longue, sa perspicacité s'affaiblissant sous le nombre, de laisser passer à l'impression, pour la plus grande joie d'un Dupont-Durand, un morceau choisi de *Guerre et paix.*

L'idée était venue d'Émile, son frère, lassé de Sciences Po, et leur père avait dit oui. On allait créer une revue mensuelle destinée à révéler de jeunes talents. Chaque mois on indiquerait un genre ou un thème; les lecteurs promus auteurs adresseraient leurs textes — page, récit complet, chapitre — et l'on publierait les meilleurs. En regard, des critiques littéraires, des universitaires ou d'autres lecteurs commenteraient en toute sincérité la prose sélectionnée. Comme la revue serait placée sous le haut patronage des éditions Fabre-Lévi, les lauréats auraient tout lieu d'espérer des lendemains meilleurs. Bref c'était une entreprise de pur prestige, l'une de ces opérations philanthropiques et publicitaires par lesquelles Monsieur Fabre de Cazeau père s'enorgueillissait de poursuivre l'œuvre de ses aïeux, tous bienfaiteurs de l'humanité et prodigues d'eux-mêmes, comme cet ancêtre de la Renaissance, le généreux

Philippe, mécène illustre, qui avait posé gracieusement pour tous ses protégés et dont la physionomie modeste et le nez typiquement De Cazeau ornaient maintenant le premier plan de cent tableaux dans les plus grands musées du monde.

Constance s'était d'abord enthousiasmée pour le projet. Il devait avant tout lui permettre, à vingt-cinq ans, d'entrer dans le monde du travail, c'est-à-dire de quitter la lignée des femmes d'intérieur, parfaites maîtresses de maison, dont sa mère passait dans tout Paris pour le modèle inégalé. De plus, la licence de lettres qu'elle préparait après deux années de philosophie, outre qu'elle lui laissait du temps libre, ne la satisfaisait pas : le charme n'opérait pas, sinon, fugitivement, celui de Monsieur Blache allant et venant sur l'estrade de l'amphi Descartes en riboulant des yeux pour y susciter le Minotaure, et tous alors un instant guettaient la porte. Mais elle voulait davantage. Elle rêvait de toucher du doigt le secret de la création, de découvrir le corps — humain, divin — de l'écriture. Des années d'étude n'ayant abouti à rien, elle s'était avisée récemment d'un moyen simple de percer le mystère : elle allait *être* ce corps, ce secret, saisir les arcanes de l'inspiration en devenant l'inspiratrice et peut-être enfin, si tout marchait bien, à l'image du défunt Philippe, pour l'amour non des tableaux mais des livres, sans avoir jamais ni à les faire ni à les lire, les habiter.

Elle se proposait, mi-femme de tête, mi-dame de cœur, d'être l'égérie des nouveaux démiurges.

Elle était évidemment bien placée pour rencontrer des écrivains. Dès l'enfance elle en avait vu défiler des quantités dans le salon du boulevard Saint-Germain. Mais les éditions Fabre-Lévi s'étaient longtemps spécialisées dans le roman historique et les auteurs maison, par conscience professionnelle sans doute, tendaient à avoir l'âge de leurs histoires. En lançant *Boustrophédon* sous le bandeau «La revue de la jeune littérature», Constance avait ingénument pensé que les jeunes écrivains dont elle envisageait d'incarner le génie seraient tous des écrivains jeunes. Or, depuis la parution du premier numéro, le bureau de la place Saint-Sulpice loué pour l'occasion ne désemplissait pas, les manuscrits s'accumulaient, les auteurs piétinaient à sa porte et Constance, souvent seule pour les recevoir, avait eu toute opportunité de constater qu'ils n'étaient pour la plupart ni jeunes ni même écrivains.

Elle s'est levée. La tête lui tournait un peu. Elle a regardé machinalement par la fenêtre. La rue était déserte. Émile, pour une fois, assurait la permanence au bureau, à deux pas du studio qu'elle occupait rue Servandoni, mais elle avait emporté par affectation de sérieux une dizaine de manuscrits. En réalité, elle attendait Monsieur Blache, dont elle escomptait l'aide la plus précieuse. La veille, après le devoir surveillé, ils avaient pris un thé ensemble au Balzar, et, bien qu'il ait à plusieurs reprises consulté discrètement sa montre, Constance pensait l'avoir ferré. Elle espérait qu'il accepterait de collaborer à la revue. Peut-être même pourrait-elle sur-le-champ lui confier quelques textes. Elle lui avait parlé de *Boustrophédon* sans préciser qui elle était, la fille du Fabre des éditions, pour conserver à l'affaire un côté amateur susceptible de l'attendrir. « C'est une revue d'étudiants, si vous voulez, avait-elle dit, mon frère est à Sciences Po, nous sommes fous de littérature, nous aurions besoin de conseils. » Il avait répondu que ç'avait l'air très intéressant. Elle a collé son nez au carreau. Trois étages plus bas, sous une casquette en tweed, l'index de Monsieur Blache composait laborieusement le code d'ouverture. Constance s'est précipitée dans la salle de bains.

La boîte aux lettres indiquait : C. Fabre de Cazeau, 3ᵉ étage. Elle vivait seule, tant mieux ; elle n'habitait pas chez ses parents, tant pis. Alexandre Blache avait vaguement espéré rencontrer le père ; l'occasion se présenterait plus tard. Il a gravi les premières marches. Il s'agissait vraisemblablement d'une noblesse récente ; le Fabre sentait son *faber,* le bon vieux forgeron latin, pas de quoi fournir des quartiers ; mais enfin c'était les Fabre des éditions Fabre-Lévi, il l'avait vérifié dès la rentrée universitaire dans les dossiers du secrétariat. Madame Blache prétendait même qu'un

Fabre de Cazeau avait été membre de l'Académie française après la guerre. Bref, ç'avait l'air très intéressant.

— Bonjour Monsieur. Entrez, je vous en prie. Installez-vous, c'est un peu en désordre, vous voyez, même chez moi je croule sous les manuscrits.

Elle s'est lancée aussitôt dans l'apologie de *Boustrophédon,* mains jointes, puis dans la déploration, paumes offertes. Le studio était clair et spacieux, d'une surface sensiblement égale aux trois pièces de la rue Chapon. D'immenses rayonnages en acajou, avec ou sans portes, couvraient les murs. En se penchant à l'une des fenêtres on apercevait certainement le Luxembourg à droite, l'église Saint-Sulpice à gauche. Elle parlait trop vite en mettant l'accent sur certains mots, en en escamotant d'autres, il faudrait le lui signaler avant les oraux. Elle portait une robe rouge très bien coupée, ses cheveux... Elle s'était arrêtée, elle le regardait.

— En somme, vous voudriez que j'écrive quelque chose dans votre revue, c'est cela ?

Elle est restée bouche bée. Quel âge pouvait-elle avoir, vingt-deux, vingt-trois ans, il n'avait plus sa fiche en tête.

— Oh... non non, pas écrire, nous avons notre compte, enfin je veux dire, si vous pouviez *lire*... et corriger, naturellement, donner votre appréciation.

— Des devoirs supplémentaires, en quelque sorte.

Elle avait l'air contrite.

— Non, je plaisante. Bien entendu je vous aiderai. Cela peut être amusant.

Elle lui a saisi spontanément la main avec effusion. Oh merci Monsieur Blache, merci de votre aide, c'est trop aimable à vous, je ne sais comment vous remercier.

Elle avait appris la politesse, l'aisance, les serrements de mains émus. Elle rappelait ainsi à son insu non pas tant l'ancien mécène du XVIe siècle qu'une arrière-grand-tante De Cazeau, bénévole elle aussi dans le secours aux déshérités, qui recevait à l'ouvroir Sainte-Catherine, vers 1860, avec un semblable sourire, tout ce qu'on voulait bien lui donner au service de Dieu. La Cause, pour Constance, avait changé, mais dans le studio de la place Saint-Sulpice se déversaient encore des montagnes d'envois à trier, petits récits mesquins, linge sale des familles, dessous douteux, mouchoirs taillés dans des draps de lit, longs chapitres sentimentaux, broderies interminables faites au crochet dans des couleurs affreuses, affaires personnelles, tissu d'âneries, littérature d'occasion, vêtements déjà portés, rapiéçages, lambeaux d'existence. Constance Fabre de Cazeau rêvait d'être une Égérie, mais on n'échappe pas si aisément au destin ancestral de dame d'œuvres.

— Et vous allez commencer par le pire : le prochain numéro est consacré à la biographie. C'est épouvantable, a-t-elle dit en riant pour atténuer le blasphème : les gens vont raconter leur vie !

BIOGRAPHIE

Les parents de Claire Desprez habitaient
Rouen, une résidence nommée *Les Bégonias*. Au
retour de Casablanca, après des années de Maroc,
ils auraient souhaité vivre au bord de la mer, mais
ils avaient leurs habitudes à Rouen, sinon leurs
amis, deux de leurs enfants y étaient installés avec
leur famille, et M. Desprez avait fini par décréter
océanique l'humidité de la Seine. Du balcon il
voyait une partie de la ville, les toits du lycée
Flaubert où il avait été longtemps censeur puis
proviseur et, sur la gauche, l'immense étendue
du Port autonome qui remplaçait pour lui
l'Atlantique.

Le mouvement des bateaux, le minutieux
manège des pilotes allant et venant sur le fleuve
constituait depuis trois mois pour M. Desprez une
distraction précieuse et peut-être vitale. Le docteur Le Guennec avait fait placer son lit d'hôpital
au milieu du salon, malgré les protestations de la
maîtresse de maison, afin qu'il découvrît la vue

par la baie vitrée. Même la nuit les rideaux restaient ouverts ; il regardait les lumières avant de s'endormir presque assis contre ses oreillers.

Il aurait dû mourir en novembre. On l'avait ramené chez lui inanimé, la veille de l'anniversaire de sa fille. Le médecin avait prévenu la famille : l'attaque avait été grave, il allait mourir, c'était une question de jours, à moins d'un miracle. Antoine, le frère aîné de Claire, lui avait aussitôt téléphoné. Ils avaient échangé quelques mots — Claire prendrait le premier train — puis Madame Desprez s'était emparée du combiné :

— Ah ! ma pauvre Claire, tu vois, c'est arrivé. Évidemment nous savions qu'il était malade, le cœur était plus très vaillant, mais tu sais, je pensais vraiment partir la première. Et voilà, c'est lui qui est parti. Enfin la vie doit continuer, pour vous surtout, il faut bien, mes pauvres bébés.

— Mais maman, attends, peut-être...

— Tu viens me voir, tu prends le train aujourd'hui ?

— Oui, j'arriverai ce soir et...

— Ah ! ça lui aurait tant fait plaisir de t'avoir pour ton anniversaire, quelle pitié !

— Mais maman, justement, je serai là.

Quand elle était entrée dans l'appartement, Claire avait trouvé sa mère juchée sur un escabeau, qui cherchait sous une pile de linge les draps brodés du trousseau d'antan, ceux qui avaient paré

le lit nuptial quarante-cinq ans plut tôt. M. Desprez paraissait dormir, mais son visage était plissé
comme par un cauchemar. Sa femme avait insisté
pour qu'Antoine et Claire le soulèvent un moment,
le temps pour elle de le mettre, ainsi qu'elle le
répétait obstinément, « dans de beaux draps ».
Dieu n'ayant jamais été rien pour lui sinon, tardi-
vement, une image idéalisée de sa cadette, une
sorte d'architecte international, elle n'avait pas
osé lui joindre les mains ; elle s'était contentée de
croiser ses poignets l'un sur l'autre, le livrant à la
mort pieds et poings liés.

Or, contre toute attente, M. Desprez avait sur-
vécu. Il survivait depuis trois mois ; mais pour sa
femme il y avait trois mois qu'il était mort ; simplement elle n'avait guère eu le temps de porter le
deuil car on avait profité de ce bouleversement qui
l'affaiblissait pour lui confier au dépourvu un
grand malade : l'hôpital — et derrière, tirant traîtreusement les ficelles, le Dr Le Guennec, médecin de famille — en avait pris à son aise en ins-
tallant chez une veuve aussi récente un vieillard
grabataire qui, non content d'être entièrement à sa
charge, occupait au milieu du salon, dans un
immense lit-cage, la place de la table basse et des
bergères Louis XV ; le caoutchouc, repoussé à
l'angle de la bibliothèque, dépérissait faute de
soleil ; elle en ramassait presque quotidiennement,
indignée, les feuilles jaunies. Elle n'était pas absolument opposée à cette cohabitation forcée, elle

avait connu les billets de logement pendant la guerre, mais enfin cette fois on ne l'avait pas gâtée, les Allemands étaient toujours restés d'une parfaite courtoisie tandis que celui-là était revêche et taciturne. En outre, la situation s'éternisait : après tout, feu son époux avait suffisamment cotisé à la caisse de retraite des fonctionnaires pour qu'on n'imposât pas si longtemps à sa veuve une participation à l'effort économique. D'ailleurs, disait-elle en reniflant, je ne suis plus toute jeune, j'ai besoin de repos, la Sécurité sociale pourrait bien me prendre a 100 %, moi aussi.

Mme Desprez se plaignait ainsi à ses deux fils et plus encore, lorsqu'elle venait, à Claire, sa fille unique qui, célibataire, comprendrait sans doute mieux le désagrément, pour une femme, d'accueillir malgré elle un inconnu. Ce dimanche, une fois de plus, elle voulait la convaincre, s'en faire une alliée contre la tyrannie des hommes. M. Desprez somnolait. Claire écoutait distraitement la litanie maternelle, pensant qu'elle se coucherait tôt afin d'arriver le lundi dès neuf heures à la *Villa Mauresque*.

— Qu'est-ce que tu dirais, toi, je te le demande, si du jour au lendemain on t'amenait quelqu'un chez toi, à demeure, sans autres précisions. Ah ! je voudrais t'y voir, hein, faire ses repas, faire son lit, ne pas le quitter, et être aimable, encore ! Le docteur me reproche ma mauvaise humeur, tu te rends compte ! Si encore on m'en avait donné un qui marche, au moins on sortirait ensemble, il m'aiderait à faire les courses, il porterait le panier ; tandis que là, rien, il est complètement impuissant, euh, impotent.

Elle a réfléchi : c'est vraiment un vieux, quoi. Moi, si ça continue, je vais tout envoyer promener. Je ne suis pas mariée avec, après tout.

Faire les courses, faire les repas, faire les lits, faire l'amour. Claire s'est frotté les yeux, dissipant l'image de la *Villa Mauresque*.

— Mais si maman, justement, puisque c'est papa.

Elle n'argumentait plus que faiblement. Sa mère avait affronté la brutalité de la mort après quarante-cinq ans de vie commune. Elle l'avait annoncé elle-même d'une voix ferme, sans recours, trois mois plus tôt : son mari était parti. Dès lors sa raison ne pouvait admettre qu'on le ressuscite, ni sa fidélité qu'on le remplace.

— Ah ! tu ne vas pas recommencer. Arrêtez vos bêtises, toi et tes frères ; parce que, justement, il va peut-être falloir qu'on se marie : les voisins jasent, imagine-toi, j'en croise qui rient sous cape dans l'ascenseur, et moi je ne peux pas le supporter, ça non, je tiens à ma réputation. Alors si on me laisse ce bonhomme plus longtemps, j'exige qu'il m'épouse, tant pis, au moins ce sera net. Voilà !

Elle avait articulé chaque mot d'un air de défi, guettant chez sa fille une réaction scandalisée.

C'était son nouveau système de défense : tomber plus loin que ses enfants dans l'offense ; ils voulaient remplacer l'absent, elle allait le trahir, rirait bien qui rirait le dernier. Elle a poursuivi, triomphante, sans quitter Claire des yeux :

— D'ailleurs, ça doit être un veuf ; il a une alliance mais il ne parle jamais de sa femme. Donc il est libre, si elle est morte.

— Mais voyons maman, sa femme n'est pas morte : c'est toi, sa femme.

Le piège ne fonctionnait donc pas : Claire, loin de se rebeller contre de telles prétentions matrimoniales, choquantes si peu de temps après le décès, prenait les devants. Mme Desprez a soupiré. Elle aurait dû s'y attendre. Cette petite avait-elle jamais aimé son père ? Elle avait tant à lui reprocher. Le malade a toussé dans son sommeil. Claire s'est levée pour tapoter ses oreillers, repousser une mèche de cheveux gris qui s'était collée sur son front. Ses gestes étaient anormalement doux au-dessus du vieux visage sévère. Peut-être le connaissait-elle. Il fallait percer le mystère.

— Remarque, je n'ai rien contre lui. Je veux bien le garder encore un peu, si ça arrange tout le monde. Quoique, il est difficile, tu sais, il déteste le chou-fleur, ne mange pas de poisson, oh là là, je me demande de quel milieu il sort, il m'a l'air habitué à un certain train de vie. Non ?... D'ailleurs je pense qu'on ne m'aurait pas donné n'importe qui, tout de même, depuis le temps que le Dr Le Guennec nous suit. C'est quelqu'un de bien, non? Qu'est-ce qu'il faisait, avant? Le docteur ne t'a rien dit?

Claire a secoué la tête. Non, maman. Elle lui a posé la main sur l'épaule : Je prépare du thé, tu veux?

Sa mère n'a pas répondu. Elle regardait, à travers les barreaux du lit, le visage de l'inconnu. Il avait les traits d'un homme accoutumé à commander, à être obéi. Il avait dû occuper un poste important. Son alliance était en or, amincie par le temps. Il n'avait sûrement pas d'enfants, sinon il aurait logé chez eux.

— Maman?

Pas facile de reconstituer la vie de quelqu'un à partir de si peu d'indices. Elle allait tenter de glaner d'autres renseignements biographiques, elle l'interrogerait, elle réfléchirait.

— Maman? a répété Claire.

Mme Desprez s'est frotté les yeux. — Oui, fais du thé, ma fille.

L'inconnu a tourné la tête. De profil il ressemblait un peu à Robert, son défunt mari. Il n'avait pas dû être mal, dans sa jeunesse.

Les deux frères de Claire ont sonné vers cinq heures. Le thé était desservi. Antoine, l'aîné, était venu seul : Catherine assurait son tour de garde à l'hôpital, leur fille passait l'après-midi chez les scouts. Joël faisait un saut avec sa femme Aline avant de rejoindre des amis pour dîner. Aucun ne resterait longtemps puisque Claire, pour une fois, tenait compagnie aux parents. M. Desprez s'était réveillé au bruit de la porte ; il fixait la fenêtre où déjà scintillait la ville, bouche ouverte, lèvre pendante.

— Pauvre papa, a chuchoté Antoine, il arrive en fin de contrat.

Claire a regardé son frère. Il avait quarante ans. Enfant il voulait être avocat. Il avait lu dans un livre l'expression « défendre la veuve et l'orphelin » ; Claire jouait la veuve, Joël l'orphelin, et lui faisait des effets de manche avec un vieux peignoir de bain. Il travaillait maintenant dans les assurances. Il ne lui restait pas beaucoup d'enfance, pensait Claire, ni ses rires ni la couleur dorée de ses cheveux, seulement, mais déformée aussi par le temps, sa passion du droit. Il plaidait à tout propos ; il portait plainte à tout instant. La procédure avait envahi sa vie. Une interminable histoire d'aspirateur défectueux avait gâché pour Claire le dernier repas dominical. Elle s'orientait de loin en loin dans la carrière professionnelle et privée d'Antoine à l'aide des procès qu'il avait non pas gagnés ou perdus mais seulement intentés, car la plupart n'aboutissaient pas. « Ça suit son cours », répondait-il lorsqu'on l'interrogeait. Montre encore sous garantie, surface corrigée par huissier, réclamation aux PTT, trop-perçu d'impôts ; une veine battait dans son cou, des rides creusaient son visage anguleux, une calvitie se dessinait. Quelque chose n'allait pas dans sa vie, et depuis vingt ans il lui fallait un coupable. Ça suit son cours, s'est dit Claire.

Elle n'a pas croisé le regard de son frère, absorbé dans la contemplation du malade. À soixante et onze ans et cinq mois son père n'avait pas encore atteint l'espérance de vie d'un homme. À qui se plaindre s'il décédait avant l'âge légal ? Derrière ses barreaux, M. Desprez essayait de se hisser sur ses oreillers. Sa longue sieste l'avait reposé. Le kinésithérapeute qui venait trois fois par semaine affirmait qu'il progressait dans le recouvrement de ses facultés motrices. Il n'y avait pas lieu de s'inquiéter : détestant la chicane, M. Desprez s'apprêtait certainement à mourir, ou plutôt à expirer, comme un bail, dans les délais.

— Alors papa, ça va mieux ? Tu as bien dormi ?

Le malade a hoché la tête. Il ne pouvait presque plus parler mais le plus souvent il comprenait ce qu'on lui disait, et mieux encore ce qu'on lui écrivait. Une ardoise magique et son crayon étaient accrochés au premier barreau du lit.

— Venez que je vous présente, a suggéré Mme Desprez. Il ne vous connaît pas très bien, et puis il oublie vite. Toi, Claire, surtout ; et vous aussi, Aline.

Elle a détaché ses mots, parlant comme elle parlait à Claire trente ans plus tôt pour expliquer comment border les draps ou rouler la pâte à tarte.

— Voici Claire, ma fille cadette. Elle est archi-tecte, elle cons-truit des mai-sons.

M. Desprez a dévisagé sa femme en ponctuant chacune de ses syllabes d'un mouvement de tête.

— Il comprend ! s'est-elle exclamée.

Alors M. Desprez a tourné le cou avec difficulté en direction de ses enfants et, de son seul bras mobile, a lentement pointé l'index sur sa tempe en levant sévèrement les sourcils, ses lèvres ont remué, qu'est-ce que tu dis, papa ?, un chuintement geignard s'est échappé de sa gorge, gein gein, il gardait le doigt en l'air, oui oui, papa, repose-toi.

Claire a saisi l'ardoise. Des courbes, des jambages avaient laissé leur empreinte sur la surface grise. Quelques mots ou chiffres étaient lisibles dans le lacis des lignes : chou-fleur, huit, infirmière. En haut Claire a déchiffré une phrase entière, tracée de l'écriture ronde de sa mère : Je m'appelle Mireille. Elle ne savait plus comment ses parents s'étaient rencontrés, bien qu'ils l'aient plusieurs fois raconté ; elle doutait si c'était dans un bal ou chez des amis communs. En tout cas l'histoire se répétait ou remontait son propre cours : les présentations étaient faites. Elle a écrit sans appuyer : Papa, je suis venue passer le dimanche avec vous. Je reste jusqu'à demain. Il a souri. Elle a effacé. Ses frères et sa belle-sœur entouraient le lit, ramenaient un pan de couverture, jaugeaient le contenu jaune foncé de l'outre qui tombait par un cordon transparent d'entre les jambes du malade. Faut-il changer son pénilex ? a demandé Joël. Claire l'ignorait. Le peu de latin qu'elle avait étudié la tourmentait : était-ce la loi du pénis ? La pénible loi ? Les pieds de sa mère se trouvaient à quelques centimètres à peine de la poche de plastique ; elle la contemplait d'un air intrigué et Claire, frappée d'une absurde réminiscence, a craint soudain que sa mère, mue par ce même souvenir, n'appuyât dessus à intervalles réguliers comme elle ou lui l'avaient fait souvent, sur la plage d'Étretat, pour gonfler le canot des enfants. Aline murmurait quelque chose dans le cou de son mari en sautillant, elle avait envie d'aller danser après le dîner. Antoine entretenait son frère d'une partie de tennis annulée pour faute d'arbitrage, il avait protesté auprès de la Fédération. Mme Desprez s'est déplacée à pas menus vers le téléviseur, l'a allumé. C'était une émission de variétés ; des girls emplumées levaient très haut une jambe après l'autre. C'était l'heure où, petite fille, Claire sentait violemment l'horreur des dimanches ; ils étaient toujours tristes mais on était triste qu'ils finissent. La musique hurlait, le son est trop fort, a crié Antoine. Aline oscillait des hanches en mesure. On se croirait dans une boîte de nuit, hein papa ?

106

La dernière soirée dansante de Claire remontait au Premier de l'An. Elle était sortie avec des confrères du bureau d'architectes. Toute la nuit la tête lui avait tourné. La clientèle était très jeune, très gaie. Les lumières estompaient la laideur, les imperfections des visages, du décor. Le désir circulait pour un rien, des rêves s'éveillaient, le besoin de séduire et d'être aimée. Elle aurait dit oui à tout, à n'importe qui. Tout homme pouvait procurer l'oubli. Elle fermait les yeux sur des musiques lentes, serrée contre un danseur dont l'odeur l'enivrait. Elle n'était plus elle-même, elle vivait dans le feu du plaisir, dans l'attente d'un baiser, d'un corps, d'une jouissance. L'année commençait, quelle année ? On n'avait plus ni âge ni passé. L'amour redevenait un mystère, mais plus violent d'avoir été déjà levé jadis ou naguère, qu'il était bleu, le ciel, et grand, l'espoir ! Puis le matin était venu. On somnolait dans des fauteuils en cuir. Tout lui avait paru froid, vide de sens, désert. L'expression même « sortir en boîte » était paradoxale, dérisoire, bien qu'elle trouvât à l'aube sa signification véritable entre quatre murs enfumés : on avait cru sortir, s'extraire de la trame du temps dans l'insouciance de la fête. Mais la réalité était une boîte aux lumières fallacieuses. Étrangement, ses visites à Rouen produisaient en elle les mêmes métamorphoses contradictoires : elle renouait avec des émotions passées, des images de l'enfance et de la ville où elle avait grandi, son père, sa mère, ses deux frères, des photos de famille, elle pensait pouvoir ne garder que ce bonheur. Pourtant ce n'était encore qu'illusions, prestige égal à celui de la danse et des lampes. Dès qu'elle s'en éloignait, l'appartement des *Bégonias* se transformait en scène morne. Rien n'était arrivé. C'était du toc. Depuis, quand quelqu'un suggérait : On sort en boîte ? ou quand sa mère disait au téléphone : Tu viens à la maison, qu'elle réponde oui ou non, elle voyait fuir en perspective cavalière, boîte, maison, la forme oblongue d'un cercueil. Claire Desprez était encore jeune : elle n'avait jamais vu de cadavre ni, à l'exception de sa grand-mère, perdu un être cher. Mais elle connaissait bien la mort.

Ses frères sont partis à sept heures, embrassades, gestes de la main dans la cour, voitures qui démarrent, À la prochaine, alors, quand reviens-tu ? Noir, le ciel, grand, l'abîme. Elle a préparé le repas avec sa mère. M. Desprez a mangé de bon appétit. Sa femme le regardait sans aménité. L'approche de la nuit ravivait sa mauvaise humeur car la promiscuité alors était complète. « Il s'accroche », a-t-elle constaté avec cette réprobation blasée qu'elle avait déjà, dans sa jeunesse, pour évoquer ses amoureux éconduits. Elle répondait ainsi à tous les voisins qui s'enquéraient du malade, elle voulait les rassurer sur la moralité des *Bégonias* mais, interprétant mal leur mine choquée, elle rajoutait, sévère, pour les tranquilliser tout à fait : Je lui ai pourtant dit qu'il n'avait aucune chance.

Après le dîner, Claire s'est assise dans une bergère au chevet du lit. Sur la fenêtre les feux du port se mêlaient aux lampes du salon. Au bout d'un instant M. Desprez a fermé les yeux en crispant les paupières comme ébloui par la lumière ou transpercé par un souvenir. Elle a posé la main sur son bras, papa ?, il s'est détendu. Dans la salle, Mme Desprez ronflait légèrement devant la télévision. Claire a attiré vers elle la table d'hôpital, a réglé le plateau à sa hauteur afin d'y étaler les plans de la *Villa Mauresque.* Les travaux s'achevaient. Ça n'avait pas été un vrai travail de création, mais elle était plutôt contente du résultat. Du moins avait-elle décidé seule. Elle a levé les yeux vers la vitre. Son père et elle s'y reflétaient, immobiles et tristes ; à l'arrière-plan s'alignaient les rayons de la bibliothèque. M. Desprez, avant d'être proviseur, avait enseigné l'histoire. Il n'avait jamais terminé une étude sur Napoléon. Claire est restée un moment accoudée, les mains sous le menton ; puis elle a replié sans bruit ses papiers et les a rangés dans son cartable. Quelque chose au fond de la poche centrale a résisté. C'était un livre, celui qu'elle avait acheté à la gare. Elle l'a feuilleté, s'est calée dans son fauteuil et a commencé à lire.

Les premières pages relataient, par ordre alphabétique, le début d'une enquête policière. Un détective avait été chargé par quelqu'un qui n'était pas nommé de retrouver la trace et l'histoire d'une femme prénommée Blanche. Le récit ne suivait guère la chronologie, de sorte qu'on n'avait pas très envie de lire le livre dans l'ordre. Claire a eu rapidement l'impression que chaque chapitre pouvait se lire indépendamment des autres, comme une nouvelle. Elle a tourné les pages, s'arrêtant à certains titres plus ou moins mystérieux. Ils lui semblaient d'ailleurs assez gratuits, est-ce que le récit les justifiait vraiment ? Pourquoi pas Attente au lieu d'Abri, Amour au lieu d'Assassin, pourquoi... Elle était fatiguée, elle avait toujours eu du mal à se concentrer sur quoi que ce soit, le soir. Les romans policiers cherchaient un second souffle, des ficelles neuves. Mais pourquoi Faute plutôt que Faible, ou Folie, ou Fin ? Le courant profond de la vie ne passait pas, tout ca ne... Elle a porté la main à sa bouche, mon dieu ce n'est pas possible, elle a relu, non, elle s'est mordu la main, surtout ne pas vomir, étouffer le cri, ne pas réveiller papa, maman... Papa ! Maman !

BOUQUIN

Pour Claire Desprez, aucun livre n'avait jamais
eu d'importance. Elle lisait peu, faute de temps,
sinon les journaux et de somptueux ouvrages d'art
qu'elle classait par siècle dans sa bibliothèque. Le
premier tome des *Mémoires d'outre-tombe* calait
depuis son emménagement à Paris le pied d'une
armoire normande dont le poids avait dû en sou-
der définitivement les six cents pages. Elle voyait
parfois, en flânant sur les quais, de ces bouquins
fanés qui lui semblaient n'avoir d'autre fonction
que celle de compenser dans les appartements
anciens la dénivellation des planchers. Elle
emportait volontiers en vacances un gros volume
choisi parmi les meilleures ventes, qui perdait
avant la fin de l'été ses pages ensablées. Elle ache-
tait aussi quelquefois un livre au hasard dans une
gare ; elle lisait alors comme d'autres fument, ses
doigts tournant les pages comme ses lèvres
auraient soufflé la fumée. En de rares occasions le
livre pouvait encore tenir le rôle d'accessoire dans

certaines mises en scène de la vie. Ainsi Claire avait elle-même organisé l'espace de son appartement en fonction d'une grande fenêtre vis-à-vis de laquelle était apparu, un soir de juillet, sur un balcon forgé, un vieux volume entre les mains, un assez bel homme à fines lunettes d'or. Le chambranle de la fenêtre était dès lors devenu le cadre d'un tableau, le double rideau d'un théâtre : à l'intérieur, avec l'application d'un peintre, Claire avait arrangé son pupitre d'architecte et sa lampe, une petite table parée d'un vase guilloché qu'elle fleurissait, et la partie gauche de sa bibliothèque, consacrée aux églises romanes et à l'art gothique en Europe. Claire savait exactement ce qu'on voyait par cette fenêtre, une illusion de travail et de génie qu'elle se plaisait à entretenir presque pour elle-même, à l'aide de livres et de bouquets. Le reste était désordonné, hors champ, dans l'ombre. L'été, sans volets ni voiles, lorsqu'elle se sentait un peu seule, et bien que le balcon depuis fût resté vide, elle se donnait en spectacle avec équerre et T vernis, le front sage. De temps en temps elle allait consulter sans raison les gravures d'un beau livre qu'elle compulsait lentement, feignant pour un public absent, tout en achevant modestement les plans d'une Caisse d'épargne, d'ourdir la construction d'une cathédrale. Le livre donc servait de code, comme tant d'autres objets. Il ressemblait à ces chaussures qu'elle regardait aux pieds des hommes, évaluant discrètement, d'après la marque et l'entretien, non la grâce du pied mais la qualité du propriétaire. Aucun ne l'avait jamais touchée au-delà d'une émotion raisonnable. Le dernier qui ait un peu agité son cœur était celui qu'elle avait ramassé dans la *Frégate* de 18 h 10. Ses bouleversements prenaient leur source ailleurs. Lycéenne, elle avait dû plancher sur cette phrase de Montesquieu : « Je n'ai pas eu un chagrin qu'une heure de lecture n'ait dissipé. » Pour elle le contraire était vrai : elle ne se rappelait pas une heure de lecture qu'un chagrin n'ait dissipée sans retour.

Évidemment il y avait les livres de son adolescence. Livres de cuisine et d'école, romans pas coupés, pas finis, prêtés, pas rendus, donnés, pas lus, survolés, dévorés, somme d'une vie, roman d'un jour, cousu, broché, collé, décollé, pages envolées, marges annotées, lignes soulignées, papier bible, fonds d'images, dédicace promise, cadeau, volume traversant la pièce comme un oiseau dégingandé, heurtant l'épaule ou le visage, aveugle, déjà mort étalé par terre, Mon livre préféré, disait-elle alors, et elle pleurait. Il y avait ce livre passionnément dédicacé, À toi ma joie, mon vitriol, dont on avait de rage arraché la première page, elle savait bien qui, mais c'était loin. Elle recopiait longuement des poèmes entiers d'Eluard et d'Apollinaire qu'elle envoyait par lettre à..., leurs goûts pourtant s'opposaient, il préférait Hammett et Edgar Allan Poe. Et puis deux ou trois livres qu'elle avait oublié de rendre à la bibliothèque du lycée, mais son père était proviseur. Un qu'elle avait donné une fois dans l'autobus à un jeune Algérien — *Les Nourritures terrestres* —, il l'avait suivie, il habitait Constantine, elle avait eu du mal à s'en débarrasser. Plus tard, au Maroc, le roman en projet d'Alexandre Blache, son professeur pour quelques mois, l'avait un moment fascinée, ils n'avaient que quelques années de différence, elle l'écoutait, flattée d'appartenir à son audience, écrire son œuvre après les cours, au café, sans trop y croire, bien que, tournant gravement son visage vers le fouet des embruns, il prît quelquefois le phare d'El-Hank pour l'extrême pointe du Grand Bé. Et maintenant son livre encore en chantier incarnait tous les livres, irréels et bavards. Quoi d'autre ? Rien. Elle avait beau se souvenir, aucun livre n'avait eu d'importance.

Comment un livre peut-il changer la vie ? Sa lecture soudain nous libère, nous éclaire sur ce que nous n'avions osé faire ? Une phrase en lui nous guide et nous bondissons de notre chaise ? Nous marchons dans la rue, solitaire, le livre tombe, on nous le rend comme un gant, un mouchoir d'autrefois, l'histoire commence ? Ou bien le livre tombe, nous nous baissons et les roues d'une voiture nous écrasent ?

Le livre s'est simplement ouvert à une page où dort un signet d'herbe sèche — notre passé — et nous lisons noir sur blanc le texte impossible et clair du secret que nous croyions gardé, telle Claire redécouvrant dans son livre, une main devant la bouche, tant d'années après, comme sur l'ardoise magique où ne s'effacent pas les choses qu'on efface, cette chose abominable qu'elle a faite, un jour.

- C -

Un chapitre céleste.

VICTOR HUGO

ÇA

Francis Cosse n'était pas très fier de lui. Il venait de commettre l'une de ces actions qui restent supportables tant que tout le monde les ignore, et qu'un regard d'autrui change en faute. En l'occurrence il n'avait vraiment pas eu de chance puisque *deux* regards étrangers s'étaient posés sur son infamie. Il était en train d'expliquer à sa mère, au téléphone, le désastre de sa situation matérielle — il pendait la crémaillère le soir même à la *Villa Mauresque* et n'avait trouvé personne pour le seconder dans ses préparatifs, il n'avait pas de quoi payer les services d'un extra ou seulement d'une femme de ménage, mais oui, évidemment qu'il était obligé d'acheter du champagne, et du bon, il y aurait quelqu'un du ministère, le président de la Société des amis de Maupassant, l'architecte à qui il souhaitait proposer habilement quelques retouches d'intérêt personnel non prévues dans les travaux à finir, bref, il fallait deux caisses de Mumm cordon rouge, sans compter les toasts et les amuse-gueule. Enfin il était débordé, désemparé, désargenté, il allait tout faire lui-même, absolument tout, désolé, il n'irait pas les voir à Dijon avant longtemps, tout tout tout, tartiner le caviar et passer la serpillière. Non maman, c'est moi qui te rappellerai quand la bourrasque sera passée, pense à moi. Il s'était souri dans la glace en raccrochant; à l'arrière-plan du miroir, un signe timide de la tête avait répondu à ses dents carnassières. C'était la bonne que le maire lui avait promise et qui attendait, mains ballantes sur son tablier, les ordres de Monsieur, à moins que Monsieur n'ait changé d'avis. — Mais non, pas du tout, je vous attendais. Il l'avait précédée dans la cuisine en l'appelant Madame; on y accédait par une sorte d'antichambre aveugle où Guy avait dû coincer les servantes, ça ne traînait pas avec lui, en tâtonnant dans les recoins le conservateur avait senti sous ses doigts, creusée dans l'épaisseur du mur, comme une niche vide, la forme d'une femme, croyait-il. — Voilà votre domaine, Madame, avait-il dit en écartant les bras, j'ai fait les courses, tout est là, je vous laisse vous organiser, je m'absente pour la journée. Déjà elle retroussait ses manches, elle avait des bras extra-ordinairement musclés, elle en avait pétri, des pâtes, et porté, des enfants. Alors quelqu'un d'autre avait regardé Francis Cosse qui déjà franchissait la porte et se sauvait par le jardin : un petit garçon à sa ressemblance, jadis surnommé Cis,

qui avait été longtemps d'une honnêteté scrupu-
leuse envers ses parents avant de comprendre,
assez tard mais clairement, qu'il n'était pas possible de grandir vraiment sans mentir à sa mère.

La gare était à dix minutes à pied. Le tortillard,
paisiblement arrêté sur la voie, ses flancs beiges
tachés de roux, paissait l'herbe entre les rails. Il
faisait beau et froid. Francis Cosse est monté dans
l'unique wagon ; presque aussitôt, comme si l'on
n'avait attendu que sa venue, la machine a ronflé,
le chef de gare a envoyé son signal à un mécanicien invisible et le train s'est ébranlé avec la lenteur massive d'une vache qui se lève. Il n'y avait
personne dans le wagon ; le conservateur a fermé
les yeux, comblé : ce voyage n'aurait donc lieu
que pour lui seul, que pour le mener vers celle qui
depuis des mois hantait ses rêves, et il en était
aussi fier que s'il eût spécialement affrété en son
honneur un sous-marin ou un hélicoptère. Il s'est
levé dans le dessein d'arpenter son wagon privé,
de faire le tour du propriétaire, lorsqu'un détail l'a
cloué sur place au milieu du couloir : freinés seulement par une grande vitre au fond du wagon, le
paysage tout entier, les rails déformés, les arbres,
les talus, les pylônes se précipitaient non à sa
poursuite mais à sa rencontre ! Ce n'était pas la
vitre arrière du train, mais la vitre avant. Il n'y
avait pas de locomotive ! ! !
    Francis Cosse a titubé jusqu'à la fenêtre. Il a

collé son nez et ses mains au carreau, dans cette posture désolée qu'il adoptait, enfant, quand ses parents tardaient à rentrer et que la solitude de la maison lui mettait une angoisse au cœur. Le train, lui a-t-il semblé, prenait de la vitesse. Était-il monté à bord d'un convoi fantôme ? Vers quel destin alors courait-il ainsi dans un pareil bruit de ferraille ? La reverrait-il jamais, celle qu'au mépris de mille obstacles, au prix de mille mensonges, il allait accueillir au Havre en ce beau jour de février ? Un train de marchandises a déboulé soudain du coin gauche de l'horizon ; il fonçait droit sur le petit wagon tressautant. Francis Cosse, subjugué par ce monstrueux travelling avant, n'a pas bougé, mais son cœur bringuebalait à chaque tour de roues. Juste avant le choc la rame s'est écartée, une courbe de la voie l'a emportée en enfer. Une minute plus tard, le chef de la station des Loges a vu sortir de l'omnibus d'Étretat un jeune homme très pâle, en sueur. Le quai, comme à l'habitude, était absolument désert. Le voyageur agitait la main, le chef s'est avancé, deux doigts à la casquette, Vous descendez ici, Monsieur ? Le mécanicien a passé la tête par la portière de la motrice : Qu'est-ce qui se passe ? On ne repart pas ? On t'a coupé le sifflet, Albert ? Le voyageur a fait volte-face, « il m'a regardé comme si je tombais de la lune, zinzin le type », dira le conducteur à ses collègues pendant la pause de midi en se vrillant la tempe de l'index, puis il est remonté dans le wagon. Vas-y Marcel, c'est bon, a dit Albert.

Monsieur le Conservateur n'avait guère pratiqué les trains au cours de sa vie, il préférait la voiture. Aussi ignorait-il l'existence des convois à poussée motrice, dans lesquels la locomotive est en queue, bien que la ligne Étretat-Beuzeville en mît régulièrement en circulation. Affalé sur son siège, il se ressaisissait déjà et s'apprêtait à rire d'autant plus de sa mésaventure qu'il n'avait nulle intention d'emprunter jamais ce tortillard puisqu'il disposerait sous peu d'un véhicule personnel. Son cœur avait repris son rythme naturel. Bientôt il s'est levé et s'est placé bravement derrière la vitre, bien campé sur ses jambes. Le wagon tanguait de gauche à droite et de droite à gauche tout en ouvrant l'étrave de ses rails. Les remous des talus s'écartaient. Un troupeau de vaches cinglait à tribord, des étourneaux l'escortaient. Francis Cosse était redevenu heureux : à tout prendre il préférait les bateaux. D'ailleurs n'arrivait-Elle pas sur un navire, n'était-Elle pas en mer à l'heure actuelle ? Le Havre dans un instant serait en vue. À la proue Francis Cosse dirigeait la manœuvre : «Capitaine de corvette, ma belle, pour vous servir», a-t-il pensé en inclinant des épaulettes imaginaires.

À Beuzeville il y avait quarante-cinq minutes d'attente : les horaires des correspondances avaient été calculés pour Paris, non pour Le Havre qui n'était qu'à vingt kilomètres. Francis Cosse a emprunté le passage souterrain pour rejoindre le quai A. Là aussi la gare était déserte. L'employé du guichet lisait *Paris-Normandie*. Il était 10 h 53. La première pointe était passée, celle du rapide de 8 h 25 qui déversait tous les lundis le flot houleux des internes de la région et tous les jours la fournée morose des enseignants parachutés en pays de Caux. La seconde pointe serait la *Frégate* de 18 h 10 qui remporterait les mêmes. Dans l'intervalle, quelques silhouettes étrangères transitaient par la salle d'attente vers des destinations inconnues ; elles feuilletaient un livre à la Maison de la Presse, achetaient des journaux, sollicitaient le distributeur de bonbons, s'asseyaient enfin sur un banc, se levaient plusieurs fois par erreur car tous les trains qui passent à Beuzeville ne s'y arrêtent pas, loin de là. Francis Cosse s'est conformé instinctivement, avec un peu plus d'impatience, au modèle commun. Puis le rapide est arrivé ; deux dames en sont descendues, il y est monté, et dix minutes après il débarquait au Havre. Des pancartes indiquaient : la mer, la plage, le port, dans trois directions différentes. Francis Cosse s'est acheminé vers le port, mais il espérait voir la mer.

Il n'était jamais venu au Havre. Ayant appris par son père, à New York, la proposition de poste à Étretat, il avait lu tout Maupassant, revu les impressionnistes au Metropolitan Museum ; il lui en était resté le nom de Sainte-Adresse et le souvenir du Bassin du Commerce dont l'appellation avait évoqué pour lui un petit bourg cancanier, à cause du Café du même nom, jusqu'à ce qu'il sût, renseignements pris, que Le Havre était un des grands ports de France où accostaient les bateaux d'Amérique. La ville depuis s'était chargée d'une poésie nouvelle où mugissait la mer sous les terrasses en fleurs de Monet. Hélas, se disait-il en approchant des quais, rien de cela non plus n'est vrai. Le Havre est une ville neuve rasée par les bombes et reconstruite à l'économie. Elle a l'air triste de ces gens qui, ayant vécu longtemps avec quelqu'un, ne se souviennent, après sa mort, que de sa mort : il n'y a pas trace au Havre du Hâvre de Grâce, ni de François Ier, ni de la Renaissance, ni des dames sous leurs ombrelles, ni des maisons de *Pierre et Jean.* Il n'y a trace que de la guerre qui les a fait mourir. Le long des larges avenues s'élèvent des tours de béton dont les fenêtres toutes identiques sont comme les urnes funéraires d'un grand columbarium. Les gens marchent la tête baissée, le visage fermé, engoncés dans des pardessus gris, luttent-ils contre le vent de l'Océan ou contre le poids du chagrin ? Ils se croisent sans se voir dans les rues propres, tels les passants d'un cimetière. Mais c'est égal, je n'aurai pas à m'y éterniser, c'est le cas de le dire. Dès qu'elle sera là, nous repartirons, je lui montrerai le bocage et la côte, Deauville, Trouville, Cabourg, et puis Paris. Francis Cosse a traversé Le Havre la mine grave et le cœur léger, comme un enfant qu'on aurait traîné à un enterrement le jour de Noël.

Un docker l'a guidé vers le quai 9 où devait accoster bientôt le *La Fayette.* L'accent havrais avait quelque chose des intonations parisiennes, la capitale n'était pas loin, les titis s'étaient simplement reconvertis dans le poisson. Les eaux du port étaient crasseuses. L'huile faisait des arcs-en-ciel. Des flaques noires croupissaient entre les pavés mal joints, Francis Cosse a tenté de protéger ses chaussures, il s'était soigneusement habillé tout à l'heure dans la double perspective de cette arrivée exceptionnelle et du cocktail à la *Villa Mauresque* : peut-être n'aurait-il pas le temps de se changer ; il était donc en smoking sous son manteau, avec des souliers vernis.

— Tenez, le v'là le *La Fayette,* il passe la grande jetée ; sera là dans vingt minutes. C'est interdit après la grande barrière, faut pas gêner le débarquement, pas ?

— Merci Monsieur.

Le docker avait la peau striée de veinules rouges. Du moins les hommes ici n'avaient-ils pas bougé depuis un siècle ; pas, Guy ?

Le bateau venait lentement vers lui. Quelle poésie, quelle noblesse ! Il arrivait de l'autre bout du monde à travers les tempêtes, et elle était à bord. Francis Cosse regrettait de n'avoir pas mis l'un de ses feutres à ruban noir, il se sentait l'âme de Bogey, mais les petites villes sont si vite effarouchées. Des silhouettes s'agitaient sur le pont. Des mouettes riaient. Elle arrivait ! Bientôt elle serait à lui pour la vie, dans sa robe blanche, aérienne, scintillant de tous ses chromes... Aujourd'hui elle aurait sa capote, c'était Le Havre et l'hiver, mais il l'associait malgré lui à des promenades à Coney Island, en plein soleil de midi, l'été dernier. L'eau a bouillonné, le mécanicien inversait les machines, à présent deux bustes se détachaient nettement derrière la vitre du poste de pilotage. Des marins ont lancé les amarres aux hommes du quai. Bien sûr elle ne descendrait pas la première mais il pouvait attendre indéfiniment maintenant qu'elle était si proche. Du temps a passé. Est-ce que tous ses papiers étaient en règle ? Peut-être fallait-il qu'il intervienne, qu'il se montre ? Pourtant il restait derrière la barrière, immobile et solennel, tout désir évanoui, toute sensation envolée : elle était arrivée et il ne pouvait plus bouger, ce n'était pas possible, elle était arrivée, il l'avait fait venir, il n'y croyait plus, il y avait si longtemps qu'il voulait ça, si longtemps qu'il ne pensait qu'à ça.

*

L'architecte, comment..., Mademoiselle, euh, Desprez, *Claire* Desprez, se tenait un peu à l'écart, une main sur le piano, raide et concentrée comme si elle allait chanter un lied de Brahms et fondre en larmes. Il fallait la dérider, d'autant plus qu'il avait un service à lui demander personnellement tout à l'heure pour sa chère belle dont nul ne savait qu'elle était là, tout près, cachée à leurs yeux profanes. Les autres invités devisaient par couples à proximité de la cheminée où pendait une crémaillère effective. Francis Cosse a traversé le salon. Il n'était pas très à l'aise avec Mademoiselle Desprez parce qu'elle avait à la tempe droite, presque parallèle au sourcil, une petite cicatrice qui lui rappelait fâcheusement un épisode enterré jusque-là sous une douzaine d'hivers. C'était aux Arcs. Il avait dix-huit ans. À la première réunion du groupe de ski niveau trois, il avait repéré la fille la plus jolie. Elle avait quelques années de plus que lui, un bonnet blanc et un christiania supérieur au sien. Il avait tout de même réussi à la doubler à mi-pente, avait culbuté sur une bosse en s'essayant à la godille, et elle était venue s'ouvrir le front sur ses carres. Le sang ruisselait sur son visage, comment y en avait-il tant dans cette partie osseuse de la tête ? Elle l'avait d'abord tâtée avec circonspection de sa main gantée, puis ses doigts nus avaient senti la blessure et elle s'était mise à hurler qu'elle était défigurée. Mais non, mais non, disait-il, ce n'est rien du tout, deux-trois points de suture, peut-être qu'en y mettant de la neige le sang s'arrêterait. Elle se tordait les mains en pleurant. Deux-trois points de suture, répétait-il terrifié, pensant qu'il faudrait les additionner tous pour fermer la plaie béante dont les bords s'écartaient mollement. Au bout d'interminables minutes, un brancard l'avait emportée. Il était redescendu à la station ; personne ne lui avait rien demandé. Il n'était pas allé la voir à l'hôpital et ne l'avait jamais revue. La cicatrice de Claire Desprez était ancienne et peu visible ; elle aurait pu la dissimuler sous une mèche de cheveux, ce qu'elle ne faisait pas. Il lui avait demandé une fois à brûle-pourpoint si elle savait skier, elle avait répondu que oui d'un air désabusé, il n'avait pas insisté tant il avait peur que ce soit elle.

— Puis-je vous offrir une autre coupe de champagne, mademoiselle ?

Elle a sursauté. — Oh ? non merci, le champagne me monte à la tête.

— Un whisky, peut-être ? Elle a hésité. — Oui, je préfère. Il lui a versé un verre, s'en est servi un. — Je vais être complètement ivre, a-t-elle dit après un silence, en faisant rouler les glaçons. — Mais non. Vous connaissez le proverbe : Chivas piano va sano. — Vous jouez du piano ? a-t-elle dit sans relever son calembour. Elle avait l'air totalement ailleurs. — Venez, je vais vous présenter, il l'a prise par le coude, à Monsieur Davert, c'est le président de la Société des amis de Maupassant, il gère en partie le musée, je crois qu'il descend lui-même des Maupassant ou quelque chose comme ça. Ils ont retraversé le salon. — Monsieur Davert ? Un grand homme s'est retourné, le front dégarni, la lippe dédaigneuse. Il tenait sa coupe dans son poing levé, le bras tendu à distance du corps, comme un gerfaut pour la fauconnerie de haut vol. Il avait le nez busqué des oiseaux prédateurs. Mlle Desprez, je vous présente Monsieur Davert, qui préside au destin de la *Villa Mauresque.* Mlle Desprez est notre architecte, comme vous le savez. Une femme s'est approchée : — Et voici Madame Davert, qui est artiste-peintre à Honfleur. Elle a salué d'un lent sourire fat. — Oui, a enchaîné son mari, elle fait du beau travail, elle a le sens de la beauté, c'est rare de nos jours. Claire a souri faiblement à Madame Davert : ses tableaux devaient être affreux car elle était affreuse.

— Elle sait respecter les valeurs sacrées de l'Art, c'est capital, continuait le président.

Il parlait gravement, la nuque renversée en arrière, regardant Claire comme par-dessus son menton. Est-ce qu'il allait passer la soirée à faire l'éloge de Madame ? Francis Cosse avait disparu. Claire était à bout de nerfs ; depuis quinze jours tout son esprit était tendu vers le seul dessein d'élucider le mystère d'*Index* : qui avait écrit ce livre, comment, pourquoi ? La première question n'était pas difficile. À vrai dire, bien peu de gens connaissaient l'histoire, et moins encore eussent pu l'écrire ainsi, avec ce luxe cruel de détails. Un seul, en réalité, avait pu l'écrire, elle le savait, et cette certitude la déchirait. Une phrase du livre la hantait : « Elle aime provoquer l'amour mais n'est pas capable d'en ressentir. » Elle la ressassait, pensant « mensonge, mensonge » à la fois pour s'endurcir contre la page qui suivait, quelques chapitres plus loin, et pour convaincre ses accusateurs absents que, puisque cette phrase était fausse, le livre entier pouvait l'être. Les choses ne s'étaient pas passées comme ça, tout était volontairement frappant, atroce, sans pitié, comme dans les mauvais romans. N'y avait-il pas plus de nuances dans la vraie vie, ou du moins plus d'explications ?

— Elle a déjà une jolie carrière derrière elle, n'est-ce pas, malgré son jeune âge... Elle a déjà fait parler d'elle, j'ai vu son dossier, beau dossier, elle ira loin, ma foi.

Quelque chose dans ce soliloque, le mot *jeune* ou le mot *jolie,* a tiré Claire de son propre monologue. Non seulement c'était d'*elle* que parlait le président (Monsieur le président, ça ne s'est pas passé comme ça, je le jure), mais c'était *à elle* qu'il s'adressait ainsi, à la troisième personne (L'inculpée a-t-elle quelque chose à déclarer ?). Elle devait trouver quelques mots, elle ne trouvait rien. Heureusement le président était de ces hommes dont chaque silence est une insolence mais qui n'entendent en celui des autres que l'hommage bien mérité du respect, de la fascination ou de la peur.

— J'ai fait ce que j'ai pu, a dit Claire. Et elle

est partie presque en courant, le front baissé, pardon, excusez-moi.

La salle de bains était la pièce la mieux réussie de la *Villa Mauresque* : on y avait conservé les zelliges d'origine, les robinets de cuivre. Quand Claire les a ouverts, les tuyaux ont vrombi ; elle a fermé la porte à clé, s'est tamponné le visage avec une serviette. Si c'était lui qui avait écrit le livre, et ce ne pouvait être que lui, pourquoi l'avait-il fait ? Poussé par quel ressentiment, si longtemps après la dernière fois ? Avait-il espéré qu'elle lirait, qu'elle souffrirait, qu'elle reviendrait ? Mais le livre datait de plus d'un an, sa publication avait été confidentielle ; ce n'était que par l'œuvre du hasard, ce dieu vengeur au cornet à dés, qu'il lui était tombé entre les mains. Alors ? Alors il l'avait écrit simplement pour dire l'histoire à sa manière, sous forme policière — il ne lisait que ça — avec des difformités monstrueuses, pour s'amuser, vingt ans après. Il avait donc tout oublié... et, en même temps, rien : l'index où s'était promenée sa mémoire était une longue galerie de miroirs déformants, l'amour était un avorton, le bonheur un nabot, le crime un ogre qui débordait du cadre, mais il avait laissé pourtant de quoi s'y reconnaître, comme la tache rouge d'un foulard au cou sur une photo tremblée. Claire s'est regardée dans la glace de la salle de bains. L'eau froide avait rougi ses joues. Sur la tablette du lavabo était

posée une bombe de mousse à raser qui précisait :
pour barbe très dure et peau très sensible.

— Mademoiselle Desprez, tout va bien ?

C'était Francis Cosse. Elle a ouvert la porte. —
Oui oui, très bien, je vous remercie. — Vous
n'avez pas besoin d'aide ? Il gardait les yeux fixés
à droite de sa tête avec une inquiétude qui paraissait sincère, et même excessive. — Non, non, c'est
seulement... Elle a fait un geste vague en direction
du salon. Il a ri. — Ah ! je vois ce que c'est ! Il a
pointé vers elle un doigt accusateur : Elle fait
l'école buissonnière, elle en a soupé du président !
Moi je trouve ça fascinant ; ça aurait inspiré Maupassant. C'est comme ma mémé : elle, elle me
parle à la première personne : Alors je viens voir
ma mémé, je ne suis pas un vilain garçon. Et
qu'est-ce que je veux manger à midi ? Du hachis
parmentier ?

Son sourire était rayonnant. Au moins lui était
heureux, s'est dit Claire. Sa barbe faisait une
ombre sur son visage, il n'avait pas dû avoir le
temps de se raser. Il répandait avec éclat les signes
de la jeunesse, comme de parler de sa grand-mère
à des gens qui n'en ont plus depuis longtemps, à
moins que Mémé ne fût l'arrière-grand-mère, il
paraissait à Claire appartenir à un autre monde,
gai, frivole, sans autre passé qu'une aïeule encore
fraîche ; que ferait-il à la *Villa Mauresque,* rien
sans doute, l'amour ici ou là dans l'ombre de Guy,
la porte de la cuisine s'ouvrait derrière lui comme

une gueule béante, des rires fusaient du salon, des cris, embrassez-moi.

— Si vous y tenez absolument, je vous aide à filer d'ici. C'est de toute façon très gentil à vous d'être venue. Nous nous reverrons, n'est-ce pas, il y a encore du travail en haut ? Je vous appellerai.

Il est allé chercher son manteau, l'a aidé à l'enfiler. Son regard revenait malgré lui sur la poignée de la porte au fond du couloir. Bon, les présentations n'auraient pas lieu ce soir-là. L'hôte inconnue de la *Villa Mauresque* le resterait encore un peu. Elle se reposait d'un long voyage. Il serait temps, plus tard. Mais elle était là, tout près, bientôt il la rejoindrait, la contemplerait longuement dans la pénombre, bien mieux qu'il ne l'avait fait des mois durant en photographie. Il brûlait du désir de la revoir, de la caresser. Au moins s'il avait pu évoquer sa passion, la soirée aurait été moins sinistre. Bien qu'il en mourût d'envie, il n'avait encore parlé d'elle à personne, qu'à la bonne qui l'avait aperçue tout à l'heure sans manifester d'ailleurs l'admiration béate qu'il attendait d'une paysanne cauchoise devant une Américaine. Il regrettait de n'avoir pas retenu plus longtemps l'architecte, il lui aurait raconté le dernier chapitre de sa folle histoire d'amour, Enfin elle apparut sur le débarcadère..., par la même occasion il lui aurait soumis les quelques aménagements souhaitables dans la maison, elle était jeune et sensible, elle aurait sûrement compris tout ça.

CHAPITRE

Enfin elle apparut sur le débarcadère, belle, blanche, toute en courbes harmonieuses. Il fit un pas en avant et resta les deux mains crispées à la barrière, figé d'extase devant les dents de requin de son sourire qui arrivait à sa rencontre. Il voulut s'avancer mais elle obliqua en direction des bâtiments administratifs. Le transitaire qui l'y conduisait la malmenait un peu, cherchant par ignorance à pousser les rapports, tout le monde se retournait sur son passage mais il n'était pas jaloux puisqu'elle était à lui. Il la suivit, ému soudain aux larmes, il marchait derrière elle, un poing serré dans la paume à hauteur du cœur, hagard, sanglotant, mais pourquoi est-ce que tu pleures, imbécile, tu as l'air d'accompagner un convoi mortuaire, heureusement que tu n'as pas pris ton chapeau, tu aurais bonne mine, il pleurait de plus belle avec des hoquets d'enfant ; elle ronflait merveilleusement, comme seules les Américaines savent le faire, et quelques Anglaises, peut-être...

Devant les bureaux, il se précipita vers les douaniers dans un immense élan de reconnaissance, mû par l'obscure certitude que le sentiment esthétique est universel ; il bafouilla quelques explications incompréhensibles comme l'étaient, pour les dockers, son nœud papillon, ses souliers vernis, ses larmes, comme le sont toujours les passions des autres.

Elle était née en 1960, la même année que lui ; selon la logique amoureuse qui transforme en prédestination une concordance de dates ou un goût commun pour le potage Soubise, ce simple détail l'avait ravi. Elle avait eu trois propriétaires successifs, le premier à San Francisco, le second à Los Angeles (une femme, curieusement. Les voitures ne devraient-elles pas appartenir aux hommes ?), le dernier à New York où il avait eu le coup de foudre en visitant un garage. Les dents de sa calandre brillaient dans l'obscurité. C'était la première fois qu'elle venait en France.

— Vous vous arrangerez avec les Mines, expliqua le douanier, je ne sais pas comment ça se passe pour ce modèle, on n'en voit pas beaucoup des Corvettes, par chez nous.

Après des heures il sortit du port avec elle. Une petite pluie fine s'était mise à tomber, qui justifiait le fonctionnement des essuie-glaces. Il se sentait comme un amnésique à qui reviendrait lentement la mémoire. Il ne savait pas encore où aller, il avait presque envie maintenant de rester dans l'enceinte du port, d'errer pour elle au ralenti sur les docks en cherchant des traces de son passé qui fatalement s'y trouvaient : les containers, les hangars, les prostituées, les tavernes, le vent de la mer, elle avait dû régner sur eux dans une autre contrée ; on l'appelait encore le *Nouveau Monde*, mais c'était pour lui l'Ancien Monde, une légende semblable à la ruée vers l'or, un rêve noir, un mythe entretenu par des contes où seuls lui étaient chers quelques rites à perpétuer : un feutre à bords rabattus, la flamme d'une allumette dans la nuit, la pluie sur le pare-brise, une route sombre et rapide, une femme blonde. La Corvette 1960 portait cela en elle comme un totem l'âme de ses ancêtres. Il tremblait d'en posséder la magie.

Il se dirigea finalement vers les hauteurs de la ville. C'était un peu San Francisco, au fond, ces rues montant au-dessus de la mer, et même, en y réfléchissant, la ressemblance était frappante : des maisons s'étaient bâties sur les collines alentour, qu'on rejoignait par la corniche ou par des avenues en pente forte. Des tours façon gratte-ciel voisinaient avec des constructions plus anciennes. Il y avait un funiculaire, des mouettes, et surtout cette atmosphère des cités portuaires écartelées entre les docks et les beaux quartiers. Ville Basse et Ville Haute, disaient les pancartes. Et puis on y parlait l'anglais, *Rent a car, Go for a trip, Buy a souvenir.* Enfin lorsqu'il fonça sur la grand-route du Hode, juste pour écouter le moteur, il aperçut, suspendue sur l'estuaire, fantôme parfait du Golden Gate Bridge qu'il n'avait jamais vu, la carcasse métallique du pont de Tancarville. Il enfonça du doigt l'allume-cigare, du pied l'accélérateur. Give me a light, baby. Dans les années soixante il avait appris une chanson sur San Francisco, un chant de matelots, qu'est-ce que c'était, déjà ?

CLÉ

Claire, abasourdie, avait tourné le livre en tous
sens. Son père avait bougé dans son sommeil, instinctivement elle avait redéployé sur ses genoux
les plans de la *Villa Mauresque*, traçant au hasard
avec un crayon des lignes inutiles qui prolon-
geaient le garage n'importe comment sur l'avant
du jardin, au cas où il s'éveillerait, de toute façon
il n'y connaissait rien, elle gommerait dès qu'elle
aurait repris ses esprits. Son cœur battait à grands
coups, une main lui serrait la gorge : c'était là noir
sur blanc, il s'agissait bien d'elle, de son histoire,
elle ne pouvait s'y tromper. Elle tenait le livre
caché entre ses cuisses, n'osant plus le toucher
pour l'amener à la lumière et le considérer froi-
dement, comme sa raison le lui dictait. Au bout
d'une minute, sans cesser de surveiller son père,
elle avait soulevé le coin de la couverture en écartant un peu les jambes et elle avait aperçu ce nom
totalement inconnu : CAMILLE LAURENS. C'était
l'auteur supposé du livre — un pseudonyme évi-

139

demment, mais où Claire s'irritait de ne trouver aucun indice de son identité véritable —, il s'appelait en réalité Jacques, Jacques Millière, combien de fois avait-elle écrit son nom sur des enveloppes ou sur des feuilles de papier simplement, cent fois son nom, pour le plaisir d'en remplir des pages, Jacques Millière, je vous M. Et là elle ne comprenait pas : ni anagramme, ni signe, ni référence commune ; un nom différent, un autre nom, choisi sans doute pour des raisons à lui, récentes, qu'elle ne pouvait par conséquent saisir. Une anagramme, peut-être. Et elle avait senti monter en elle une jalousie brutale : s'il songeait encore à elle, pourquoi ce nom opaque qui n'était rien pour elle ?

Et puis elle lui en voulait aussi d'avoir écrit un roman policier, qui utilisait hypocritement la forme traditionnelle d'une enquête ayant pour but la vérité alors que le récit était faux. Il s'était déchargé d'une histoire vraie en la noyant parmi des mensonges. Comme c'était pratique ! Avait-il soupçonné qu'elle paraîtrait invraisemblable aux lecteurs ? En ce cas, pourquoi lui avoir ajouté d'autres détails inventés, des actions qu'elle n'avait pas commises, des pensées qu'elle n'avait pas eues, quand la réalité déjà passait si mal ? Elle n'avait encore lu que quatre ou cinq chapitres en diagonale mais elle ne se reconnaissait pas vraiment, bien que le texte la désignât du doigt : dans le livre elle s'appelait Blanche, Blanche D. L'allusion pour Claire était transparente ; l'auteur la soulignait d'ailleurs avec ironie ; le détective chargé de reconstituer son passé, qui disait de Blanche D. que ce n'était pas son vrai nom, qu'il rebaptisait toujours ses « clients » pour éviter les indiscrétions, concluait par ces mots : « Je la surnommai Blanche, trompé par sa pâleur de blonde. L'erreur est humaine. L'enquête ne faisait que commencer. Je devais comprendre plus tard que ce prénom lui convenait aussi bien qu'Aimable à un bourreau ou Constance à une grue, qu'elle ne connaissait ni la neige, ni la clarté, ni l'innocence, seulement les ténèbres et la mort. » Le livre entier hésitait ainsi entre la moquerie et l'emphase ; de toute façon c'était tellement exagéré, elle n'avait commis aucun crime, elle n'avait jamais tué personne, aux dernières nouvelles. Et lui s'était donné le beau rôle, ou plutôt *les* beaux rôles, elle le devinait dispersé dans tous les personnages d'hommes de son livre, lion superbe, victime, héros meurtri, amant, il était là derrière les panoplies, auto, chapeau, mégot, rien ne manquait au décor, pas même une sorte de suspense maladroitement orchestré. En tout cas il n'avait pas rendu justice à la complexité de l'existence.

Au début elle avait pensé ne rien faire. Il n'y avait rien à faire. C'était comme une lettre anonyme arrivée après qu'on a classé l'affaire. C'était comme une bouteille à la mer jetée d'une île lointaine et qu'elle aurait repêchée par hasard longtemps après à l'autre bout du monde. La dernière page portait la mention : Achevé d'imprimer le dix septembre 1987 ; elle n'allait pas s'embarquer deux ans plus tard de toute urgence sur la foi d'un message (d'une menace ?) qu'elle n'était pas censée avoir reçu, au risque d'échouer n'importe où en terre hostile, et d'ailleurs pour quoi : elle n'avait pas la vocation du naufrage, elle tenait à sa peau, il était bien placé pour le savoir. Le chapitre était donc clos, comme le livre, comme le souvenir, sitôt ouvert sitôt refermé. Elle avait retrouvé sa respiration normale. Des questions pourtant s'accumulaient, qu'elle repoussait à grands traits de règle tirés ici et là sur ses plans : que s'était-il passé ? Qu'était-il devenu ? Écrivain ? Elle en doutait. Elle avait de nouveau jeté un coup d'œil au livre serré entre ses jambes : la page de garde ne mentionnait aucun titre du même auteur. Elle avait relevé la tête. Son père dormait avec sur le visage cette méfiance des malades et des vieillards qui luttent dans leur sommeil contre l'emprise de la mort. Est-ce qu'il mourrait si maintenant elle criait « Jacques » à son oreille ? Il lui semblait que oui, qu'il serait tué net si elle lui disait « Jacques », sans même souffrir ni s'éveiller, clac, tranché par le fil du couperet, ou peut-être à l'agonie bégaierait-il son nom, hébété, Jac, Jac, J'accuse ? J'accepte ? Comment savoir, il faudrait lire entre ses dents la phrase jamais dite. Mais il était vieux, il avait dû tout oublier. Claire s'était remise à son croquis comme à un ouvrage de dame, calmement, sous la lampe, se répétant ce que pense une femme qui brode, le visage incliné sur le rang à finir, feston, dentelle infime : « Il n'y a rien à faire », et — tout l'art est là — quiconque l'aurait surprise en cette pose l'aurait jurée paisible.

Il aurait fallu jeter le livre ou le perdre comme on égare une portée de chats avant de voir la couleur de leurs yeux. Mais son regard était resté fixé jusque tard dans la nuit sur les pages d'*Index*. Elle avait lu lentement chaque ligne, les caractères se brouillaient aux limites du sommeil, ils lui apparaissaient inégaux et désordonnés, pareils aux lettres découpées d'un journal qu'on aurait lâchement collées là à son intention. Elle baignait dans une souffrance diffuse, à mi-chemin de la fatigue et du sentiment d'être trahie. Depuis vingt ans que la « chose » s'était produite (la « chose abominable », disait-il sans s'y inclure), elle y avait très peu pensé. Elle n'avait pas été malheureuse, du moins pas à cause de ça, elle avait même éprouvé ce soulagement muet que nous ressentons dans un train qui nous éloigne de gens que nous ne souhaitons pas revoir ; elle avait vécu de nombreuses époques de sa vie comme les tours de roues d'un wagon-sleeping, les yeux fermés, à jouir du temps qui passe en creusant la distance. Elle n'avait pas eu peur de vieillir, par exemple, car le temps était pour elle non ce qui la rapprochait d'une heure fatale mais ce qui l'en séparait toujours davantage. Elle n'aurait certes pas vendu son âme au diable pour revenir à la jeunesse... Et voilà qu'il avait pris le même train qu'elle, en cachette, et qu'il débarquait à mi-parcours dans son compartiment avec une joie mauvaise, sachant très bien qu'elle l'avait quitté sans retour, sans même agiter son mouchoir, et décidé à se venger de tant de hauteur et d'oubli. Lui prétendait se souvenir de tout à l'aide d'un catalogue alphabétique ! Comme si la mémoire fonctionnait sur des initiales ! Lorsqu'on dit « larmes », voit-on surgir toutes les fois où l'on a pleuré, la lassitude, le laudanum, et puis la lecture, les légendes, les lendemains qui chantent ? C'était absurde. Pourtant le détective d'*Index* avait composé un fichier sur ce modèle, qui doublait et recoupait la forme même du roman. Blanche D. devait y apparaître peu à peu identifiée par les éléments disparates d'un portrait robot. Ainsi Claire avait-elle lu à la lueur de la lampe, vers minuit, au chapitre intitulé CLÉ :

« Mû par une idée soudaine, j'ouvris le tiroir de droite et cherchai parmi les notes déjà rassemblées. Ca, Ch, Cle, ah ! J'approchai de la lampe la fiche Cleptomane. D'après les renseignements fournis par mon contact, elle n'avait pas de casier judiciaire mais s'était fait épingler deux fois au moins, prise en flagrant délit dans des magasins. Son père était intervenu pour étouffer l'affaire (Non, non, jamais son père n'avait rien su).

Cependant ces vols semblaient la partie émergée de l'iceberg. En réalité, Blanche avait surtout la manie de voler aux gens des objets qui leur manqueraient, des choses dont la perte les désolerait. Selon divers témoignages (voir fiches : Amie d'enfance-Concierge), elle n'aurait pas hésité à subtiliser la photographie d'un être cher plutôt qu'une bague de valeur. Elle volait non pour avoir mais pour ôter. »

Claire avait laissé tomber le livre sur le couvre-lit. Elle avait plaqué ses deux mains de chaque côté de son nez comme un masque à oxygène, respirer, bien respirer, et tout irait mieux. Puis elle avait repris jusqu'au bout sa lecture sans s'épargner le détail d'aucun mensonge. Il y avait des pages entières qui ne la concernaient en rien, quelques-unes aussi d'où l'amour n'était pas absent, c'était les plus belles, mais reculées dans un passé si naïf qu'on n'était pas supposé y croire. Et même là, Jacques s'était insupportablement attribué de manière exclusive la sincérité et la passion.

« Quand Blanche a connu Georges (c'était le second prénom de Jacques, Claire s'en était souvenue brusquement ; parfois elle l'appelait Jojo, pour rire), quand Blanche a connu Georges, notait le détective dans l'une de ses fameuses fiches, elle avait dix-sept ans et lui quinze. Elle ne supportait pas cette différence d'âge et se moquait de lui, l'appelant Gamin ou Jojo devant les autres.

Comme ils n'habitaient pas la même ville, il prenait le train les jeudis et les dimanches pour la voir seulement une heure, à R. Souvent elle n'était pas au rendez-vous. La fois suivante elle fournissait une excuse ou n'en avait aucune, selon l'humeur. De toute façon, les excuses étaient fausses. »

Vers la fin du roman, il ajoutait au bas du bristol, en grosses lettres soulignées d'un trait : « Le caractère de Blanche entre certainement pour beaucoup dans le drame final. Elle aime provoquer l'amour mais n'est pas capable d'en ressentir. » Puis il refermait le tiroir et se servait un whisky. C'était un fin psychologue.

Claire avait éprouvé le besoin de se lever, d'aller à la fenêtre de sa chambre. Dans la cour des *Bégonias*, rien ne bougeait. Une lumière brillait encore au-dessus du garage Rollin. Il était deux heures passées. Son souffle faisait de la buée sur la vitre, la nuit était très froide. Un film qu'elle avait vu à la télévision, chez ses parents justement, trois ou quatre mois plus tôt, lui était revenu à la mémoire : une femme de vingt-cinq ans perdait son fiancé à la veille de leur mariage ; guide de haute montagne, celui-ci était probablement tombé dans une crevasse, mais les recherches n'aboutissaient pas. Quarante ans plus tard, à l'occasion d'un autre accident, on retrouvait le corps du fiancé, à qui la glace avait gardé ses trente ans. Dans la scène finale, la vieille femme penchait son visage ridé sur le visage intact du jeune homme qu'elle avait aimé. Claire avait eu un peu la même impression en lisant *Index* : Jacques s'était composé le sourire éternel de l'adolescence, qu'elle regardait hébétée, incrédule, sans possibilité de le rejoindre. Non, vraiment, elle ne supportait pas cette différence d'âge !

Alors, sans réfléchir, elle s'était glissée dans le salon où dormait son père ; elle avait pris une feuille de papier dans le secrétaire de la bibliothèque et écrit d'une seule traite :

Monsieur,

J'ai lu avec émotion le roman de Camille Laurens, Index, que vous avez publié en 1987. Tout me porte à croire que l'auteur s'est servi de ma vie pour écrire son livre : je me reconnais dans de nombreux passages, même s'ils évoquent un passé lointain et déformé. Il semble évident que le romancier m'a connue, et son identité véritable ne fait d'ailleurs aucun doute pour moi. Aussi je souhaiterais vivement le rencontrer. Auriez-vous l'obligeance de me communiquer son adresse ou un moyen de le joindre personnellement ? C'est très important pour moi.

En vous remerciant par avance, je vous prie d'agréer, Monsieur, l'expression de mes salutations distinguées.

L'adresse de l'éditeur figurait sur la première page. Elle avait cacheté l'enveloppe et l'avait jetée le lendemain dans la première boîte venue. Puis elle s'était astreinte à ne plus penser au catalogue de Jacques Millière ni à la perspective effrayante de le revoir. Elle s'était concentrée sur les corvées des semaines à venir : une « charrette » qui lui prendrait bien six jours, la cloison d'Alexandre Blache, le cocktail à la *Villa Mauresque* et une conférence à l'École d'architecture.

Et maintenant elle montait l'escalier qui menait à son appartement, rue des Volontaires. Elle tenait d'une main les clés de la porte d'entrée, de l'autre son cartable et des fleurs, et entre les dents une enveloppe portant l'en-tête de l'éditeur d'*Index*. Quinze jours au moins s'étaient écoulés depuis qu'elle avait écrit. L'enveloppe était épaisse, sans doute contenait-elle déjà une réponse de Jacques, sans doute avait-il longtemps espéré cette occasion. Elle a laissé tomber cartable et bouquet sur les tommettes du couloir, a déchiré l'enveloppe. La lettre disait :

    Mademoiselle,
    C'est l'un des miracles de la vraie littérature que de rencontrer dans ses lecteurs ce que l'être humain a de plus profond et de plus authentique. Chaque individu qui, comme vous, se reconnaît dans l'un des livres que nous publions nous signifie que nous ne nous sommes pas trompés. Nous vous remercions de votre intérêt et, dans l'espoir

que vous nous resterez fidèle, nous vous adressons le catalogue de nos dernières parutions.

Bien à vous,

LAURE MALLET
attachée de presse

Un catalogue était joint, qui ne mentionnait pas Camille Laurens, ni, à plus forte raison, Jacques Millière.

CORRESPONDANCES

Milhac, Milhaud, Milier Alain, Milier Alfred, Milier Catherine et Jean... Claire suivait la liste du bout de l'index, il y avait des dizaines de Milier mais pas un seul Millière à Paris. La piste s'arrêtait donc là : l'annuaire ne donnait pas d'indices et l'éditeur n'avait rien compris. Elle ne répondrait pas à la bouteille à la mer puisque l'île avait disparu des cartes. Pendant qu'elle feuilletait machinalement le gros volume écorné, la mer à l'infini restait vide ; elle s'y sentait ballottée, incapable de renoncer déjà, à peine embarquée. Elle a cherché bêtement à L, Lar, Las, Lat, Lau, Laurence, Laurencie, Laurendin, Laurens Annie, ça alors, elle s'est figée, l'ongle enfoncé dans la page : LAURENS Camille, 50, rue Saint-Jacques, 5ᵉ. Non seulement Camille Laurens existait, lui, dans l'annuaire parisien, mais plus extraordinaire encore, il habitait rue Saint-Jacques ! Claire a tenté de se raisonner, ça ne voulait strictement rien dire, une simple coïncidence, il y avait bien des gens qui s'appelaient Molière par exemple, sans avoir jamais mis les pieds dans un théâtre. Elle a compulsé fiévreusement le Bottin en retenant sa respiration, Molier, Molière, oui, les Molière étaient nombreux à Paris et, Molière Amélie, Molière Didier, ah, n'était-ce pas tout aussi étrange, l'un d'eux habitait rue Racine. Il ne fallait pas tout mélanger, l'explication était simple : le pseudonyme de Jacques Millière avait un homonyme. Il y a plus d'un âne qui s'appelle Martin. Claire a refermé le deuxième tome des abonnés du téléphone et s'est servi un whisky. Normalement elle n'en prenait jamais avant vingt heures, par principe, mais elle avait observé récemment qu'un pur malt aide à réfléchir.

Elle n'était pas étonnée que Jacques Millière ne figure pas dans l'annuaire de Paris, d'ailleurs elle le vérifiait chaque année, par curiosité ; elle n'aurait rien fait si elle l'y avait trouvé, du moins *avant* il lui semblait qu'elle n'aurait rien fait ; simplement tous les ans, quand la nouvelle édition arrivait, elle passait une heure à rechercher des noms au fil des colonnes, à commencer par le sien, chaque fois un peu plus noyé dans l'océan des prés qui déferlait sur une dizaine de pages, il y avait plus d'un âne aussi qui s'appelait Desprez ; puis elle cherchait à Molineux, perdu de vue depuis Casablanca, il rêvait de revenir à Paris, il n'y était pas, à Millière, il n'y était pas, à Roy, archi, il avait déménagé pour la rive droite, les affaires marchaient bien depuis qu'il faisait cavalier seul, un jour elle se lancerait aussi, avec quel argent et quelle audace, mystère, elle cherchait à Z, connaissait-elle quelqu'un à Z, elle cherchait à Zeld, Alexandre l'avait évoqué quelquefois devant elle, c'était son père, Yves Zeld, il plaisait à Claire sans qu'elle se demande pourquoi ; alors elle cherchait à Blache (Alexandre et Lucienne), 36, rue Chapon, 3e, il avait l'air malin accouplé à sa mère, il aurait mieux fait de rester Raymond pour les Postes, Raymond et Lucienne, ça sonnait mieux, elle riait toute seule, elle cherchait à Leborgne, Cabinet d'archi, Nord, chir-den, Rudel, gyn-obst, Vatot, coiffure-esthétique, finalement elle ne connaissait personne, entre la ville et sa vie les points d'intersection étaient rares, des gouttes d'eau dans la mer, les autres étaient probablement aussi perdus qu'elle, chacun chez soi ; en même temps des riens consolidaient ce lien ténu : une carie et elle courait à Montparnasse où le Dr Nord, Parisien de vieille souche, lui baisait la main ; un chantier en province, et le soir elle rentrait triomphante à Saint-Lazare. L'implantation était encore fragile car l'essentiel avait eu lieu ailleurs. Mais Claire justement voulait s'ancrer ici où presque rien n'était arrivé. D'une manière générale elle acceptait sa solitude, sauf une fois par an, quand elle sondait le gouffre amer du nouvel annuaire.

Elle a réfléchi, son verre contre la tempe comme une poignée de neige ; les glaçons diluaient son whisky. Elle gardait dans son armoire, sous une pile de pull-overs, mi-trésor, mi-rebut, une vieille boîte à chaussures où gisaient quelques lettres, des photos et un agenda. Elle savait pouvoir y trouver, à l'adresse qu'avait autrefois eue Jacques à Dieppe, le numéro de sa mère, Marthe Millière, si elle vivait encore. Elle n'avait qu'à lui téléphoner, en se faisant passer pour une autre, naturellement, et elle saurait où joindre Jacques. Cependant elle ne bougeait pas ; elle demeurait assise immobile dans son fauteuil préféré, un fauteuil crapaud qui avait orné jadis le grand salon d'un paquebot, le *Normandie* ou le *France*, l'antiquaire n'avait pas pu préciser. Elle l'avait fait tapisser de bleu. Lorsqu'elle s'y asseyait, c'était presque un voyage. Elle caressait le velours sombre en se balançant imperceptiblement, les genoux ramassés sous le menton, bercée par des rêves ; souvent le capitaine l'invitait à danser. Le pied en équilibre instable, l'armoire oscillait en cadence sur le parquet qui craquait comme le pont d'un navire. Claire, cependant, ne bougeait pas. Elle avait peur de libérer de cette armoire le spectre de Madame Millière, qu'elle avait tant haïe et qui le lui avait rendu au centuple. Elle a étendu le bras jusqu'à l'étagère où elle avait placé *Index*, à l'écart des autres livres. Il y avait un chapitre MER, plutôt lyrique — Jacques avait toujours aimé la mer — mais pas de chapitre MÈRE, évidemment : Jacques avait toujours aimé sa mère. Il n'en parlait donc presque pas, sinon en bien, comme d'une femme courageuse et bonne. Il n'avait pas osé non plus la rayer complètement de l'histoire, bien que le genre choisi lui eût permis de tirer tous ses héros de l'Assistance publique. En Claire l'irritation de nouveau dominait la souffrance : il s'était octroyé tous les droits, jusqu'à celui de déguiser la criminelle en personnage accessoire qui n'était là qu'une silhouette débonnaire, jamais suspecte, avec, à la fin, le privilège d'un acte héroïque, en contrepoint sans doute calculé à la «chose abominable». Claire avait envie de revoir Jacques, ne fût-ce que pour ajouter à son index les entrées manquantes, puisque selon toute apparence il avait feint d'oublier certaines rubriques ; elle voulait compléter sa table des matières à l'aide de ses souvenirs personnels, qui contredisaient ici et là le texte imprimé ; elle imaginait d'imposer à l'éditeur sa correction du récit sous forme de petits feuillets glissés entre les pages, ERRATUM — les choses n'ont pas eu lieu ainsi —, ADDENDUM — Jacques, pourquoi n'avoir pas tout dit ? Par exemple, après MER, elle aurait écrit

MÈRE

«Georges, reste avec moi, ne va pas rejoindre cette garce, elle ne t'aime pas, et puis c'est une voleuse, elle a pris le stylo que t'avait donné ton père, c'est elle, j'en suis sûre, j'ai cherché partout, Georges, ne prends pas ce train, ne va pas à R.,

154

pense à tes études, d'ailleurs elle ne t'aime pas, elle ne pense qu'à te faire du mal, cette fille est mauvaise, je l'ai vu tout de suite, elle est perverse, elle finira à l'asile, viens, rentrons à la maison, Georges, tu m'écoutes, dis-moi pourquoi elle t'a volé ce stylo, le dernier cadeau de ton père, pourquoi sinon par méchanceté pure, et toi tu ne vois rien, tu es un gamin, Georges, fais attention, ne prends pas ce train, d'ailleurs tu es mineur, je vais prévenir la police, je suis responsable de toi, tu n'as pas le droit. »

Et elle le tirait par la manche devant le guichet de la gare de D. où il attendait son tour, elle l'avait pisté jusque-là, le train pour R. partait dans cinq minutes, il dégageait son bras sans répondre, l'air de ne pas la connaître, au guichet voisin attendait un de ses camarades de classe qui regardait ailleurs lui aussi, l'air de ne pas le connaître, il prenait son billet, il mesurait plus d'un mètre quatre-vingts, il aurait seize ans en mars, il n'était pas un gamin et il allait à R. voir la fille qu'il aimait, il se dirigeait vers le quai, il avait déjà fait l'amour, « Georges, je ne te le répéterai pas deux fois, je vais avertir la police », elle criait à sa poursuite dans la salle des pas perdus, « c'est une voleuse et toi tu es mineur », il partait, le train s'ébranlait, sa mère diminuait. Mais une fois à R. il racontait tout à Blanche en la guettant, elle se fâchait, « je ne t'ai jamais rien volé, tu me crois, au moins », il disait que son père le lui avait offert sur son lit de mort, et la journée était gâchée pour eux.

«La mère de Georges savait aussi intercepter les lettres de Blanche, enfermer son fils *par inadvertance* dans l'appartement, pleurer sur son épaule la récente disparition du père pour qu'il ne parte pas, "pas aujourd'hui, Georges", déchirer les pages de garde où Blanche avait tracé des mots d'amour, bref pratiquer cette manipulation faite de soumission et d'exigences, de prières et d'omnipotence, qui constitue tout l'art des mères et peut-être, effroyablement, tout l'art d'aimer. Ce qu'a fait Blanche, c'est la mère de Georges qui l'y a poussée ; Blanche n'était pas de taille à lutter contre l'hydre aux cent têtes, Agrippine, mamma, fée Carabosse, tigresse, ni Blanche ni aucune autre femme, à moins d'être mère à son tour, et Blanche n'avait pas pu se résoudre à devenir ce monstre. »

Ce n'était pas mal envoyé ! Claire a avalé d'un trait son whisky et s'est levée avec fermeté. Elle n'avait pas été de taille contre la mère de Jacques, mais en un sens elle avait été la plus forte, car rien n'est plus fort qu'un départ. Le mot de « fuite » ne lui était pas venu à l'esprit ; pour elle tout mouvement était du courage, tout élan de la témérité, et même lorsqu'elle en avait souffert, elle avait admiré le geste de celui qui gagne la porte et qui sort. La plupart du temps elle était restée blottie dans la vie courante comme dans son fauteuil outremer : plus le paysage défilait, voguait, changeait, plus ses membres s'ankylosaient. À la liste ordinaire des transports en commun elle ajoutait la vie, en lui prêtant le même éventail de choix : pullman ou guimbarde, Concorde ou coucou, transatlantique ou rafiot, la vie traîne ou entraîne selon leurs moyens ses passagers passifs. Claire aussi s'était laissée conduire ; elle n'avait jamais été pilote ni capitaine, sauf *une* fois, où elle avait pris les commandes. Elle gardait de cet unique éclat le souvenir ambigu du voyou qui a conduit sans permis une voiture volée ; il se mêle à ses hypothétiques remords un véritable orgueil. Claire avait agi contre l'autorité, contre la loi ; elle n'avait pas parfaitement tenu la route, c'est vrai, il y avait eu des égratignures, mais enfin... elle l'avait fait. Vue sous cet angle, la « chose » n'avait plus rien d'abominable. Un jour elle avait manœuvré la vie. Tout le monde pouvait-il en dire autant, même parmi les héros virils d'un polar ? L'idée a réveillé en Claire, vestige de l'adolescence, un certain esprit de défi, et c'est l'âme conquérante et la mâchoire volontaire qu'elle a tiré de dessous ses pull-overs l'agenda qu'elle y avait caché telle une arme sous l'oreiller et qu'elle a composé sans trembler le numéro de Madame Millière, d'un doigt décidé, comme on appuie sur la détente. Presque aussitôt trois décharges stridentes ont sifflé à son oreille, l'ennemi ripostait, instinctivement elle a rentré le cou dans les épaules et s'est accroupie au pied de la console, puis une voix qu'elle a reconnue sur-le-champ a dit Allô, Claire a crispé la main sur son ventre, le souffle coupé, elle voulait se battre et elle était touchée déjà, elle a marché en canard jusqu'à l'armoire, vite un mouchoir. Allô, Allô, la voix s'impatientait. Qui est à l'appareil ? tout est pareil, a pensé Claire, la même suspicion. Elle a plaqué le mouchoir sur sa bouche, a respiré profondément par le nez et s'est jetée à l'eau. Allô, bonjour madame, pourrais-je parler à Jacques s'il vous plaît ?, n'importe quoi, imbécile, allait-il sortir de sa chambre à son appel, comme s'il habitait toujours chez sa mère, s'attendait-elle à distinguer, du fond de la distance et du temps, échappé de son vieux pick-up, des bribes de *leur* chanson, *It's getting much better since you've been mine*, elle avait été à d'autres depuis, quant aux Beatles...

— Qui êtes-vous ? a dit Madame Millière avec une douceur singulière.

Accroupie, le menton sur les genoux, les poings de chaque côté du visage, Claire fixait machinalement les *Mémoires d'outre-tombe* qui calaient le pied de l'armoire, sans se douter qu'une de leurs pages racontait, d'une autre manière, son expérience présente ; car la voix de Madame Millière lui rappelait, comme au mémorialiste la grive de Montboissier, qu'autrefois elle avait été jeune et pleine d'espoir. Dans un brouillon déjà ancien, Alexandre Blache avait, quant à lui, tenté de suggérer l'abîme du temps qui a passé. Il avait écrit :

« La souffrance de l'adolescent que j'étais, brûlant d'assouvir ses désirs, n'était pas plus grande que celle de l'homme que je suis, qu'a consumé en vain la poursuite infinie de ses désirs » ; mais il avait dû clore son paragraphe afin d'échapper à deux octosyllabes dont Chateaubriand hélas était l'auteur : « J'ai marché plus vite qu'un autre, et j'ai fait le tour de la vie. » Qui êtes-vous ? a répété la mère de Jacques. — Mon nom ne vous dira rien. Claire tenait la bouche serrée contre le carré de coton blanc, moins pour déguiser sa voix que pour masquer absurdement son visage. Je voudrais simplement l'adresse de Jacques, si vous la connaissez — Son adresse ? Madame Millière parlait lentement, avec des pauses que Claire hésitait à attribuer à son goût viscéral de l'obstruction ou à la lassitude de l'âge ; mais d'après ses calculs, elle ne devait pas avoir plus de soixante-cinq ans. Oui, je la connais, a-t-elle finalement poursuivi. Je vais le voir souvent. Toujours le même jeu : il est à moi, tu ne l'auras pas, c'est moi qu'il aime. — Seriez-vous assez aimable pour me la communiquer, s'il vous plaît. — Oui. Elle s'est tue. — Je vous écoute, madame. — Il est à La Bouille. Vous connaissez La Bouille, près de Rouen ?... — Oui. Claire a pris un crayon. Je note, madame, allez-y. Que fabriquait-il à La Bouille ? Claire l'imaginait mal dans ce port minuscule, entre deux épiceries et un salon de coiffure. Il est vrai qu'elle ne savait rien de lui depuis vingt ans, sinon qu'il devait entrer en première B au lycée Jean-Ango, à Dieppe. Son frère Antoine prétendait l'avoir aperçu à Rouen, quatre ans plus tôt, une petite valise à la main, seul, vêtu d'un costume bleu marine. Était-il représentant de commerce ? Homme d'affaires ? — C'est assez simple. Vous prenez la deuxième à gauche à partir de l'entrée, et c'est au fond à droite. — Excusez-moi, je ne comprends pas : les rues n'ont pas de nom ? Claire s'est assise par terre contre le mur, elle avait des fourmis dans les jambes. La mère Millière avait l'air passablement dérangée. — Non mademoiselle, les rues n'ont pas de nom. Seules les tombes portent des noms. Au revoir mademoiselle. Claire est restée la bouche ouverte derrière son mouchoir, les dents enfoncées dans la main, surtout ne pas vomir, étouffer le cri. Des gens montaient l'escalier, ils sont passés sur le palier. Claire s'est accrochée au fil du téléphone, l'appareil a vacillé au bord de la console. — Ne coupez pas, attendez. Son mouchoir est tombé. Ne coupez pas, je vous en prie. Le visage encore jeune de Madame Millière lui est apparu, un léger sourire aux lèvres, comme la dernière des trois Parques, l'inflexible, celle qui tranche le cours de la vie. Depuis quand est-il... — Mort ? Mais qui êtes-vous, à la fin ? Mon fils est mort, il y aura trois ans au printemps. — Euh, une amie, enfin, une relation de travail, je ne l'avais pas vu..., je ne savais pas. Elle a fermé les yeux. Mort. Bien sûr qu'il était mort. Elle

160

n'était pas vraiment surprise, au fond. Du jour où elle l'avait perdu, elle ne l'avait jamais pensé vivant. Ç'avait été, pour lui et pour... les autres, comme si son regard seul leur avait donné corps et les avait animés : Jacques pouvait bien s'être décomposé dans la terre puisqu'il avait pourri dans sa mémoire, enterré sous les couches successives des souvenirs plus proches. Mort depuis trois ans, il était enseveli depuis vingt. Elle n'avait même pas sincèrement envisagé qu'il ait pu vivre avec une autre ce qu'ils n'avaient pas vécu ensemble. Mais peut-être... — Et, il était marié... ? Que dirait une collègue, que dirait tout autre que Claire ? Il avait... des enfants ? Y a-t-il une adresse où je puisse... ? — Cessez, cessez, a crié la mère de Jacques, je vous reconnais, je sais qui vous êtes. Claire s'est saisie de son mouchoir. Ah ! vous revenez à la charge, hein, mais cette fois trop tard, non, il n'y a personne, ils sont là où vous ne pouvez plus les atteindre, leur faire du mal, ils sont purs les miens, là où ils sont vous n'irez jamais. Elle a raccroché. Claire a tressailli. Le téléphone est tombé lourdement en vibrant comme un gong.

Mort.

Elle a roulé son mouchoir en boule entre ses mains ; il était humide de salive, mais Claire ne pleurait pas : il faut une mémoire inhumaine pour pleurer un mort de vingt ans. Les souvenirs de Claire n'étaient plus assez vifs pour faire monter les larmes, ils s'étaient estompés comme ceux des veuves aux yeux secs qui hantent les cimetières, car les souvenirs sont comme les habitudes : bien qu'on ne puisse s'en détacher, on les a sans y penser. C'est le cadre sur la cheminée, le fauteuil d'un décor familier : plus ils sont vieux, moins on les voit, quoiqu'ils soient là.

Mort.

Son regard est allé de la fenêtre à la bibliothèque. Il n'avait pas écrit le livre, il n'avait pas pu écrire le livre. Elle s'est levée, a repris *Index*, l'a feuilleté. La dernière page indiquait une date à laquelle Jacques était déjà mort. Claire soudain a eu honte. Elle l'avait détesté d'être l'auteur d'un tel livre, et maintenant elle l'aimait de n'avoir pas même eu la possibilité de le lire. Le volume qu'elle retournait entre ses mains a pris alors un autre sens : elle tenait là un objet que Jacques n'avait pas tenu. En lissant du doigt la couverture, elle a senti *qu'Index* actualisait la mort de Jacques, la soulignait et l'affirmait. Ce livre était comme le pot qu'elle avait offert après la soutenance de son diplôme d'architecte, trois jours après le décès de sa grand-mère. « Elle n'aura pas connu ça », avait soupiré Mme Desprez. Bien sûr, en un sens Claire préférait que Jacques n'ait pas eu connaissance du livre, mais celui-ci témoignait de sa mort et elle le manipulait avec une souffrance au cœur, comme elle avait longuement considéré, à travers le cristal, entre ses doigts tremblants, le champagne que sa grand-mère ne boirait pas.

Mort.

Le livre s'est ouvert à une page que Claire avait lue quinze jours plus tôt avec une moue ironique. C'était la fin d'un chapitre intitulé Correspondances. Le détective avait récupéré des lettres que Georges avait adressées à Blanche et que celle-ci avait, avant son départ, pour tout « liquider », comme il disait, laissées à son amie d'enfance. Claire avait jugé l'artifice un peu gros, d'ailleurs elle n'avait jamais eu d'amie d'enfance. Le détective cherchait à reconstituer les relations qui avaient existé entre les deux personnages et il s'attardait sur une lettre d'amour. Claire avait souri méchamment en la lisant, le beau rôle, toujours le beau rôle, elle était sentimentale et lyrique alors que Jacques, à quinze ans, était tout juste capable d'écrire Je t'aime ! Elle s'était dit ironiquement qu'il avait fait des progrès.

Et maintenant elle relisait la lettre, sachant qu'elle n'était pas de lui, qu'elle n'était pas pour elle.

Mon amour,

Claire Desprez a refermé *Index*. Une auréole s'était formée sur la couverture, à l'endroit où elle avait posé son verre tout à l'heure. Elle n'avait pas senti venir les larmes qui ruisselaient sur ses joues, sur ses mains, car il y avait longtemps qu'elle n'avait pas pleuré ; ni pour sa rupture avec Raymond Blache, bien qu'elle eût souhaité s'épancher sur l'épaule d'Alexandre, ni pour la maladie de son père, ni même en apprenant la mort de Jacques. Elle n'aurait pas non plus versé une larme sur leur correspondance juvénile si on la lui avait tirée du néant. Mais elle pleurait à gros sanglots sur une lettre fictive. À la première lecture elle avait ironisé sur la passion artificielle d'une lettre qu'elle n'avait pas reçue ; elle avait souri amèrement d'une lettre fausse qu'il avait écrite au mépris de la vérité de l'histoire ; mais elle pleurait à présent sur la page d'amour qu'il ne lui avait jamais envoyée, sur une lettre qui n'était plus fausse que parce qu'il ne l'avait pas écrite.

Mais alors, qui ? Camille Laurens ? Qui était ce type ? Elle est restée pensive sur son tabouret, face au pupitre où reposait le livre, réfléchissant avec énergie, les mains jointes sous le menton, comme elle s'était surprise, au bord du trou où l'on descendait sa grand-mère, à évaluer, les joues encore humides, l'effet que ferait dans son appartement parisien l'armoire normande de la défunte, qu'elle comptait bien s'approprier si toutefois son frère n'invoquait pas le droit d'aînesse. Comment cet inconnu avait-il su ? Était-ce un ami de Jacques, un confident indiscret qui aurait détourné l'histoire au profit de ses prétentions littéraires ? Quelqu'un de la famille des Millière ? Jacques n'y avait jamais fait allusion. Un ancien camarade de classe de Jacques ou d'elle ? Mais comment aurait-il appris le détail secret de l'affaire, que personne n'avait eu intérêt à ébruiter ? Elle en aurait le cœur net, et beaucoup plus vite que pour l'amoire qu'elle n'avait finalement obtenue qu'à l'issue de laborieuses et fratricides tractations. Elle a repris l'annuaire et appelé le numéro de Camille Laurens. Le téléphone s'était fissuré dans sa chute, mais il marchait. «Le numéro de votre correspondant a changé. Veuillez consulter l'annuaire ou votre documentation», a répondu une voix féminine. Claire a gardé un instant l'écouteur, attentive, espérant déceler dans cette voix hypocrite un quelconque indice. Elle n'avait pas de chance. Toutes les pistes se perdaient aux abords d'un insaisissable point de fuite, et elle manquait de documentation, justement. À moins que Camille Laurens lui aussi soit mort... «Ils sont tous là où vous ne pouvez les atteindre», avait crié Madame Millière. «Ils» avaient donc été plusieurs à mourir ensemble... Les roues décollaient de la route, c'était Jacques qui conduisait, il contrebraquait inutilement, le paysage chavire, peut-être Camille Laurens est-il à ses côtés, à la place du mort, non c'est idiot, il n'aurait pas son nom dans l'annuaire deux ans après, d'ailleurs le problème est le même, il n'aurait pas pu écrire le livre, la voiture fait un ou deux tonneaux, Claire voyait la voiture et Jacques, et puis des gens auxquels elle ne mettait pas de visage, un enfant, une femme, des ombres abstraites comme l'avait été Jacques lui-même pendant vingt ans, maintenant seulement qu'il était mort elle le faisait vivre, il avait eu une vie avec d'autres, il avait pris des risques, il allait trop vite, imprudent toujours, mais sur quoi avait-il dérapé, il n'y a pas de verglas au printemps, l'accident avait eu lieu au printemps, en tout cas personne n'en était réchappé, une histoire réglée. Un suicide ?... Non, ce n'était pas son genre de décider pour les autres, non, vraiment pas, et puis s'il avait dû le faire... Ou bien quelqu'un s'était jeté sur son véhicule, un chauffard, un fou, on a cette impression quelquefois, sur la route, qu'on ne pourrait rien faire si ce camion arrivait droit sur nous, il n'avait rien pu faire, il n'avait pas pu écrire le livre. Mais alors qui ? Claire Desprez est restée ainsi une bonne partie du jour, étourdie par le mouvement de son tabouret pivotant qui relançait alternativement des sentiments incompatibles de perplexité et d'émotion, il était à La Bouille, quel nom atroce, en bouillie à La Bouille, quelle fin atroce, elle pleurait. *Index* n'était donc pas un signe qu'il avait fabriqué à son intention, elle s'était trompée, elle n'avait rien à lui reprocher, pas même d'avoir voulu se rapprocher, fût-ce perfidement, il n'était pas coupable, mais alors qui, elle réfléchissait. Il fallait se rendre sur place et voir de quoi il retournait, il n'y avait pas d'autre solution pour vider l'abcès, elle sonnerait carrément chez lui, Camille Laurens, 50, rue Saint-Jacques, Jacques, Jacques, et elle pleurait. La voiture s'immobilisait, les roues tournaient dans le vide comme le tabouret qu'elle venait de quitter. Elle s'est approchée de la fenêtre. Les volets du voisin d'en face étaient hermétiquement clos depuis des mois. Elle qui s'était toujours refusée à imaginer la vie de Jacques, comment il avait fait, après, elle s'efforçait maintenant de reconstituer sa mort. Elle le faisait sans arrière-pensées, n'ayant pas relu jusqu'au bout le chapitre Correspondances où le détective, avec ce ton misogyne et désabusé qui l'agaçait tant, concluait qu'« aux yeux de certaines poules, apparemment, mourir est encore le meilleur moyen d'être aimé ».

COURS

C'était écrit en lettres noires à demi-effacées sur le mur de la cage d'escalier : CAMILLE LAURENS, au-dessus d'un doigt tendu qui désignait le fond de la cour. Claire s'est avancée sous la voûte sombre du porche devant lequel elle avait dû passer des milliers de fois, rue Saint-Jacques, à l'époque où elle retrouvait Alexandre Blache après ses cours à la Sorbonne. À droite, dans la cour, le nom s'étalait de nouveau en lettres plus grosses au-dessus d'une porte comme en haut d'un livre énorme : CAMILLE LAURENS, surmonté de ces trois mots en arc de cercle : Danses de salon. Sur la porte une pancarte indiquait les horaires des leçons. Un air de rumba filtrait au travers des fenêtres voilées de rideaux, ponctué d'injonctions brutales plus propres à régler l'ordonnance d'un défilé militaire qu'à révéler les arcanes d'une danse exotique, Claire hésitait d'un pied sur l'autre, un deux un deux, c'était peut-être une samba après tout, fallait-il partir ou rester, on ne voyait rien par les fenêtres, pas même une lumière, on savait seulement qu'il s'agissait d'une danse à deux temps ; elle faisait décidément fausse route, elle allait partir lorsqu'un homme qu'elle n'avait pas entendu traverser la cour pavée a poussé la porte et s'est effacé pour la laisser entrer, le bras gauche tendu sur la poignée, un genou plié sur la marche du perron, les yeux plongés dans ses yeux. Vous venez pour le tango ? Merci, a-t-elle dit en détournant la tête, non non je viens voir Monsieur Laurens. L'homme sentait un parfum poivré, Brut ou Balafre, il portait des semelles de crêpe. Il y avait un bureau dans le couloir, à côté d'un poêle à bois dont le clapet était ouvert. Elle s'est approchée. Bonjour monsieur Camille, a lancé le danseur en écartant un pan de rideau poussiéreux. Un vieux monsieur en nœud papillon était penché au-dessus d'un fichier métallique. Bonjour monsieur Georges, a-t-il répondu à contretemps en levant un sourcil. En forme ? Claire s'est retournée vivement, Georges..., le rideau de velours passé était retombé, il tremblait encore. Des voix d'hommes arrivaient jusqu'à elle, des chocs sourds de placard qu'on ferme, des rires. — Oui Mademoiselle ? Camille Laurens avait des yeux bleus, des dents parfaites, et l'air absolument incapable d'écrire un livre où les femmes ne seraient pas des idoles. Claire, prise de court, a prononcé la phrase à laquelle elle s'était finalement arrêtée pour frapper fort d'entrée de jeu face à l'auteur d'*Index* qu'elle s'était figuré ouvrant la porte de son appartement rue Saint-Jacques, ombre plutôt haute et jeune, esquissant un sourire interrogateur et détaché, hybride de Jacques Millière et du conservateur d'Étretat, Oui ?, indifférent, détendu, pas pour longtemps car elle dirait alors comme un direct à l'estomac, elle a dit alors, sibylline et menaçante : Je m'appelle Blanche. Un morceau de bois a bougé dans le poêle. C'est un nom ravissant, a répondu Camille Laurens. Et il est fait pour vous, si je puis me permettre. Une légère ride a plissé le front de Claire tandis qu'un caillou mental faisait flop dans le marais mouvant de son imagination. Elle n'aurait même pas dû entrer, elle était de toute évidence en face d'un homonyme, elle aurait dû se fier à sa première impression. Elle a salué au passage, d'un coup de chapeau réticent, la théorie psychologique d'Alexandre Blache selon laquelle, au-delà de toutes les nuances ultérieures possibles, la première impression défavorable est toujours la bonne, théorie dont il avait jeté les bases lorsqu'il végétait comme simple chargé de cours et qu'avait confirmée la preuve irréfutable, contraire à la réputation mais conforme à son intuition initiale, que son directeur de thèse était un imbécile. L'homonyme, cependant, regardait Claire avec cette attention exclusive des anciens séducteurs qui continuent de remercier les femmes qu'ils n'auront pas du bonheur que leur ont donné celles qu'ils ont eues. Des photographies sous verre couvraient le mur ; sur plusieurs ce devait être lui, le cheveu lisse et noir, cambré comme un torero. Les danseuses entre ses bras semblaient petites et impuissantes. Il y avait aussi, également sous verre, une page d'un magazine de télévision consacrée au « plus célèbre cours de tango de Paris » avec un portrait d'Ivan Lendl ouvrant magistralement, trois leçons plus tard, le bal de clôture de Roland-Garros. Claire fixait le mur en se déplaçant d'une photographie à l'autre avec un sourire mondain ; il devait la prendre pour une folle, « Je m'appelle Blanche », n'importe quoi, et maintenant comment sortir sans trop éveiller l'attention ? Elle souriait toujours, les mâchoires crispées jusqu'à la douleur, comme si elle était venue pour ça, visiter, se renseigner, poussée par un désir ancien de tango argentin, comme s'il était absolument normal qu'elle soit là, qu'elle ait revendiqué en entrant le nom de Blanche du ton sans réplique dont d'autres disent en d'autres lieux être Napoléon. Une jambe enlacée à une autre, un buste droit, des yeux noirs étirés d'un trait sur la tempe : derrière le reflet grimaçant de son sourire flottait un certain charme romanesque ; Camille Laurens avait sans doute une histoire, mais ce n'était ni son roman ni son histoire à elle. Des voix d'hommes lui parvenaient plus distinctes, excitées, des prénoms circulaient, on fredonnait du tango, qu'est-ce que tu deviens, Georges ? Ce n'était pas ses histoires, tout ça, d'ailleurs elle n'aimait que la valse. Elle allait feindre de prendre quelques informations, puis partir, Merci monsieur, je vais réfléchir. Elle allait noter les horaires, empocher un prospectus puis disparaître à tout jamais de la vue de Camille Laurens. Claire Desprez était obsédée par la justification des choses. Elle supportait mal tout ce que la raison n'expliquait pas : assener son nom à un inconnu, porter un parapluie quand il fait soleil, des souliers vernis sur les docks, un chapeau de cow-boy à la Sorbonne. Elle avait cet instinct naturel des détectives pour le détail qui cloche, et le souci rarement battu en brèche de ne clocher elle-même en rien, car l'étonnement des autres lui faisait peur ; elle croyait qu'ils lui ressemblaient, qu'ils posaient sur elle à tout moment le regard perplexe et scrutateur dont elle suivait elle-même quelquefois, sur les grandes lignes, les voyageurs sans bagages, les femmes enceintes sans alliance et les contrôleurs sans casquette. Si son frère Antoine avait la passion de la justice, elle avait la hantise de la justification ; chaque geste ne devait-il pas posséder un sens, chaque parole une nécessité ? Elle ne s'irritait pas seulement qu'on fume dans un wagon non-fumeurs, elle remarquait aussi comme une bizarrerie plus singulière que l'on ne fume pas dans un wagon fumeurs. Elle avait abordé Camille Laurens par des mots incongrus, inexplicables, et elle ne voulait pas sortir avant d'en avoir dissipé en elle, en lui, l'impression et le souvenir. En l'occurrence elle se donnait beaucoup de mal pour rien car depuis des lustres Camille Laurens avait tiré de sa longue pratique des femmes la conclusion qu'elles étaient toutes folles.

— Vous regardez mes œuvres, a-t-il dit. J'y ai consacré ma vie.

Il a contourné son bureau, Claire s'est abîmée dans la contemplation d'une danseuse en rouge, la gorge renversée ; le profil aigu du cavalier était dressé comme un couteau au-dessus d'elle. Camille Laurens avait une voix courtoise et chaude. Il lui expliquait que bien sûr l'âme du tango est sombre mais que pour autant s'appeler Blanche n'est pas un obstacle, elle a rougi, il y avait dans sa voix ces intonations excessivement compréhensives qu'on réserve à l'usage des fous, elle voulait partir d'ici, d'ailleurs, si je puis me permettre, disait-il encore, vous avez le port de tête qui convient, voyez, il montrait du doigt la femme en rouge. Le cours trois va justement commencer, c'est le niveau compétition, vous n'aurez qu'à suivre votre partenaire... Je suis sûr que vous aimerez le tango, mademoiselle Blanche, Claire a rentré le cou dans les épaules, non non, je ne sais pas du tout danser, c'est bien normal, a répondu gentiment Camille Laurens, sinon vous ne seriez pas là, n'est-ce pas...

Elle n'en pouvait plus, elle se sentait déplacée, étrangère, elle voulait sortir de cette pièce sur-

chauffée, ce n'était pas ses histoires, vraiment.
Elle allait partir, poussée par son malaise à cette
impolitesse dont les lâches ne font preuve qu'avec
les gens qu'ils sont certains de ne jamais revoir,
lorsque ses yeux, dans le mouvement de rotation
vers la porte, se sont arrêtés sur une boîte posée à
l'angle du bureau. C'était un fichier métallique
d'où dépassaient des onglets de couleur, un pour
chaque lettre de l'alphabet. Tout à l'heure en
entrant, Claire avait trouvé Camille Laurens penché dessus. Le C sur fond bleu débordait un peu
l'alignement. Elle était à demi tournée vers la sortie, elle a ramené son pied gauche à côté du droit.
    — Connaissez-vous Jacques Millière ? a-t-elle
dit comme on vérifie une dernière fois avant de
partir qu'on a fermé le robinet du gaz : peut-être
après tout savait-il quelque chose. Le sourire
galant de Camille Laurens n'a pas disparu mais un
éclair de méfiance s'est allumé dans son regard.
Claire a enchaîné, il fallait tâcher d'être plus
habile, il la prenait pour une épouse trompée : Oui,
c'était, c'est un ami, je crois que vous l'avez eu
comme client, euh, élève. Son nom ne vous dit
rien ? Jacques Millière, a-t-il répété lentement,
Mille hiers, a-t-elle entendu, son cœur s'est serré.
Ce serait ancien, alors, car je ne vois pas... Oui,
c'était une histoire ancienne. Il est revenu derrière
son bureau, a tâtonné parmi les M, Jacques Millière, je vous M. — Non, pas de Millière, mais
peut-être en effet oui, ma mémoire n'est pas très

174

fidèle. Et puis je jette les vieille fiches, au bout d'un moment. Il a montré le poêle à bois.

La rumba a cessé net, une-deux. Une porte s'est ouverte, devant laquelle s'est campé un petit moustachu en bras de chemise. Il poinçonnait mécaniquement les cartes des abonnés qui sortaient de la salle un à un en dévisageant Claire. Ils passaient devant elle, un peu congestionnés par l'effort, avec des visages de vieux cousins de province, des cravates larges lie-de-vin, des vestons cintrés, des boucles à l'anglaise comme il devait y en avoir dans le train de Dieppe que prenait Jacques à quinze ans ; et Jacques lui-même peut-être allait surgir avec ses cheveux trop longs dans le cou et ses foulards indiens, et dire : Je suis venu, tu vois, ça n'a pas été sans mal. Elle s'est appuyée d'une main au bureau, déséquilibrée, comme expulsée d'une machine à remonter le temps dans le hall de cette gare des années soixante où tant de gens l'avaient dévisagée au portillon, figée dans l'attente. À samedi, a crié Camille Laurens. Un courant d'air froid a tout emporté.

Claire a resserré autour d'elle les pans de son manteau. Elle resterait. Elle savait bien que ni Camille Laurens ni son cours de danse n'avaient le moindre rapport avec Jacques, et pourtant il y avait là quelque chose de lui, une présence indéfinissable qui la clouait sur place au piquet du souvenir.

— Tango compétition, on y va, a lancé le poinçonneur à la cantonade en gratifiant Claire d'un sourire qu'il adressait plutôt à la perspective d'être dispensé de scansion pendant quarante-cinq minutes. La nouvelle équipe a fait irruption de derrière le rideau rouge, des filles jeunes et d'autres entre deux âges mais qui avaient gardé leurs cheveux longs, des hommes que précédaient des parfums d'homme, avec tous ce port condescendant des artistes devant ceux qui les admirent sans posséder leur art. Claire s'est effacée le long du bureau. Deux mains l'ont saisie aux épaules. Vous permettez, a dit Camille Laurens, vous serez plus à l'aise sans manteau. Elle avait une robe de lainage rose et blanche qu'elle avait choisie aussi longuement que sa phrase d'attaque pour confondre Camille Laurens, ah pour ça elle l'avait confondu ! elle s'est mordu la lèvre, sa robe détonnait parmi les jupes noires fendues. Les couples s'enlaçaient gravement. — Monsieur Georges, s'il vous plaît... L'homme de tout à l'heure a quitté sa partenaire, s'est approché. Voici mademoiselle Blanche. Elle débute, vous la guiderez. Il s'est incliné. Votre danseuse prendra monsieur Pierre, monsieur Pierre ? Le petit moustachu, assis près du tourne-disque, a levé un sourcil, Camille Laurens lui a désigné du doigt la délaissée qui rattachait la bride d'une lourde chaussure noire. — Mais je ne sais pas, a dit Claire sur le seuil de la porte, je n'ai jamais... — Oh ! mon disque ! s'est exclamé Monsieur Georges, attendez, j'ai apporté

Carlos Gardel. Il s'est précipité sur le rideau rouge. Il était grand et brun, sa nuque était large sous les cheveux coupés court. Claire s'est réfugiée près de Camille Laurens : — Je ne sais pas si... — Si si, vous verrez, détendez-vous. Monsieur Georges danse très bien, c'est l'homme qu'il vous faut. Claire s'est passé une main sur le front. Les couples attendaient, des femmes tendaient le mollet en guise d'échauffement, Monsieur Pierre tanguait d'un pied sur l'autre d'un air excédé, personne ne souriait, tout le monde paraissait y croire : une histoire de fous, un cauchemar dont elle devait cesser d'être la dormeuse. — Monsieur Laurens, a-t-elle demandé, avez-vous déjà écrit un livre ? Son cavalier revenait en courant, extrayait précautionneusement le disque de sa pochette, le posait sur le plateau, enclenchait. — Non, mademoiselle Blanche, pas de livre : le tango, voyez-vous, ça se vit, ça ne se raconte pas. Mais j'y pense, j'y pense... C'est une si belle histoire d'amour. Il l'a poussée légèrement à l'épaule. Allez maintenant. Et rappelez-vous mon conseil : laissez-vous conduire. Il a souri, l'index levé devant ses dents éclatantes : c'est le secret.

Les couples se sont animés au rythme lent d'une milonga, dédoublés par le miroir du fond où Camille Laurens se voyait lui-même en retrait sur le seuil. Il écoutait les paroles, ayant appris jadis en Argentine, sinon tout l'espagnol, du moins celui de la mort et du cœur : Que dirian si te vieran, Que diraient-ils s'ils te voyaient, la Cloche et le Chevelu, eux qui un soir à la grand-porte se sont entre-tués pour toi... Il avait depuis longtemps perdu la femme en rouge de la photographie, il ne lui restait d'elle que le sourire artificiellement prolongé de ses trente ans, après qu'elle eut, d'un coup de pied vengeur ou malencontreux (il hésitait encore), un soir à Paris, sur la scène du Châtelet, brisé toutes ses dents de devant. Après la danse elle lui donnait une fleur qu'elle portait à l'oreille. Il enfouissait son nez, sa bouche dans le parfum d'oeillet sans la quitter des yeux, puis il lançait la fleur dans l'obscurité mouvante du public : c'était la fin de leur spectacle, le début de la nuit. À présent il entretenait ses belles dents fausses en hommage à sa fausseté, à sa beauté. Malgré l'amertume, il n'avait pas désespéré du tango, car il savait qu'avec le tango on pouvait avoir toutes les femmes, absolument toutes, pour peu qu'on fût encore un peu jeune. Camille Laurens regardait danser les couples, certains avec trop d'application, la technique n'était pas tout, et comment leur enseigner le supplément d'âme, d'autres avec trop de distance, l'ironie ne payait pas, il fallait entrer dedans, ne pas guetter son reflet dans la glace, ne pas vouloir se reconnaître puisque de toute façon on était autre, c'était pour lui aussi vain que de prétendre jouir sans fermer les yeux. Monsieur Georges et Mademoiselle Blanche formaient comme prévu un assez beau couple, lui ne venait pas au cours depuis très long-temps mais il était doué, il devait avoir un métier physique ; elle était bien sûr un tantinet trop raide, sa main gauche était posée sur lui entre la poitrine et l'épaule comme pour le repousser, il l'avait prise d'emblée contre lui, il n'y avait pas de lumière entre eux. Camille Laurens s'est assis sur une chaise près du tourne-disque ; son maître disait cela autrefois en circulant parmi les couples avec sa badine, De la lumière, s'il vous plaît !, il surveillait en connaissance de cause la moralité des apprentis danseurs, il voulait voir du jour entre les corps. Plus tard seulement il dévoilait aux élus que le membre de l'homme était la clé qui ouvrait les figures : vos bustes disent non, expliquait-il aux femmes, mais vos jambes sont d'accord. Mademoiselle Blanche se laissait aller malgré une tension visible du visage et quoique Monsieur Georges osât des poses audacieuses pour un début. Camille Laurens a baissé les paupières : un livre, oui, pourquoi pas, c'était son monde, il n'avait rien appris d'autre, il connaissait tout ça sur le bout des doigts... Souvent avec succès il avait été Georges, des Blanches brunes et blondes il en avait connu ! Il n'écrirait pas l'histoire du tango, c'était le tango qui avait écrit sa vie, les pages en étaient remplies de jambes pleines et de bras déliés, de gorges rondes, de hanches moulées, de nuques droites comme des hampes. Il savait comment ça commençait, comment ça finissait, les figures faussement affectées et vraiment nues de la danse et de l'amour, de la parade et du désir, il connaissait tout ça de A jusqu'à Z :

« À quoi songeait Blanche ? Elle se mordillait la lèvre inférieure comme une fillette qui s'applique ou hésite à prononcer un mot grave. Elle n'était encore ni du bord de ceux qui s'abandonnent ni du côté des rieurs ; quand elle tombait dans l'axe du miroir — et quelquefois elle tombait vraiment, rattrapée d'un bras par son cavalier, ses cheveux qui s'étaient défaits frôlant le parquet élimé — elle détournait la tête, elle ne voulait pas voir son visage aux yeux médusés, aux mèches pendantes, qui flottait renversé dans la foule du miroir comme un poulpe dans la mer. Je sais bien que ça n'existe pas, songeait-elle, mais si, pourtant, c'était vrai... Georges la serrait contre lui puis la projetait de côté sans la lâcher des mains, elle évitait son regard, associant cette figure au geste que font les hommes pour ôter leur ceinture, d'abord resserrer puis desserrer la boucle, il ne la regardait pas non plus. À la deuxième promenade, ils piquèrent tous deux droit sur le reflet d'eux-mêmes, joue contre joue, sa peau était rugueuse, sa barbe dure, la journée finissait, dehors il faisait presque nuit. Georges amorça la *bandera* en guidant sa partenaire par de petites pressions de la main sur sa taille. Il lui donnait quelquefois de brèves indications à voix basse, elle se taisait. Une fois leurs pieds s'emmêlèrent, il lui dit de se détendre, mais dans l'ensemble ils s'entendaient. Elle entra dans la danse. C'est après qu'il l'avait renversée sur sa cuisse en la maintenant ployée sous son profil hautain qu'elle sentit, revenue contre lui, qu'il bandait. C'était aussi dur et tendu contre son ventre que l'avant-bras sous ses épaules l'instant d'avant, il avait remonté ses manches jusqu'au coude, elle voyait jouer les muscles de son bras et battre une veine qui saillait sous la peau du membre. La chaleur du poêle était excessive dans la salle aux issues fermées, ils transpiraient. Le parfum du danseur s'était noyé dans l'odeur de son corps, la main gauche de Blanche crispée longtemps sur la chemise humide y dessinait l'empreinte de ses doigts. Il faisait ce qu'il voulait, la maniait, la laissait, la reprenait, elle ne lui résistait pas puisqu'elle ne savait pas, elle cédait. La tête lui tournait, il reculait en l'attirant à lui, elle demeurait ainsi en équilibre sur la triple pointe d'un pied au sol et de ses seins sur le torse de Georges, suspendue, accrochée à lui dans le vide. Il bandait toujours, il transpirait. Sa respiration pourtant était régulière, maîtrisée, tandis que Blanche sentait une douleur poindre au côté. La fente, dit-il. Pas moyen de souffler, d'échapper. Elle comprit qu'il fallait écarter les jambes et plier le genou droit : une fraction de seconde elle vit leur couple darder sur le miroir ses bras unis comme la pointe d'une flèche, sa jambe gauche raclait le sol à l'arrière comme une penne trop lourde, elle vit leurs bras unis mimant la proue du navire où elle s'était embarquée sans réfléchir et qui traînait dans son sillage sa jambe gauche draguant le parquet comme une ancre, sans trouver prise.

«Elle ne dit rien lorsqu'il lui remit son manteau. Ils sortirent. La nuit était tombée. Tout le temps qu'ils marchèrent sur le trottoir, ensuite pour la guider jusqu'au fond du couloir où il tourna dans la serrure la clé numérotée, il laissa une main sur sa taille. Il n'alluma pas. Une lumière bleue arrivait du balcon à travers des rideaux tirés. Donnez-moi votre manteau, ordonnat-il. Je ne sais pas, dit Blanche en reculant d'un pas sur le seuil. Il ferma la porte, il tourna deux fois la clé dans la serrure. Elle s'était réfugiée contre le mur. Il lui ôta son manteau, déboutonna le haut de sa robe, prit ses seins dans ses mains à travers la soie du soutien-gorge, Moi je sais, dit-il ; il ne l'embrassait pas, ne la regardait pas, elle couvrit ses seins d'un bras et tendit l'autre devant elle pour le repousser, il s'en empara brutalement de sa main droite et l'immobilisa presque à la verticale contre le mur, de l'autre main il écarta le bras qu'elle serrait sur sa poitrine, Laissez-vous faire, dit-il. Il fléchit légèrement les genoux, remonta la robe des deux mains sur les hanches. Claire restait clouée au mur dans la position qu'il lui avait imposée, elle sentit sa culotte glisser le long de ses jambes, elle ferma les yeux. D'une pression sur la cheville il lui fit à peine soulever un pied puis l'autre, il prit la culotte, se releva, força Blanche à se tendre contre lui en étirant encore un peu plus son bras sur la paroi de la chambre, Ouvrez les yeux, dit-il, elle obéit, il enfouit son nez, sa bouche dans le tissu soyeux de sa culotte puis la jeta au loin de sa main libre sur le parquet de la pièce, des applaudissements éclatèrent dans la chambre voisine, une rumeur de voix passa dans l'escalier ; il se détacha d'elle, recula d'un pas et défit la boucle de sa ceinture. Elle garda la tête détournée, les larmes aux yeux, Que diraient-ils s'ils te voyaient, jusqu'au moment où il plaqua les mains sur ses fesses en lui expliquant quoi faire à voix basse et nette, quelle devait être la position des jambes et des bras, la fente devait être parfaite ; il l'empala, voilà, c'était fait, elle était dans la danse, elle tanguait d'arrière en avant, bateau sur l'eau, contre son dos le mur vibrait, la radio hurlait, ses seins frottaient sur la chemise de l'homme, à demi jaillis du soutien-gorge qu'il n'avait pas dégrafé, elle était en désordre, débraillée, et lui raide et à peine défait à la ceinture ; son corps entier s'agrippait au roc, elle tenait à lui comme une noyée à la falaise, il ne bougeait pas mais la soulevait régulièrement contre lui, l'éloignait, la ramenait, la promenait le long de son membre dressé, elle avait des cheveux dans la bouche, elle suffoquait, elle voyait la tache blanche de son slip sur le parquet, hors d'atteinte, l'élastique de son soutien-gorge lui sciait le des-sous des seins qui débordaient, elle était complè-tement ouverte, docile au rythme qu'elle subissait sans contrôle. Un branle-bas agita une chambre voisine, on protestait, la radio faisait trop de bruit, C'est pas bientôt fini, cette java, cria quelqu'un. Georges empauma Blanche plus vigoureusement, mit un doigt entre ses fesses, non, elle ne voulait pas, elle se déhancha sur son pivot, il eut un moment d'irritation et s'enfonça davantage, elle ne savait plus où elle était, tout tournait dans un grand vertige, une valse de Vienne, elle laissa tomber sa tête sur son épaule, Remontez vos jambes, dit-il, il se mit en marche avec son far-deau, fit demi-tour jusqu'au lit, elle s'accrochait désespérément à lui et à l'idée qu'il la vouvoyait encore, Ton cul, dit-il en la renversant, je veux aussi ton cul, maintenant. Elle eut un peu mal au cours de cette initiation, mais au début seulement : Georges connaissait la musique, et Blanche se laissa mener, comme une pouliche tenue en bride, par le bout du nez. »

À l'aube, elle a ouvert les yeux. Elle était à plat ventre sur le lit, une jambe repliée, le genou haut, un bras tendu dans les replis du drap, figure anéan-tie du tango, danseuse à terre. Le crépitement d'une douche l'avait réveillée. Elle était seule dans la pièce. Derrière les rideaux à demi tirés, les lettres bleues d'une enseigne au néon étaient encore allumées. Elle a déchiffré à travers les méandres du balcon, à l'envers, la fin d'un mot : AC UES. C'était l'Hôtel Saint-Jacques, rue Saint-Jacques à Paris, une étoile. Le Q ne fonctionnait pas. Elle s'est mordu la lèvre. Comment avait-elle pu ? La chanson avait commencé, lente, la voix était triste et voluptueuse, *Que dirian si te vieran*, c'était un beau tango... Monsieur Laurens regardait fixement le miroir en pensant à autre chose ; alors elle était entrée dans la danse, elle s'était laissé prendre. La joue contre un pan rêche du couvre-lit, elle se disait cela sans détacher les yeux des lettres bleues, qu'elle s'était laissé prendre. Le parquet a craqué derrière elle. Elle s'est retournée brusquement. La douche avait cessé ; l'homme était debout, torse nu, un pied sur une chaise. Il tenait un revolver dont le canon pointait en direction du lit. Elle a mis les deux mains en croix sur ses seins. C'est l'heure pour moi, a-t-il dit. Il a soupesé l'arme d'une main. Je suis flic. La dernière lettre est passée entre ses dents comme un défi. Enfin... Il a souri ou grimacé dans le demi-jour. Nous nous reverrons, j'espère, Blanche. Elle a détourné la tête tandis qu'il boutonnait sa chemise. Il y avait des traînées de sang sur le drap, elle a rougi, elle avait ses règles. Une fois seule, elle est restée un long moment assise au milieu du lit. En définitive il ne lui était rien arrivé de grave, mais ç'avait été tangent. Elle était incapable de se secouer pour sortir de là, bien qu'elle ait dans la matinée un rendez-vous qu'elle ne voulait pas manquer. Que dirait-il s'il te voyait ?... L'enseigne s'est éteinte. Elle s'est renfoncée sous la couverture. Dans sa demi-torpeur sont passées comme un poignard l'idée affreuse que ce qu'elle avait pris pour le membre bandé de Monsieur Georges, la preuve tangible de son désir, n'était peut-être que le canon du revolver qu'il gardait dans la poche de son pantalon, puis comme un baume, juste avant qu'elle ne dévale le toboggan du sommeil, la pensée qu'elle dormait à des profondeurs merveilleuses, qu'elle dormait, que c'était une mademoiselle Blanche qui avait vécu cette histoire, et non Claire Desprez.

CURRICULUM (VITAE)

De vieux Rouen dans des caisses marquées Fragile, et un vaisselier normand qui n'en pouvait contenir que le quart — ça commençait bien —, un monocle que Guy avait porté dès les premières atteintes oculaires de la grande vérole, aux alentours de vingt-cinq ans ; Francis Cosse n'avait pas résisté au désir de l'essayer, mais il n'avait pas les joues saillantes de l'écrivain et la rondelle de verre ne tenait contre son œil qu'au prix d'une crispation qui le défigurait. Un Bouddha, un bulletin scolaire de 1860 : « Santé : bonne. Caractère : doux. Éducation : bonne. Devoirs religieux : bien remplis », un traîneau hollandais qu'il avait traîné partout dans sa vie, sorte de bateau d'intérieur peut-être, il s'y installait parfois pour recevoir ou dériver dans la fumée du narguilé, ancêtre de Citizen Kane, une ordonnance du Dr Fortin, médecin de Flaubert, en 1880 c'était déjà trop tard, des saints de bois polychromes, des moucharabiehs, des portières jaunes de Karamanieh : faudrait-il

reproduire ici la chambre de Guy, «logis de sou-
teneur caraïbe», disait Goncourt, le conservateur
caressait du bout des doigts une tenture de soie
drapée sur un paravent, l'Afrique, les femmes
arabes, ces choses en tas au premier étage de la
Villa Mauresque, quelle disposition leur donner
pour qu'elles racontent une vie, quelle vie, mort
fou à quarante-trois ans, une photographie, de
beaux cheveux bien plantés, une grosse moustache à la sergent de ville, une physionomie inso-
lente, Guy n'avait jamais aimé personne, sinon sa
mère et Flaubert, un médaillon de Flaubert, une
lettre de Flaubert, «Jeune homme, il faut travailler
plus que cela, entendez-vous ? Songez aux choses
sérieuses... Trop de canotage ! Trop d'exercice !
Trop de putains !» Son collègue Maze, de Croisset, avait fini par céder à Francis Cosse quelques
pièces de la correspondance, il avait fait des difficultés, il n'avait pas à se plaindre pourtant, il y
avait plus de passage à Croisset, c'était plus près
de Paris, à la *Villa Mauresque* on resterait des
semaines sans voir un chat, les gens venaient en
foule à Étretat, certes, mais pas au musée ! Depuis
un mois Francis Cosse était plongé dans l'existence de Guy ; il avait lu des lettres, des témoignages, des biographies, il s'était pénétré de la
substance tragique et dérisoire de sa vie ; puis les
objets étaient arrivés, un bric-à-brac hétéroclite
récupéré des différentes habitations de Guy, la rue
Dulong, la rue Montchanin, Chatou, presque rien

ne provenait de la villa dont le mobilier avait été pillé pendant la guerre ou rongé par l'humidité de l'air. Et soudain l'enthousiasme du conservateur aussi s'était effrité, il se dissipait maintenant avec le brouillard du matin. Il lui semblait avoir hérité d'un vieux parent méconnu mort au Maghreb un bazar africo-normand que seul un reste démodé de piété familiale l'empêchait de donner aux Chif-fonniers d'Emmaüs ou de vendre avant de tout claquer dans une Jaguar XK 150. La veille il avait d'ailleurs subi un choc en recevant sa première feuille de paie, et tout en consultant la liste des papiers jaunis et des souvenirs de voyage dont il avait la sainte garde, il se disait qu'il fallait trou-ver le moyen de sortir de là : il était à l'âge des inventions, pas des inventaires. Des pages de Guy lui revenaient en mémoire, sur l'ennui des minis-tères, l'horreur des provinces, la rapidité des jours, «la voix qui crie sans fin dans notre âme et qui nous reproche tout ce que nous n'avons pas fait, la voix des vagues remords, des regrets sans retour, des jours finis, des choses disparues, des joies vaines, des espérances mortes ; la voix de ce qui passe, de ce qui fuit, de ce qui trompe, de ce qui disparaît, de ce que nous n'avons pas atteint, de ce que nous n'atteindrons jamais » ; Francis Cosse refusait ces derniers mots, il était sain de corps et d'esprit, lui, plein d'espoirs réalisables, il savait qu'une autre vie l'attendait, pour laquelle il était fait. Il a repris le catalogue en réfléchissant :

trois flacons à poudre de riz, les femmes avaient défilé à Étretat, sournoisement épiées par les paysans du cru, un tapis d'ours blancs, bien dans le style de Guy, ça, une Danseuse de Degas (livrée ultérieurement), l'heure tournait, Mademoiselle Desprez n'arrivait pas, avec ce tortillard on était vraiment au bout du monde, une canne, un portemine, une photo de la yole qu'il sortait la nuit sur la Seine, à Chatou, avec une lampe à l'avant dont la lumière rasait l'eau comme des phares une route, et quel bonheur alors d'être à l'affût des ombres et des odeurs, crapaud sur un nénuphar, lapin sur un talus, parfum de vase ou d'herbe, de fleuve ou de bocage, Francis Cosse roulait beaucoup la nuit dans sa Corvette blanche, on n'aimait pas trop ça, dans le pays, on racontait qu'il était riche, le conservateur était habitué, il n'avait jamais eu un sou mais on l'avait toujours pris pour un fils de famille, un dandy, sans doute à cause de ses chaussures de luxe, son autre passion, un encrier, le pistolet avec lequel il s'était blessé à la main en 1882 — accident ? désir avorté d'en finir ? —, un lit Henri II, un manteau berbère, Francis Cosse avait envie de voir le monde, était-il revenu d'Amérique pour s'enterrer en Normandie à sept mille francs par mois, non, dès le lendemain il écrirait au Quai d'Orsay pour demander des renseignements sur les concours de la diplomatie, il parlait couramment l'anglais et pouvait se remettre au russe qu'il avait pratiqué au lycée.

Il a posé un coude sur les feuillets de l'inventaire. Il ne rechignerait pas aux déplacements, même si sa mère devait en mourir d'inquiétude, il connaîtrait tous les pays et pas seulement le pays de Caux, ah ah ! Un pâle rayon de soleil jouait à travers le paravent en moucharabieh. Francis Cosse s'imaginait attaché d'ambassade ; il n'allait pas jusqu'à ambassadeur, car c'eût été envisager avec ce titre un âge qu'il n'était pas pressé d'atteindre. Mais il portait beau et l'argent était facile : des Cadillac traversaient la chambre en croisant des Aston Martin. D'ailleurs si tout cela ratait il finirait dans un garage, la tête sous le capot, il restaurerait des voitures anciennes, là au moins ce serait de la conservation, un chandelier, des romans de Zola, Barbey, Huysmans, une lettre où il confiait « cette peur harcelante qui nous poursuit après des amours suspectes », bientôt les visiteurs se pencheraient pour la lire au-dessus du pupitre vitré et diraient en hochant la tête que c'était toujours d'actualité, une casquette de marinier, une longue-vue au bout de laquelle Maupassant aurait aperçu pour la dernière fois son père après des années de séparation indifférente, une légende bien sûr, Francis Cosse était conservateur d'une légende comme d'autres le sont d'une œuvre, car ces objets pour lesquels un musée avait été créé n'avaient acquis que par la mort de leur possesseur l'importance qu'ils n'avaient probablement pas eue dans sa vie ; un carnet de rendez-

vous que Guy consultait lorsqu'on l'invitait, inso-
lemment, quelques journaux... On a sonné à la
porte. C'était le facteur. Mademoiselle Desprez ne
viendrait plus. Francis Cosse a fait signe d'en haut
qu'il descendait. Il a dévalé les premières marches
en pestant contre l'architecte qui lui avait promis
son aide pour l'aménagement des salles. Tout le
monde me laisse tomber, a-t-il eu le temps de penser avant que le sol ne chavire vertigineusement
sous ses chaussures anglaises et qu'il ne soit précipité la tête la première, les bras écartés, comme
sur la luge maléfique du romancier défunt, dans
l'escalier de la *Villa Mauresque*.

- D -

Un coup de dés jamais n'abolira le hasard.

STÉPHANE MALLARMÉ

DA CAPO

Claire Desprez a traversé précipitamment la rue Saint-Jacques. Elle accélérait toujours le pas dès qu'elle apercevait la Sorbonne, comme si parmi les klaxons une sirène l'avertissait que le bateau allait partir. Un flot de voitures encombrait la rue des Écoles, on s'affairait en tous sens. La haute façade austère du bâtiment était vide ; personne n'apparaissait jamais aux fenêtres noircies de fumée, sinon, au rez-de-chaussée, à la lucarne arrondie de la conciergerie, hublot trouble, une poupée sale abandonnée près d'une plante verte qui n'avait pas bougé depuis des mois. Claire s'est frayé un chemin jusqu'à l'un des deux escaliers qu'elle a gravi tête baissée, avec la hâte confuse des retardataires qu'on n'aurait pas attendu plus longtemps avant de tirer la passerelle. À l'intérieur, elle reprenait une démarche plus lente et digne. Elle passait sans les regarder devant les appariteurs, stewards impeccables dans leurs uniformes bleus, mais dont il lui semblait qu'ils la suivaient des yeux le long des hauts couloirs de marbre en jaugeant sa silhouette par habitude et désœuvrement, comme les marins qui ont fait le tour du monde. Elle croisait des groupes de jeunes gens qui riaient, détendus, qui s'appelaient d'une allée à l'autre en faisant résonner l'écho, se rejoignaient en courant et disparaissaient dans une coursive. Le marbre scintillait avec des miroitements de piscine. Claire ici se sentait à la fois à l'aise et clandestine : cette université feutrée était certes son monde, avec ses vastes espaces, ses peintures, ses dorures, ses murs sans graffitis ni tracts, ses hôtes bien élevés ; mais en même temps elle n'avait plus, comme eux, le cœur des voyageurs qui croient encore aux voyages, ni la joie sérieuse des étudiantes qui gagnaient rapidement un amphithéâtre en serrant contre elles leur cahier de cours comme un bouquet de fleurs, elle n'avait plus, comme elles, le désir d'appareiller pour l'univers. «J'en suis revenue», pensait-elle parfois. Et elle marchait dans les couloirs de la Sorbonne le nez en l'air, en connaisseuse avertie, visitant sans se presser cet énorme transatlantique désuet qui ne prendrait plus la mer et que l'on gardait à quai pour mémoire.

Elle a fini par retrouver l'amphi Descartes. Ici, c'était plutôt la classe Touristes. Une odeur aigre arrivait des toilettes à la porte arrachée. Des papiers détrempés traînaient par terre. Au mur, quelqu'un avait écrit en grosses lettres sang-de-bœuf : BLACHE EST VACHE. Claire est restée quelques minutes dans la pénombre du corridor, l'oreille collée à un battant. La voix d'Alexandre lui parvenait distinctement, puissante et chaude, enveloppante, telle qu'elle l'avait d'abord aimée. «... car dans ce schéma narratif, l'analyse est toujours rétrospective, articulait-il dramatiquement. Dans le texte de la semaine dernière déjà, l'héroïne était entraînée malgré elle vers l'agent du destin, souvenez-vous : il allait changer sa vie, mais ». Elle ne savait pas si elle pouvait entrer. Sa montre indiquait midi moins vingt, était-ce l'heure exacte ? Et surtout, ne risquait-il pas de filer parderrière ? Finalement, après avoir arpenté le couloir elle a poussé la porte avec précaution. L'amphi était aux trois quarts plein. Alexandre se tenait en contrebas derrière un long bureau surélevé à l'extrémité duquel était posé un chapeau melon. De l'index que doublait une craie blanche il écrivait dans l'air en parlant. Les étudiants, le visage tendu, déchiffraient la ponctuation de ce texte invisible, courbe éloquente de la main traçant les majuscules, doigt vertical de l'exclamation, index menaçant pointé sur le public en fin de phrase, point final. Un court instant il s'est retourné vers le tableau vide pour y changer sa craie intacte contre une autre ; alors Claire s'est avancée jusqu'au dernier gradin occupé, genoux pliés et buste en avant, comme on fait au cinéma quand la séance est commencée. Elle ne voulait pas qu'il la voie trop tôt, elle comptait sur l'effet de surprise pour lui arracher des aveux complets.

Le matin même en effet, puisqu'il était de toute façon trop tard pour aller à Étretat à l'heure où elle s'était réveillée, elle avait décidé de tout reprendre au début. Tout en s'habillant elle avait donc rassemblé les éléments dont elle disposait : sa vie, un livre, un auteur inconnu, le tango argentin. Cherchez l'intrus. En descendant l'escalier, elle avait reconnu s'être laissé entraîner dans une, un, dans une impasse. Au café du coin elle avait bu deux cafés noirs, éliminé le tango, appelé en vain la *Villa Mauresque* — selon toute apparence le conservateur ne l'avait guère attendue —, elle avait laissé sonner longtemps. Et soudain, en récupérant son jeton, elle avait compris, l'évidence s'était imposée à elle parmi les plus tortueuses hypothèses, bon sang mais c'est bien sûr : l'auteur d'*Index,* c'était, ce ne pouvait être qu'Alexandre Blache. Comment n'y avait-elle pas songé d'emblée ! Il cadrait avec les trois données de l'énigme : sa vie, un livre, un auteur inconnu. Le confident de sa vie, c'était lui. L'écrivain du livre, c'était lui. L'inventeur du pseudonyme fantaisiste pris au hasard dans les parages de la Sorbonne (un maître du tango, ça avait dû lui plaire !), c'était lui, ce faux jeton de Raymond, *alias* Alexandre Blache, *alias* Camille Laurens. Elle s'entendait lui demander encore récemment des nouvelles de ce qu'elle croyait avec compassion l'éternel roman

198

en cours. Il répondait qu'il avait le temps, tu parles ! Il lui avait fait un enfant dans le dos. Claire a réfléchi deux minutes, les poings crispés. Si son emploi du temps n'avait pas changé, il avait cours jusqu'à midi. Elle s'était levée. Merci mademoiselle, avait claironné ironiquement le garçon, à qui elle avait laissé dans la soucoupe son jeton de téléphone.

Elle s'est assise. Il ne l'avait pas vue. Il continuait à palabrer en écrivant d'une main fébrile sur l'écran invisible de l'air ; parfois il ralentissait son geste sur une idée plus délicate, ramenait le doigt à hauteur du visage et faisait des arabesques lentes comme un enfant qui dessine sur la buée d'une vitre, sans prêter attention à rien d'autre qu'à la ligne de sa pensée, superbe malgré ses joues trop grasses et sa grosse bouche de bébé jouisseur que la barbe au fond amenuisait un peu, il avait « une laideur intéressante », pour reprendre une formule que la mère de Claire réservait généralement aux agrégés peu gâtés par la nature. Ses cheveux étaient magnifiques, encore très noirs. Il parlait bien. Et presque aussitôt, même sans l'écouter, on était frappé de fascination à l'entendre, à suivre ses gestes impérieux. Lorsqu'il était arrivé en Math Sup à Casablanca, Claire avait immédiatement subi ce charme, pour peu de temps il est vrai, puisqu'elle avait abandonné les cours au deuxième trimestre ; mais elle avait continué à le rencontrer au café Hassania, avec d'autres, il la regardait curieusement, non sans ironie, soit parce qu'elle était la fille du proviseur, soit parce qu'il la trouvait idiote, elle s'était posé la question toute l'année. Puis elle était partie en France. Elle ne l'avait revu que sept ans plus tard, elle passait devant le Balzar, quelqu'un lui avait couru après, une serviette de table à la main, les lèvres barbouillées de confiture, c'était lui, il avait presque fini sa tarte aux fraises. Quelques semaines après, ils avaient fait l'amour, un peu sur un malentendu : elle lui faisait visiter son appartement de l'époque, un après-midi, et comme il couvait des yeux une coupe de fruits posée sur un guéridon, elle lui avait dit : «Vous voulez une pomme ?» Alors il s'était jeté sur elle, interprétant comme une invite directe au péché de la chair ce qui n'avait été, de son point de vue, qu'une assez vile flatterie de sa tendance à la goinfrerie. Par pudeur ou prudence, elle ne lui avait jamais révélé ce quiproquo originel, car c'eût été avouer aussi le truisme de l'amour, qu'on prend toujours une personne pour une autre.

Dans le but de faire plus vrai, Claire a sorti de son sac un stylo et un papier — un prospectus pour des cours de tango qu'elle a retourné en hâte. Les étudiants alentour ne notaient pas grand-chose, ils regardaient Alexandre Blache, des filles surtout, quel âge pouvaient-elles avoir ? Vingt ans ? Claire s'agaçait de se trouver en position d'élève, dans un silence admiratif. Elle avait l'impression désagréable de revivre un moment déjà vécu ailleurs en d'autres temps, sans parvenir à s'en souvenir. Elle s'en étonnait parce qu'elle croyait que des événements parallèles ne peuvent avoir lieu que dans des vies parallèles. Or la sensation de la répétition ne prouve ni la métempsycose ni l'existence occulte d'autres mondes, mais simplement que nous traçons la ligne unique de notre vie de façon à revivre toujours les mêmes choses ; que nous les appelions de nos vœux ou que nous les redoutions, nous agissons toujours en sorte qu'elles arrivent de nouveau. Claire se voulait pourtant l'image vivante du contraire : elle luttait en permanence contre le retour des émotions, du moins concrètement dans la réalité, car ses rêves en revanche étaient souvent les mêmes. Elle combattait le remploi en architecture, qui consiste à réutiliser tel élément d'un monument antérieur, fût d'une colonne, linteau d'une porte, pour en bâtir un autre. Elle détestait les refrains, les rengaines, les variations sur un même thème, les airs de famille. Le critère de réussite pour juger d'une vie n'était pas qu'elle soit meilleure au fil des années, mais différente. Hélas, elle avait beau s'y employer, les choses revenaient quand même, la vie manquait d'imagination. Par exemple, Claire s'était, si l'on peut dire, abandonnée lucidement à sa passion pour Alexandre Blache pour la triple raison qu'il était brun et fort, plus âgé qu'elle et qu'il se gaussait du romanesque. L'épisode des pommes n'avait en somme pas été le seul malentendu secret de leur histoire : elle ne pouvait pas non plus avouer à Alexandre que si elle lui avait cédé, c'était aussi parce qu'il était le négatif de Jacques Millière ; car enfin, si un homme accepte déjà difficilement d'être aimé d'une femme parce qu'il ressemble à son ancien amant, supporterait-il de l'être parce qu'il ne lui ressemble pas ? Claire avait donc pensé déjouer l'insistance répétitive de la nature en élisant Alexandre Blache aux allures de métèque sept ans après la blondeur adolescente de son premier amour. Aucun des deux ne devait souffrir de la comparaison puisqu'ils n'avaient aucun point commun. Claire croyait aux différences radicales, aux abîmes qui séparent les gens et les choses, elle présupposait l'étrangeté absolue de l'éléphant par rapport à la fraise des bois. Elle ne s'était pas assez méfiée. En la circonstance elle avait naïvement omis l'essentiel : Alexandre Blache et Jacques Millière avaient au moins en commun une caractéristique d'ailleurs tragiquement répandue chez bien des personnes que Claire connaissait : ils avaient une mère. Elle avait compris trop tard qu'il n'est pas de plus sûr moyen de subir la répétition des mêmes drames que de s'enticher périodiquement, malgré toutes les précautions imaginables, de fils uniques dont la mère n'est pas morte, que sous de feintes dissemblances et même à distance dans le temps les événements se repro-

202

duisent avec exactitude, et pire encore, que si les éléphants n'étaient pas gris on pourrait les confondre avec les fraises des bois. En effet, non seulement l'impression de déjà vécu se rencontrait dans des situations parallèles, un même amour, une même attente, une même fascination, mais il arrivait aussi que des faits sans aucun rapport apparent soient de simples variantes d'un événement originel. Nous sommes comme des poètes qui en vieillissant ne se renouvelleraient que par le style, non par le sujet. De même qu'un soleil couchant peut être femme au teint de rose, boule de feu, rouge éventail, char qui s'enfuit, de même les faits marquants de notre vie resurgissent par nos soins sous des masques variés. La vie est une suite de métaphores différentes de quelques événements majeurs, parfois d'un seul. Nous ne savons pas forcément les lire, quoique nous les écrivions. Ainsi Claire, sagement assise sur un banc de la Sorbonne dans son manteau rose, avait écouté semblablement son père dévider au long des heures le programme d'histoire de sixième, vingt-cinq ans plus tôt, dans un respectueux silence, mais elle ne faisait plus le rapprochement ; elle n'est cependant pas, comme tant d'autres, une analphabète de sa propre vie. Elle en déchiffre certaines pages, établit entre elles des correspondances, quitte à en souffrir. Les occasions de le faire sont parfois fantaisistes et inattendues. Ainsi, dans quelques jours, lorsque le Dr Nord, son dentiste, renversera le fauteuil où Claire se trouve et se penchera sur elle, en un éclair elle se souviendra d'une figure lascive du tango et derrière cette image, en enfilade, se profileront comme en un labyrinthe de miroirs toutes les fois où son corps a plié sous un homme, jusqu'à la première fois, dans cette chambre, quand Jacques s'est penché au-dessus d'elle, cherchant sa bouche, et qu'elle a dit non non en secouant éperdument la tête. Allons allons, dira le Dr Nord, calmez-vous, vous n'aurez pas mal si vous vous laissez faire.

Claire a griffonné quelques mots, une sorte de plan de la marche à suivre tout à l'heure pour coincer l'orateur : ne pas cracher le morceau d'emblée ; le laisser venir, ce faux jeton. Dire que pendant des semaines, au début, ils s'étaient raconté leur vie ! Elle, surtout, s'était épanchée, à cause de la solitude où elle avait été longtemps ; lui qui aimait tant parler, pour une fois n'était guère loquace, elle en convenait maintenant. Elle avait mis du temps à comprendre pourquoi : c'est que le soir venu, tous les soirs depuis qu'il ânonnait ses premières syllabes, ou le matin lorsqu'il était sorti tard la veille, il déroulait devant sa mère le tapis rouge de sa journée passée, où elle s'avançait en reine, n'hésitant pas à en fouler du pied la trame, éminence grise triomphant enfin de toutes les heures d'où elle avait été absente. Claire avait fini par voir en elle la confidente de tragédie, discrète et déterminante, qui en retour des effusions que son fils déversait sur elle lui conseillait d'en être avare ailleurs. Ils étaient enchaînés par une espèce de contrat privé qui promettait à Madame Blache l'exclusivité des mots intimes, en échange de quoi elle acceptait qu'Alexandre momentanément la quittât pour de grandes joutes verbales qui se disputaient dehors et dont il ne sortait vainqueur que pour rentrer glorieux les lui conter. Il s'absentait plusieurs fois par jour, à l'entracte des spectacles, pendant les dîners au restaurant, si régulièrement que Claire avait d'abord soupçonné quelque incontinence regrettable chez un homme de trente ans. Elle s'était à peine trompée ; le jour où elle s'était décidée à le filer, elle l'avait vu prendre la porte *d'à côté,* celle de la cabine téléphonique. Il appelait sa mère pour lui dire où il était, ce qu'il faisait ; il parlait de lui, ne lui demandait pas de ses nouvelles à elle, il devait la croire immortelle. Il arrivait à Claire de partager cette effrayante conviction. L'habitude tacite (la seule chose qui fût tacite dans leur passion verbale) de se joindre quotidiennement était d'ailleurs à l'origine de l'antipathie foncière que Madame Blache avait éprouvée pour Claire sans la connaître, dès le jour des pommes ; car à cette époque le téléphone n'était pas encore installé dans son appartement et Alexandre, tout à sa symbolique du serpent tentateur, n'avait pas osé briser la métaphore en se lançant dans la quête hasardeuse d'une cabine téléphonique au jardin d'Éden.

Il avait donc exceptionnellement découché sans en avertir sa mère, acte héroïque promis à l'ingratitude puisque la Princesse au petit pois ignorait alors jusqu'à l'existence de la Veuve Douairière. C'est seulement par la suite, quand elle l'a su, que le jour des pommes s'est auréolé pour Claire d'une lumière plus crue, mais plus belle aussi, car si l'amour se mesure à l'aune de ce qu'on lui sacrifie, celui d'Alexandre, au moins une fois, avait été immense.

Elle s'était confiée à lui. Elle évoquait son enfance, ses frères, Rouen, son séjour au Maroc, des riens qu'il écoutait complaisamment en prenant mentalement des notes. Quel goujat ! quel dandy prétentieux ! Ses yeux se sont arrêtés à une extrémité du bureau. Après l'explication qu'elle allait exiger dans cinq minutes, elle romprait à jamais avec lui, et pour solde de tout compte, en guise de ponctuation personnelle, elle enfoncerait d'un poing vengeur, point final, son chapeau melon. Elle a levé la main. Mais à l'instant d'assener le coup avec toute la violence dont les fantasmes sont capables, brusquement sa colère est tombée : un détail clochait dans cette affaire. C'est que, justement, elle se souvenait lui avoir parlé de tout, sauf de Jacques Millière. C'était même évident, elle n'avait pas dit un mot sur Jacques Millière, pas même prononcé son nom ni évoqué son existence, et pour cause : son image n'était pas mourante en elle pour qu'elle la ranime à l'aide de paroles vaines. Elle a cherché. Elle ne voyait aucun moment d'abandon suffisant, il aurait fallu être folle ou inconsciente, surtout avec l'ombre de la sanction maternelle toujours en filigrane derrière leurs conversations intimes, les Blache lui eussent à coup sûr donné tort. Alors ? S'égarait-elle au cours d'Alexandre Blache, trompée par son ardeur à déchiffrer l'énigme, comme déjà la veille à celui de Camille Laurens, près du calorifère ? De tout le temps de leur liaison, elle était certaine de n'avoir rien dit de « la chose abominable ». Et avant ? À Casablanca, avait-elle laissé échapper quelques bribes de l'histoire récente devant son professeur attentif, apprenti romancier ou simplement avide de cancans à relater à sa mère restée en France ? Elle a fouillé dans sa mémoire du Maroc comme au fond d'un grenier, mais il n'y avait rien d'intéressant sous la poussière, sinon des colifichets oubliés, quelques curiosités typiques des années soixante-dix, vaguement orientales, telle cette étrange soirée où elle avait fumé du haschisch, non, ça s'appelait autrement là-bas, du kif. L'expérience avait été amusante, sur le moment. Claire avait dix-neuf ans. Ils étaient réunis chez Molineux, un pion du lycée Lyautey, avec trois ou quatre autres surveillants et les deux VSNA ; la présence de M. Blache avait suffi à rassurer Claire : ce n'était pas dangereux puisqu'il était là. Il s'était fait *in petto* la même réflexion en apercevant Claire Desprez assise en tailleur sur un coussin : on avait la caution du proviseur. La pipe était passée de main en main dans un silence crispé. À part Molineux, tout le monde était novice ; Alexandre Blache prenait des airs affranchis tout en tirant sur le tuyau à s'avaler les joues. Il citait De Quincey, Claire ne savait pas qui c'était. Elle était mal à l'aise parce qu'elle ne sentait rien, ce qui la soulageait et l'humiliait à la fois. Peu à peu les autres avaient commencé à parler avec de petits rires et des sous-entendus, ils expliquaient à Claire comment bien serrer les lèvres autour de l'embout tout en empoignant fermement le fourneau, ils pouffaient, comment aspirer, elle secouait la tête, je n'y arrive pas, ils levaient les bras au ciel, elle s'étouffait, ils s'étranglaient, elle n'était vraiment pas douée. Enfin c'était venu, un léger brouillard, puis cette sensation extraordinaire dont elle ignorait si les autres l'éprouvaient aussi, celle d'entendre exactement les choses, d'être au cœur de la vérité des mots. Il lui semblait cerner le secret des gens qui étaient là à travers leurs paroles insignifiantes, car l'anodin prenait un sens. Elle s'était imaginée découvrir des émotions physiques, avoir des hallucinations, entendre le concert des sphères. Or elle n'était tout entière qu'intelligence, comme si son corps avait disparu sous la puissance dissolvante de la lucidité. Pendant une demi-heure elle avait dominé le monde, écoutant gravement, répondant aux questions hilares d'un ton de pythonisse, avant de sombrer dans un sommeil sans songes. Comme c'était ridicule et loin ! Sur l'estrade Alexandre pérorait toujours avec magnificence. Quel rapport avec *Index* ? Claire s'est secouée. Pourquoi avait-elle déterré ce souvenir purement folklorique ? Elle avait du mal à rassembler ses idées. Brusquement, le lien invisible qui unissait les deux points, la séance de kif et sa présence au cours d'Alexandre Blache, s'est fait jour : ce devait être là qu'elle lui avait tout raconté, oui, certainement. Peut-être même avait-il mené l'interrogatoire, à tout hasard, pour ses fiches. Elle avait cru posséder un bref instant le génie de lire à livre ouvert dans les âmes tandis qu'en réalité elle se livrait bêtement elle-même, révélant les détails de l'atroce épisode dans les fumées parfumées d'un narguilé. Dans cette galerie de personnages aux visages estompés se détachait sa mine sérieuse de Bouddha. Elle avait joué l'arroseur arrosé. Au réveil il était midi. Il ne lui restait rien de l'intense fourmillement de son esprit. Molineux ne l'avait pas réinvitée.

Alexandre Blache arborait maintenant un sourire fat, preuve qu'il avait renoué avec l'autre côté de l'écran. La trajectoire de son sourire menait tout droit à une grande bringue au long nez et à l'air convenable, qui souriait aussi. La nouvelle Ève, sans doute, la nouvelle Princesse au petit pois. Elle a adressé à Alexandre un signe mystérieux de la main, ses deux index ont tourné l'un autour de l'autre comme pour mimer la rotation de la terre jusqu'à l'heure où ils se retrouveraient, il a hoché la tête, elle est partie. L'amphi s'est vidé, les étudiants dévisageaient Claire en remontant vers la sortie parce qu'elle allait à contresens ou qu'elle avait passé l'âge. Alexandre rassemblait des papiers dans son cartable. Des gouttelettes de sueur perlaient à sa barbe. Avant qu'il ne relève la tête, Claire a prestement tiré *Index* de son sac. Elle l'emportait partout depuis qu'elle l'avait lu, dans l'illusion que tant qu'il était à elle il ne pouvait pas être à d'autres. Tiens, a dit Alexandre avec assez peu d'enthousiasme, c'est toi ? Oui, a dit Claire, c'est moi. Et elle a posé le livre sur le comptoir de bois qui les séparait, la couverture ostensiblement tournée dans sa direction, pour juger de l'effet. Premier signe déconcertant : il a lancé au livre le coup d'œil hautain et dubitatif qu'il accordait à tout écrit récent, et plus spécialement à toute parution postérieure au déclin de la littérature française, qu'il fixait approximativement à l'année de sa naissance. Sa lèvre inférieure s'est retournée sur elle-même, laissant paraître une babine rose et un profond désintérêt. Mais il pouvait feindre, tel le barman roué qui jette à peine un œil sur la photo que lui tend le privé avant de lâcher du bout des dents, avec une indifférence calculée : Connais pas. Connais pas, a maugréé Alexandre ; puis, devant la mine suspicieuse de Claire : Pourquoi ? Je devrais ? Il a esquissé le geste de s'emparer du livre, elle a retiré vivement son bras. Et s'il allait le brûler, le déchirer ? Depuis quelques semaines elle réagissait comme si le livre eût été une pièce à conviction unique, un précieux négatif à ne pas mettre entre toutes les mains. Elle le voyait venir, avec son air de ne pas y toucher ! Il n'a pas insisté. Ses yeux s'étaient réduits à deux fentes, il mimait le type qu'on oblige à lire de loin chez l'oculiste, Ka-Mi-Lo-Ran, a-t-il finalement traduit en chinois. Jamais entendu parler. Claire a soupiré. Allait-elle devoir froisser négligemment sous son nez un billet de cent francs pour lui rafraîchir la mémoire !

S'il vous plaît... Un étudiant attardé, un coude sur le bureau, réclamait l'attention. Alexandre s'est empressé dans sa direction. Oui ?... avec un sourire de marchand de vin. Claire est restée en carafe à l'autre extrémité. Elle a laissé ses yeux errer avec ses pensées derrière le comptoir. Malgré l'heure, le jour ne passait pas aux fenêtres ; les stores étaient tirés, les lampes allumées. L'imperméable d'Alexandre était suspendu à une patère, près d'une porte à la vitre dépolie qui devait conduire à une arrière-salle ou à une sortie réservée au personnel. La conversation s'éternisait, il le faisait exprès. Claire avait soif, elle n'avait pas l'intention de rester debout indéfiniment, plantée derrière le zinc comme un poivrot indésirable. Alexandre prenait tout son temps ; s'il attendait qu'elle se lasse, il se fourrait le doigt dans l'œil.

Il avait mis ses deux avant-bras sur le comptoir et, les fesses en arrière, il menait avec l'autre un long conciliabule à voix basse, en se triturant les poils de la barbe. À la fin ils se sont serré la main comme si un marché avait été conclu. Alexandre est revenu vers elle en consultant sa montre : Bon, excuse-moi, il faut que j'y aille... J'ai mon cours de chant à la demie. Il s'est raclé la gorge pour étayer cette dernière affirmation. Claire avait toujours *Index* à la main. C'est qui, alors, ce type ? Un copain à toi ? Tu fais sa pub ? Tu veux qu'on l'inscrive au programme de l'agrégation ? Il en rajoutait dans l'insolence, elle trouvait ça suspect. Il continuait à ranger ses affaires, à farfouiller dans son cartable en déplaçant beaucoup d'air. L'ironie plissait sa bouche, déformait ses mâchoires, hérissait ses sourcils énormes. Elle l'avait souvent jugé monstrueux, pas différent des Bêtes de ses contes. Ses rires, son crâne, ses ambitions, tout était disproportionné, ou bien était-ce seulement parce qu'elle ne l'aimait plus ? Des ombres passaient sur son visage au gré des faisceaux de lampe qu'il traversait, le métamorphosant sans transition sous le regard de Claire en Quasimodo grimaçant, en Minotaure aux dents cruelles, en Bête sans sa Belle, en nounours velu, en roi shakespearien, en maquignon roublard ; par éclairs il ressemblait aussi parfois à Raymond Blache ; Claire alors lui trouvait l'air idiot, et donc sincère, mais elle avait appris à ne pas s'y fier, d'ailleurs cela ne durait jamais longtemps. En tout cas, s'il comptait la bluffer, elle irait jusqu'au coup de poker, elle saurait bien lui délier la langue. Non, justement, a-t-elle répondu hypocritement, je ne sais pas qui c'est. J'espérais que tu pourrais me renseigner. Il s'est exagérément esclaffé : Ah ! tu sais... Il a renversé la nuque en arrière, a ouvert toute grande la bouche et s'est envoyé une dizaine de granules blanches au fond du gosier en tapant comme un sourd sur un tube bleu. S'il fallait connaître tous les Tartempion qui pondent un bouquin, on n'en finirait pas.

Bon. Claire a dressé un rapide bilan. Elle hésitait : d'un côté, naturellement, la meilleure défense c'est l'attaque. Mais, d'autre part, elle se demandait si la dissimulation dont Alexandre était capable pouvait vraiment le conduire à se traiter, même pour rire, de Tartempion. Il y avait là matière à présomption d'innocence. Claire nageait complètement.

Un appariteur est entré pour éteindre les lampes. Je peux t'accompagner ? a dit Claire au jugé. Il y a des années que je ne t'ai pas entendu chanter. Le visage d'Alexandre s'est illuminé : Mais oui, si tu veux... D'ordinaire, comme on n'est jamais si bien servi que par soi-même, il était son propre spectateur ; mais il ne détestait pas que la claque qu'il entretenait sans fin en lui-même trouvât un écho spontané ailleurs qu'en sa mère.

Il a décroché son imperméable et un parapluie

noir caché dessous. Peux-tu porter mon melon, j'ai les doigts pleins de craie ? Elle a obtempéré sans répondre : ce devait être un principe d'éducation de Madame Blache de récompenser un enfant en lui confiant une mission solennelle. Alexandre est sorti le premier par la porte arrière au moment où les lumières s'éteignaient une à une. Le menton droit et le coude décollé du corps, il donnait le bras à son parapluie comme s'il allait passer à table avec lui dans un dîner mondain. Sur le sol couvert de poussière de craie se découpaient les empreintes démesurées de ses chaussures. Son chapeau à la main, Claire lui a emboîté le pas, bien décidée à suivre jusqu'au bout de la piste les traces du yéti dans la neige.

Madame Baldi habitait tout près, rue Cujas. C'était une authentique ex-diva reconvertie dans les leçons particulières, elle ne prend pas n'importe qui, tu t'en doutes. Elle avait un piano à queue et un mari de dix ans son cadet qui veillait sur elle avec une dévotion touchante. Le mari en effet a entrouvert la porte au coup de sonnette avec des mines de planton préposé à introduire les visiteurs, pas les courants d'air. La diva était assise sur un sofa. Elle semblait n'avoir plus d'autre ambition dans la vie que celle de rivaliser en volume avec son piano, qui conservait toutefois l'avantage. Alexandre s'est incliné sur sa main et a présenté Claire : une amie et une admiratrice. Madame Baldi. Enchantée, a dit Claire. Elle s'est assise dans une bergère. Contre toute attente le thé n'est pas arrivé assorti de petits fours. Madame Baldi s'est mise au piano simplement tandis que son époux courait quérir une écharpe, tisonnait le feu, rajustait les bourrelets isolants des ouvertures. A a a a a a, a chanté Alexandre tous azimuts pendant vingt minutes, il fallait sans doute chauffer la voix ; Claire n'y connaissait pas grand-chose, le peu qu'elle savait de l'opéra, c'était lui qui le lui avait appris naguère. Elle ignorait tout de la technique et se guidait à l'émotion. Puis ils ont entamé un air de Verdi. Claire tenait ses genoux dans ses paumes. Toutes les dix ou vingt notes, le mari lui adressait des sourires attendris, comme à une maman venue constater les progrès de son rejeton. Ça ne me rajeunit pas, a-t-elle pensé.

Elle n'avait pas de défense contre les images que les autres lui renvoyaient d'elle-même. Elle pouvait s'abîmer dans leur jugement au point de le corroborer. Jouant à sa manière le conte de Narcisse qu'Alexandre avait maintes fois commenté, elle cherchait à rejoindre son image qui fluctuait, indécise, non sur l'eau d'une fontaine mais dans les yeux troubles qui la dévisageaient. Tous les gens pour Claire étaient mentalement affublés de ces verres réfléchissants qui équipent certaines lunettes : elle ne distinguait pas vraiment leurs yeux, ni exactement ce qu'ils voyaient, mais seulement un reflet déformé d'elle-même qui se muait en vérité passagère. Elle s'y noyait au mépris de toute logique, comme dans les rêves où l'on fait des choses impossibles. C'est pourquoi, insidieusement, avec la niaise complicité de Monsieur Baldi, dans la bergère d'un salon inconnu, à cent lieues des lois naturelles, comme certaines nuits on plane dans les airs ou qu'un dragon nous engloutit, Claire est devenue, quelques instants à peine, en l'écoutant chanter, la mère d'Alexandre Blache. Bien qu'elle l'ait toujours jugé incapable de rien chanter correctement, elle l'a écouté de toute son âme et l'a trouvé beau et talentueux. Bébé, déjà il promettait, il était doué en tout. Il avait une belle tessiture grave, empreinte de majesté. Il irait loin. Elle entendait dans sa voix la force du destin. Alors la beauté s'est abattue sur elle, elle a courbé la tête ; elle s'inclinait devant la révélation de ses dons, s'émerveillait de la magnificence de son avenir. Reprenez, c'est très bien, disait la diva tandis qu'elle quittait la terre et souriait aux anges.

Et dans un coin du rêve, telle la conscience ensommeillée du dormeur, Claire Desprez était demeurée là, tremblante de surprise et d'admiration : elle n'avait donc rien compris, rien ! Elle avait poursuivi Alexandre de sa mesquinerie sans voir qu'il était génial... Elle avait envie de pleurer, de se jeter à ses pieds pour implorer son pardon. Comment avait-elle pu le juger à son aune ?! Toutes ses bizarreries, ses démesures, ses ridicules n'étaient que l'expression de l'innocence du génie, incompréhensible au commun des mortels qui toujours se moque de ce qui le dépasse. Un voile se déchirait, elle étouffait de honte à l'idée de l'avoir cru ordinaire ou méprisable. Après des années d'aveuglement, elle était touchée par la grâce.

Bravo, bravo, a crié le mari. Claire s'est dépliée de la bergère où elle était prostrée. Un filet de salive lui coulait des lèvres. Elle n'osait pas regarder Alexandre dont la poitrine couverte de poils noirs haletait sous sa chemise trempée. Madame Baldi repiquait une épingle dans son chignon en forme de pelote de laine. Le feu rougeoyait. Un reste d'aura nimbait encore les choses, le charme se dissipait lentement. — À toi maintenant, a dit Alexandre. C'est l'occasion rêvée de savoir si tu es soprano ou mezzo. N'est-ce pas, Madame Baldi ? Tu n'as qu'à chanter n'importe quoi. Au clair de la lune. Frère Jacques, c'est juste pour voir. Il paraissait ravi du tour qu'il lui jouait. Combien de fois nous sabordons-nous ainsi sans même en avoir le soupçon ?

Claire a poussé du pied au fond du rêve pour émerger brutalement, les joues congestionnées par l'effort : on voulait la faire chanter ! Il n'en était pas question, ça non ! D'ailleurs elle avait toujours été bloquée, elle ne pourrait pas, devant tout ce monde. — Bon bon, a dit Alexandre, qu'à cela ne tienne, nous vous laissons. Monsieur Baldi, où puis-je me laver les mains ?

Ils sont sortis avec des mines de conspirateurs. Claire est restée seule avec la diva. Elle avait un accent italien. — Vous n'êtes pas obligée, mademoiselle, je comprends très bien... Cela dit, tout le monde peut chanter, vous savez. Quand Alexandre est arrivé ici, c'était épouvantable. J'ai même dit à mon mari : Celui-là, je né po pas le garder, il part de trop bas. Et puis mon mari a insisté, j'ai cédé. Et finalement, vous voyez, il y a du mieux, même lorsqu'on n'est pas doué. — Bien sûr, a lâchement répondu Claire. J'essaierai, une autre fois.

Comment étais-je ? a demandé Alexandre tandis qu'ils redescendaient la rue Victor-Cousin. — Bien, très bien, a-t-elle dit d'un ton lointain. Elle arborait un petit air supérieur d'autant plus désagréable qu'il était parfaitement injustifié puisqu'elle n'avait même pas été fichue de chanter Frère Jacques... Il s'est mis à fredonner avec désinvolture, Dormez-vous ? Dormez-vous ?, ignorant de son ascension comme de sa chute. De son côté Claire éprouvait un bien-être proche de l'exultation : elle s'était souvent trompée dans le passé en prenant pour vrai ce qui n'était qu'illusion, elle avait été pigeon, oie blanche ; mais parfois aussi elle avait mis le doigt sur la vérité : elle venait de recevoir confirmation d'une intuition qu'elle avait eue dix ans plus tôt sans jamais oser la formuler ailleurs qu'en son for intérieur, qu'Alexandre Blache chantait vraiment comme une patate.

Ils sont allés dans un restaurant chinois rue des Écoles. Elle se souvenait lui avoir dit, du temps où, qu'elle en détestait l'odeur de cuisine froide, quand on entrait. Il l'avait oublié, probablement, comme le reste : il n'avait pas cette élégance des passions finies qui consiste, lorsqu'on n'a plus d'amour, à avoir encore de la mémoire. Il s'est mis presque aussitôt à parler de son père, il l'appelait Zeld, ou peut-être Z., encore un qu'on maintenait dans l'anonymat tant qu'on n'était pas sûr de son coup, comme C. Elle n'avait pas faim.

— Quand tu penses que lorsqu'il a découvert le poing du Colosse de Rhodes, maman en a pleuré. Elle était fière, la pauvre chérie ! C'est là qu'elle m'a dit : Z. est ton père. Elle m'a raconté... Le Colosse de Rhodes !

Ils avaient commandé la même chose. Il piochait dans le plat commun des petits pâtés impériaux dont il ne faisait qu'une bouchée entre deux phrases. Ses lèvres étaient luisantes de gras. — J'ai bien envie d'entamer un vrai procès en reconnaissance de paternité. Z. m'a fait, merde, il n'a qu'à assumer. Je suis quand même à la Sorbonne, je suis sortable, non (Euh, s'est dit Claire). C'est maman qui ne veut pas. Il a enfourné son septième pâté. Claire enroulait le sien dans une feuille de salade. Est-ce que c'était bien Z. son père seulement, et pas X., ou Y. ? — Quand j'étais en khâgne il ne voulait même pas payer mes bouquins, tu te rends compte. Maman était secrétaire, il venait la voir deux fois par an, et encore, pour ne pas passer pour un salaud complet, à ses propres yeux du moins. Mais me reconnaître, ça non. Et maintenant c'est pire : le silence, la mise à l'index.

Il avait mangé huit pâtés sur les dix qu'on leur avait apportés, Claire les avait comptés dans le plat. En Grèce autrefois, unique effort de vivre à deux, il vidait son assiette en un clin d'œil puis allongeait un bras en travers de la table pour lui manger sa moussaka tout en évoquant Thucydide. À la fin elle s'était fâchée. C'est parce que maman a un appétit d'oiseau, avait-il dit. Oui, mais pas elle. Il avait bien fait sentir qu'une telle mesquinerie le choquait, venant d'une Princesse. Le Petit pois déjà se profilait, sur fond de mer. A. B. parlait toujours à C. de Z., en confidence. Sa voix s'était comme mouillée. Il se voyait dans le miroir au-delà de Claire, derrière la banquette. Le matin, son directeur de thèse l'avait arrêté dans le couloir : Savez-vous à qui vous ressemblez, c'est hallucinant d'ailleurs... Alexandre avait baissé les yeux modestement, « Oui c'est mon père » au bord des lèvres, sobre, sans plus, en lissant sa barbe... à Xavier Coty-Dru. Vous le connaissez, non ? Le dix-septiémiste ? Professeur à Nanterre ? C'est votre génération, à peu près. La barbe est à la mode, ce me semble...

Dans le miroir du restaurant, Alexandre était soudain malheureux; il ne se reconnaissait pas, même en posant à l'orphelin. Que faire? On est quelquefois plus différent de soi-même que des autres. Dans la glace les cheveux de Claire s'étalaient sur son dos, dénoués; c'était inhabituel et un peu déplacé. Elle était courbée au-dessus de son assiette comme un vieux qui roule une cigarette. Le temps passait.

Claire a levé le visage. Il la regardait avec des yeux de chien battu, des cernes sombres, de la tristesse. Elle allait mieux. Ils fonctionnaient encore selon le principe des vases communicants. Claire coulait à pic dans l'insignifiance lorsqu'il était heureux, elle n'était plus sûre de rien ni d'elle, il se remplissait d'un bonheur opaque et triomphant qu'elle ne savait pas où prendre, elle ne lisait pas au travers, elle l'admirait, avec au fond du cœur le désespoir du néant. D'autres fois, plus rares, quand on l'avait félicitée ou qu'elle se sentait belle, ou s'il avait l'air fatigué, un bien-être montait en elle; et l'autre se ratatinait comme une pomme qui sèche sur sa claie. Un puits à sec, une source claire. Ils n'étaient, n'avaient jamais été du même bord du bonheur; et cet amour, en cela très voisin de la haine, n'était qu'une passion sans pitié d'être le maître.

La tasse de thé au jasmin était trop petite pour sa main, le porteur d'eau sous la lune y disparaissait entièrement. La nappe autour de son assiette

221

était constellée de taches. Alexandre n'arrivait pas à se représenter ce Coty-Dru ; il avait fait sa thèse sur les moralistes du XVIIᵉ siècle ou quelque chose comme ça, rien de fulgurant. Claire ne levait guère les yeux vers lui. Dans sa tasse flottait une pousse de bambou qu'il avait laissé tomber en agitant sa fourchette. Il effritait du pain entre ses doigts. Il mangeait si mal ! Il mangeait comme il chantait. Elle a souri dans le vague. — Qu'est-ce qu'il y a ? — Non, rien. Il a levé les sourcils, puis ses joues se sont affaissées. Penchée au-dessus de sa tasse, elle repêchait délicatement quelque chose entre le pouce et l'index. Une mèche de cheveux maigres frôlait la surface du liquide. Il n'appréciait pas sa coiffure, elle détestait ses manières : il n'y a guère de gens qui ne soient honteux de s'être aimés quand ils ne s'aiment plus.

Dans l'alcôve au fond de la salle, des gens se sont levés de table en repoussant leur chaise. Le serveur s'est empressé vers leur addition avec un sourire de fumeur d'opium. Alexandre Blache inspectait les recoins du restaurant : on mangeait bien ici, c'était copieux, mais il n'y avait pas de cabine, le téléphone était sur le comptoir, il aurait dû s'en souvenir. Claire se versait du thé, elle a crispé ses doigts autour de l'anse, Cam... mais qu'est-ce qu'il faisait là ? — Ah ! mademoiselle Blanche ! Quelle chance ! Justement, tenez... Il s'est arrêté à hauteur de leur table et a sorti de sa poche une barrette en imitation écaille : le hasard fait bien les choses. Je l'ai trouvée hier soir, par terre. C'est bien la vôtre, n'est-ce pas? Claire l'a prise. Eh bien, au plaisir, alors. Il a souri aussi à Alexandre. À bientôt, j'espère.

Lorsqu'il a ouvert la porte, suivi de Monsieur Pierre, un courant d'air glacé s'est engouffré à l'intérieur.

— Qui est-ce? a dit Alexandre.

Elle a failli inventer un nom au hasard, mais elle a répondu simplement :

— C'est Camille Laurens.

Alexandre a écarquillé en même temps les yeux et les narines avant de prendre un regard aigu d'aliéniste :

— Et... qu'est-ce qu'il fait dans la vie? Des...

Le mot *romans* s'est arrêté sur ses lèvres, car on ne souffle pas aux fous leurs réponses.

— Il donne des leçons de tango.

Il n'a pas bronché, il a cillé à peine :

— Tu danses le tango, maintenant?

— Mais oui. Ça t'étonne? Et je suis même assez douée, imagine-toi.

Son imagination apparemment n'allait pas jusque-là. Il est resté béant quelques secondes, puis il a repris d'un air fin, comme un flic qui a trouvé la faille d'un alibi :

— Et pourquoi t'appelle-t-il Blanche, on peut savoir?

— Et pourquoi pas? a-t-elle répliqué. On t'appelle bien Alexandre.

Raymond est demeuré comme suspendu par la lèvre inférieure au croc de cette réponse. Tout en pliant machinalement sa serviette, Claire a regardé sa montre : il était deux heures. Elle n'avait pas tout à fait perdu sa journée ; d'abord, devant sa mine interloquée, elle savait à présent qu'Alexandre n'était pas l'auteur d'*Index* ; ensuite elle constatait que, entrée sans atouts dans le jeu, elle venait de faire toutes les dernières levées. Et dix de der ! Le monde comme une partie de belote. Il n'était pas coupable mais il était capot. Elle s'est laissée aller sur le dossier de la banquette avec un soupir de contentement. Elle était disposée à l'indulgence envers Alexandre car, bien qu'à le voir terrassé elle sentît monter en elle le geyser de l'énergie vitale qu'elle avait pompée en lui, elle l'auréolait encore d'un reste de mérite, celui d'être innocent de ce crime, ce livre.

DÉ

Le conservateur de la *Villa Mauresque* avait téléphoné au cabinet d'architectes. Chez elle aussi, mais elle n'y était guère. C'était le patron qui avait répondu ; on n'avait pas vu Claire Desprez depuis plusieurs jours. Francis Cosse avait parlé d'un accident, d'un escalier, il avait raté une marche et un rendez-vous : ç'avait tout l'air d'être un rigolo. Il n'y avait pas précisément de message, il fallait rappeler. « Fais-le maintenant et crac, tu seras fixée, a dit le patron en lui tapant sur l'épaule. Mais qu'est-ce que tu fichais au juste, ces derniers temps ? »

Louis Leborgne dirigeait le cabinet depuis une dizaine d'années. Quinze architectes travaillaient pour lui, souvent avec des salaires de dessinateurs ; lui s'occupait des commandes, des relations publiques. Il voyageait. D'un séjour à l'étranger il avait rapporté le hopisme, qu'on pourrait prendre pour une doctrine anglaise fondée sur l'espoir et qui n'est en réalité qu'une philosophie du hop.

Elle consiste à soulever d'un seul doigt toutes les difficultés de l'existence et à en faire des bulles de savon qu'on désintègre à volonté, et hop. Louis Leborgne en avait appliqué avec succès la formule de base jusqu'au moment où il avait cru déceler quelque esprit d'imitation parmi son personnel ; alors il avait changé sa clausule, on était passé au fil des mois de toc à paf, puis de vlan à chklac. Il était actuellement dans sa période crac.

Le hopisme n'allait pas, sous des allures familières, sans une certaine condescendance ni même sans une certaine menace, car vous n'étiez vousmême qu'une bulle qu'on pouvait souffler sans s'arrêter à ses irisations, et pftt, qu'un fantôme éphémère à la merci d'un bruit de porte, et vlan. Au cabinet Leborgne, tout dépendait d'une onomatopée ; l'atmosphère y était très lourde, chacun prêtait l'oreille au moindre craquement de l'édifice. Claire acceptait tous les chantiers en province. « Je vais à Étretat, on a besoin de moi làbas », a-t-elle dit. Elle est sortie, et clac. Le patron s'est raidi. Il n'est pas toujours facile de trouver un juste milieu entre le despotisme et la démocratie. Louis Leborgne croyait porter le nom d'un roi carolingien, mais tout le monde derrière son dos ne l'appelait plus que Toc.

Elle était en avance à Saint-Lazare. Elle a acheté *Le Monde*. Sur le quai un couple se tenait passionnément enlacé. Claire aussi avec Jacques, autrefois. C'était le même quai, le même numéro.

À la fin d'une de leurs fuites à Paris — quelques heures ensemble à déambuler en parlant interminablement de ce qui n'allait pas —, ils revenaient dans la salle des pas perdus comme sur la plus vaste scène où pût se jouer, avec un public suffisant, leur amour de province. Ils s'embrassaient à pleine bouche en rêvant d'être nus sur fond de rails, est-ce que les bourgeois s'en offusquaient, peut-être pas. Jacques était à la fin d'un film noir, il enserrait à deux mains le visage de Claire qui n'entendait plus rien qu'un bruit de coquillage à ses oreilles, elle était à la fin d'un conte du Moyen Âge, l'amour avait triomphé des épreuves, elle tenait Jacques aux épaules. Et puis, quand le train allait partir, ils se donnaient encore un long baiser déchirant, debout près du wagon d'où les passagers déjà assis les regardaient, et au dernier signal clignotant ils montaient ensemble en riant aux larmes, c'était ça la bonne blague, ils ne se séparaient pas, ce n'était pas la fin m'ssieurs-dames ; le romanesque soudain prenait du plomb dans l'aile, ils s'écroulaient à leur place en se tenant par la main : Claire à cette époque ne craignait pas les yeux des autres ; depuis, elle avait complètement perdu l'usage de la provocation, qui est le visage de la jeunesse quand on est jeune et son masque quand on ne l'est plus, pensait-elle.

Francis Cosse était tombé dans l'escalier. Sur le pas de la porte, il a retroussé sa jambe de pantalon pour montrer son bandage, « vous voyez que je ne vous raconte pas d'histoires». Claire n'en doutait pas. Elle tenait son nez à deux mains dans l'espoir de le réchauffer, qu'il soit moins rouge, elle était venue à pied depuis la gare, contre un vent qui cinglait. Il y avait du feu dans la cheminée et une odeur de poisson au fenouil. Un visage de femme est apparu dans l'encadrement de la cuisine. Francis Cosse a pointé sur l'une et l'autre un index alternatif, pouf pouf : Madame Chabot, qui s'occupe de moi comme une mère. Mademoiselle Desprez, architecte. Claire s'est assise. J'ai besoin de vous, avait-il dit au téléphone. Elle arrivait dans le froid quelques heures plus tard avec son cartable en guise de trousse d'urgence, l'idiote, et il était là tout sourire — un beau sourire — dans cette maison superbe, avec une femme de ménage qui savait maternellement accommoder le poisson.

Mademoiselle Desprez, architecte, a serré son cartable entre ses jambes. — De quoi s'agit-il ? Il a pris une canne à l'angle de la porte : — Un emprunt à Guy. Oh, je la lui rendrai ! Il me doit bien ça. — Ce n'est pas très conforme à la déontologie. Vous êtes supposé conserver, pas utiliser. — La dé quoi ? Il a ri. Vous ne me dénoncerez pas, si ? Je suis très soigneux, vous savez. C'est bien ça mon drame, d'ailleurs : pourquoi ai-je dégringolé cet escalier, d'après vous ? Il a baissé la voix. J'ai prétendu que Mme Chabot avait trop ciré l'escalier. En réalité, j'avais enduit mes semelles de graisse de phoque : la cordonnerie Vaneau le recommande impérativement pour les chaussures en cuir, ça imperméabilise ; ici ce n'est pas du luxe... Moi j'adore les pompes, surtout les anglaises, je les entretiens ; mais là, ça a bien failli être des pompes funèbres. — Que faut-il faire, alors ? — Rien. Ne pas sortir quand il pleut. — Non, je veux dire : dans la villa. — Ah ! oui, pardon. Allons-y. Qui m'aime me suive. Il a clopiné jusqu'à l'entrée et s'est engagé dans l'escalier. Elle a suivi.

Pendant des heures ils ont cherché une disposition convenable. Francis Cosse voulait restituer une atmosphère fidèle à l'esprit du lieu, avec des drapés négligés sur le canapé et des objets féminins traînant dans la pièce qui servait de salon. Claire n'était pas d'accord ; comment ce bellâtre au regard dur avait pu vivre, ce n'était pas la question. Il fallait faire une reconstitution historique de son existence, suivre la chronologie. Première salle : la jeunesse. Deuxième salle : l'âge mur. Troisième salle : la déchéance. Les gens viendraient visiter un musée, pas une garçonnière. Francis Cosse a dressé sa canne dans sa direction avec une mimique d'épouvante — Mais vous avez un cœur de pierre. Il faut être carapaçonné, avec vous. Vous croyez vraiment que c'est gentil pour Guy, première salle, deuxième salle... C'est donc ça, la vie ? — Celle d'un homme célèbre, oui. Et puis on dit caparaçonné, pas carapaçonné. Rien à

voir avec *carapace*. — Ah ? Francis Cosse a sauté
sur son pied valide. Dans ces cas-là, une seule
chose à faire : appeler le Grand Bob à la rescousse.
Il est sorti, clop clop. La remarque de Mademoiselle Desprez venait de mettre fin à la discrète
enquête physiognomonique qu'il entreprenait *in
petto* quand il rencontrait quelqu'un de nouveau.
C'était plus ou moins facile. Pour Mme Chabot
par exemple, l'évidence s'était imposée aussitôt :
c'était une vache normande à visage humain, avec
des narines grosses et béantes comme des yeux.
Avec Mlle Desprez la tâche était plus difficile
parce qu'elle était jolie. Ses cheveux tirés déga-
geaient ses traits fins, mais il y avait en elle, par
éclairs, cet air de férocité préhistorique — bien
différente de la sauvagerie des félins — que Francis Cosse n'avait observé, dans le bestiaire de son
enfance, que chez la tortue.

Claire est restée seule parmi les ruines de Guy.
Cette manie la gagnait, variante atténuée du
hopisme, d'appeler les gens par leur prénom.
Francis Cosse désignait même par leur petit nom
les maîtresses de Guy, du moins celles qui avaient
laissé quelque trace, Lulu, Zizi, tant d'autres
n'avaient fait que passer. Depuis trois heures elle
naviguait ainsi entre Tatave et Guy, dont le XIXe
avait plus à s'enorgueillir que des trémolos de
Totor ou autres Fredo, sans conteste. « Je vous
ferai remarquer, avait cru bon d'ajouter le conservateur, que Juliette Drouet n'a jamais appelé son

grand homme autrement. Alors. » Elle n'avait pas
répondu ; mais enfin ce n'était pas la même chose.
Vu les circonstances, évidemment, elle n'avait pas
osé lui demander de l'appeler Claire, et il ne le
faisait pas.

— Caparaçonné, de caparaçon, armure qu'on
met sur le dos des chevaux, pour les tournois.
Bravo mademoiselle !

Dans quel recoin de l'âge ou de la solitude l'iso-
lait-il ainsi ? N'était-elle pas plus proche de lui
qu'un écrivain mort fou dont il gardait les restes ?
Pourquoi n'était-il pas amoureux d'elle, Claire,
ma Claire, Cléclé, Clairette.

— À propos de chevaux, je vous remercie
encore pour le garage. Vous avez passé ça sur le
devis de restauration et, franchement, c'était vital
pour moi, sinon ma Corvette aurait rouillé en trois
mois, avec ce vent salé. Vous l'avez vue, au
moins ? Oui. Tenez, pour vous récompenser, dès
que je gambade à nouveau je vous emmène faire
un tour : on ira où vous voulez. Sauf à Croisset !

Claire avait vu la voiture, ses dents acérées, ses
ailes trop longues. Il avait fallu changer les portes
du garage, qu'elles s'ouvrent vers l'extérieur.
Beaucoup de tracas pour pas grand-chose. Vital...
C'était donc ça la vie ?

— Oh ! ne bougez pas. Faites un vœu et...
Quelle joue ? La droite ou la gauche ?

— Mais, euh... la droite...

Il s'est approché d'elle à cloche-pied, en riant,

comme à la marelle quand on va au Paradis. De près les traits s'arrondissent, les yeux tels deux agates claires sont à fleur de tête, on y voit circuler une eau pure, les contours s'amollissent. Alors que la distance creuse encore l'érosion du temps, et fait qu'on peut à peu près voir la mort sous l'enveloppe, c'est à l'éclosion d'après la naissance qu'on assiste dans la proximité d'un visage : de loin les expressions étaient marquées, la bouche arquée, les mâchoires saillantes. De près il ne reste que la naïveté des couleurs tendres, le rose des lèvres, le bleu des yeux, le battement du sang sous les paupières comme sous des fontanelles, une espèce de douceur ronde et désarmée qui innocenterait la pire des brutes. Francis Cosse lui a enlevé un cil sur la joue droite, Gagné, puis il s'est éloigné ; et plus il reculait, plus son visage s'émaciait, s'allongeait, comme si la ligne entre Claire et lui eût été la ligne du temps ; en s'éloignant, il retrouvait ses années. On devrait dire : reculer en âge.

Ils ont continué jusqu'à huit heures, trimbalant des objets et des meubles, s'arrêtant constamment pour juger de l'effet d'un stylo sur une table, d'une soierie à l'angle d'un paravent. Il faudrait pourtant instaurer une distance, sinon la tentation de voler serait trop forte chez les visiteurs. C'était vraiment une maison magnifique. La verrière surtout vous emportait ailleurs, dans un palais d'Orient aux dimensions incalculables : quand

Claire levait la tête, elle voyait des morceaux du ciel à travers les bleus et les jaunes, et quand la pluie y tambourinait, elle imaginait que le plafond tout entier allait crever sur elle comme un nuage. En architecture elle résumait le confort et la beauté d'un lieu à l'ampleur de son espace ; cette définition avait gagné son cœur : l'on devait pouvoir être heureux dans tout endroit assez vaste pour y tourbillonner, y sauter en l'air, y respirer à l'aise. Le bonheur lui-même était un espace. Sous la verrière de la *Villa Mauresque*, Francis Cosse voulait placer des tapis et des sofas en désordre. Claire résistait, prétendait mettre là le bureau, à cause de la lumière propice à l'inspiration, il s'agissait d'un écrivain, non ? Mais elle savait qu'il avait raison : c'était le seul endroit où la liberté des gestes fût possible en tous sens ; c'était le seul endroit conçu évidemment pour qu'on en jouisse, pour qu'on y jouisse.

Ils s'y sont installés vers cinq heures avec le thé que Mme Chabot avait monté. Claire faisait grelotter dans sa main un jeu de dés en ivoire, joli objet inclassable qu'on rangerait n'importe où derrière une vitrine. Vous savez jouer ? a demandé le conservateur. Elle a rentré le cou dans les épaules : une tortue, exactement une tortue. Ça ne doit pas être bien compliqué... Elle les a lancés sur le plateau tunisien. Si elle sort un double, je l'embrasse, s'est dit Francis Cosse. Guy procédait-il autrement ? N'était-ce pas là l'unique fonction de

233

ces trois dés que Mlle Desprez voulait mettre sous verre ? Ils avaient fait partie des plaisirs, à coup sûr, pour décider d'ici ou d'ailleurs, de plus tard ou de tout de suite, de déguisée ou de nue, de debout ou d'à genoux... Le 123 est sorti des mains de Claire. 1, 2, 3, nous irons au bois... une autre fois.

Le conservateur était assis en tailleur sur le tapis. Ses orteils, qui dépassaient du bandage, étaient alignés au bord du plateau. Quelques poils poussaient sur le plus gros. À son tour il s'était absorbé dans les dés, qu'il lançait de très loin, en prenant son élan de derrière son épaule ; de temps en temps il s'écriait Pity ! La nuit était tombée sur la verrière. Claire haïssait l'Amérique, ses voitures, son tutoiement, ses loisirs — Francis Cosse s'est levé en grimaçant à travers son éternel sourire : Aïe, ça recommence ! Encore mon nerf chiatique ! —, sa familiarité, sa gaieté, et puis sa cohorte d'émules sans arrière-pensées, c'est-à-dire sans désir.

Après le dîner, Mme Chabot l'a ramenée en 4 L jusqu'à l'hôtel de la Plage. Elle était veuve, ses enfants étaient mariés, on se fait à la solitude. La chambre était trop meublée. Il y avait une armoire énorme avec une porte qui ne fermait plus et des cintres en fil de fer. De la fenêtre on ne voyait pas la mer, on l'entendait gémir avec le vent. Qu'aurait dit Maupassant ? La salle de bains ressemblait à un bloc opératoire. Claire a fini par s'endormir.

Alexandre Blache était assis avec sa mère dans la cuisine de la rue Chapon, ils écossaient des petits pois en disséquant sa conduite : elle est débile, disait-il, complètement déphasée. Madame Blache souriait finement tout en extrayant de leur gangue des cubes multicolores et hochait la tête sans répondre, comme pour dire qu'elle le savait bien. Claire exécutait des arabesques sous la grosse horloge du hall de Saint-Lazare, un signal bleu clignotait sur le quai D, le train allait partir, il partait, elle l'avait raté.

Le matin, il pleuvait. La mer était grise et déserte. Claire a pris le seul taxi d'Étretat, devant la gare. Lorsqu'elle a sonné *Villa Mauresque*, Mme Chabot et Francis Cosse ont passé en même temps la tête par les deux fenêtres de l'étage. Ils cherchaient l'un des trois dés en ivoire avec lesquels, la veille, on avait joué. Il y en avait bien trois, bon sang, non ? Claire n'en était plus très sûre, mais probablement, oui. Vous avez l'air fatiguée, a constaté Francis Cosse. La femme de ménage était très contrariée, elle secouait bêtement des pans d'étoffe comme si le dé allait en tomber parmi les grains de poussière. Elle ne voulait pas croire ce que lui répétait le conservateur, qu'elle avait dû l'emporter en débarrassant le plateau et qu'il ne fallait plus y penser puisque les éboueurs étaient passés à l'aube. Vous ne l'auriez pas pris sans faire attention, Mlle Desprez ? a-t-elle dit. Claire a vidé entièrement devant eux son cartable et son sac, Ma foi je ne vois pas comment..., elle fouillait dans ses papiers, qu'est-ce que c'est, oh, faisait une boulette qu'elle jetait dans un cendrier, ouvrait son porte-monnaie, tirait sa brosse à dents de son étui, non, c'est idiot. *Index* était sur la table. C'est bien, a dit Francis Cosse, Camille L'eau rince ? Elle a haussé une épaule en avançant les lèvres. Peut-être avait-il raison, c'était comme ça qu'il fallait prononcer. — Non, allez, ne cherchez plus, tant pis, a dit le conservateur. À propos, vous savez pourquoi les éléphants ne portent pas de lunettes ?... C'est parce qu'ils ont des défenses d'y voir ! Madame Chabot est redescendue à reculons, le nez au ras des marches, farouche.

Ils ont travaillé deux heures à l'aménagement de la première salle, sans conviction. Francis Cosse s'était affalé sur le sofa et réfléchissait tout haut, par bribes, sans prendre aucune décision, comme absorbé par autre chose, par le dé ou par le désir que ce ne soit pas trop vite fini, qu'elle revienne. Claire avait beau faire, elle ne déchiffrait en lui ni l'intérêt ni l'indifférence, seulement une sorte d'abandon qu'on pouvait certes prendre pour de la confiance mais qui n'était peut-être que du laisser-aller. Soudain, saisi d'une inspiration, il a levé les mains devant lui et a proféré en détachant chaque mot comme s'il les découvrait lentement dans sa boule de cristal :

— Je vois les choses... clairement...

236

Elle a continué à ranger le vaisselier. Chaque assiette représentait une petite scène paysanne, avec des personnages en costume normand. Non, elle ne mentait pas. À quel sujet, d'abord ? Mais il parlait de l'orientation du paravent en moucharabieh : — Mettez-vous derrière, que je voie si je vous vois... Ah ! c'est extraordinaire ! Ça m'aurait plu, à moi, un harem. Vous, vous me regardez tout à votre aise, et moi, je ne vous vois pas.

Il a soupiré en s'étirant voluptueusement. On pourrait se dire « tu », a failli dire Claire, mais à la réflexion le moment était mal choisi, de quoi aurait-elle l'air ? Le conservateur était perdu dans ses pensées — houris maquillées de khôl, danse des sept voiles. Maupassant ne s'est jamais marié, a dit Claire. Il s'est tapé sur la cuisse : Vous voulez rire ? C'était un homme libre ! Le régime de la communauté réduite aux aguets, très peu pour lui... Il a ri.

Claire est partie par le train de midi. Elle devait s'arrêter à Rouen voir ses parents. C'est pratique, a-t-il commenté. Les miens sont en Bourgogne. Avait-ce été là ses derniers mots, sur le seuil ? Elle espérait que non. N'avait-il pas ajouté quelque chose à propos d'une balade en voiture, bientôt, sans faute, en lui serrant la main ?

Elle était à peine entrée dans l'appartement des *Bégonias* que sa mère l'a entraînée à sa suite dans la cuisine : — Bon, que je t'explique : d'abord —

elle a baissé la voix, comme le conservateur tout
à l'heure — il-est-tou-jours-là. Il y prend goût !
mais ça ne va plus durer bien longtemps : un
homme est venu enquêter ; moi je lui ai dit la
vérité, n'est-ce pas, tant pis pour l'autre. — Comment ça, un homme, maman ? — Oui, un homme
avec un chapeau gris ; un peu sans-gêne d'ailleurs,
il a fouillé partout, il a ouvert les placards. Il est
déjà bien renseigné, note, il m'a demandé de tes
nouvelles, quand tu viendrais. Moi, la seule chose
qui m'intéresse, c'est qu'il me débarrasse de
l'autre, qu'il emporte le lit, les fils qui traînent partout et tout le bataclan. — Un homme comment,
maman ? Un chapeau comment ? Madame Desprez s'est agitée. — Comment, comment, je ne
sais pas, moi, qu'est-ce que tu veux que je te dise :
un chapeau gris. L'homme, pas mal, je veux dire,
costaud, propre sur lui. — Quel âge, maman ? —
Ah ! ça... On voit mal avec un chapeau, tu sais.
Plus jeune que l'autre, en tout cas, ça c'est sûr.
Elle a reniflé avec mépris. Et toi ça va, ma chérie ? Elle a embrassé Claire. — Mais qu'est-ce
qu'il t'a dit ? Il doit revenir ? Il s'est présenté ? —
Oh ! il était comme chez lui. Il m'a posé des questions sur moi, sur toi. Il m'a aussi parlé de livre à
lire, qu'il fallait que l'autre lise, j'ai oublié quoi.
À un moment il a fait rouler le lit, j'ai cru qu'il
l'emmenait. La prochaine fois, peut-être.

Claire s'est précipitée dans le salon. Son père
dormait la bouche ouverte, en ronflant légère-

ment. Le balcon était humide mais la bruine avait cessé. Le caoutchouc avait changé de place, il bouchait une partie de la vue. — Tiens, ce n'est pas lui, là-bas, justement ? Il nous regarde... Mme Desprez avait écarté deux feuilles d'une largeur démesurée et désignait le toit de l'immeuble d'en face. Claire s'est approchée. Des ouvriers travaillaient près d'une cheminée. L'un d'eux s'était arrêté et son regard plongeait en effet dans l'appartement, tranquillement, pour occuper la pause. Il a souri puis s'est détourné pour allumer une cigarette. Il portait une casquette. Mme Desprez a rabattu devant son visage une feuille du caoutchouc : — J'ai l'impression que c'en est un autre... Elle chuchotait comme dans la jungle pour ne pas réveiller les bêtes féroces. M. Desprez n'a pas bougé. Claire s'est assise dans une bergère, la gorge nouée. Il était évident que sa mère racontait n'importe quoi, qu'elle inventait des personnages pour se sauver de sa misère. Cependant Claire hésitait, au bord de ce délire, à s'y laisser tomber sans fin jusqu'à la terreur. Certains éléments du récit insensé de Mme Desprez trouvaient une telle correspondance en elle, ressemblaient tant à la réalité présente qu'il était difficile de croire que c'était du vent. Et puis l'imagination, même teintée de folie, se fonde bien sur quelque chose ; par exemple il avait été question d'un livre à faire lire à son père. Le piège se refermait. Elle ne se sentait pas le courage de lutter, et d'ailleurs contre qui ? Elle était épuisée. Elle s'est représentée courant sur la plage d'Étretat, courant dans la mer jusqu'à la fin. Elle avait un goût de sel sur les lèvres. — Mais qu'est-ce qui se passe ? Tu pleures ? Mme Desprez s'est assise tout près d'elle, lui a tapoté une main entre les siennes. Une histoire de cœur, n'est-ce pas ? Tu peux me parler, il n'entend pas. Il y a un homme dans ta vie, c'est ça ?

Quelle question ! Sa mère ne le savait-elle pas, qu'elle avait eu un homme dans sa vie, comme on a un grain de sable dans l'œil : dérisoire et pourtant irritant, et il avait fallu pleurer beaucoup pour qu'il s'en aille. Après cela, quoi ? Il y avait eu des hommes dans sa vie, qu'elle pouvait rappeler par leur nom ou par quelques mots, en une suite modérée de têtes de chapitres où paraissaient l'homme qui mangeait trop, celui du métro, l'homme qui la coiffait le matin et celui du train, l'homme qui portait des chapeaux et celui du, l'homme qui jouait sur les mots, celui des autos. C'était curieux, ces lieux de rencontre. Mais non, pourquoi ? L'amour est un moyen de transport, disait celui des calembours. Madame Desprez se fût affolée de la longueur de cette liste — certainement que Claire confondait, qu'elle mélangeait —, de la superficialité aussi de cette liste — ce n'était qu'un sommaire pour qui prendrait le train en marche, évidemment qu'on aurait pu creuser, mais pas devant Mme Desprez.

Son frère Antoine a téléphoné. Il voulait prévenir Claire qu'il s'était plaint auprès de sa chef du
comportement d'Isabelle. — Qui est Isabelle ? a
demandé Claire en s'essuyant les yeux. L'infirmière qui s'occupe de papa ? — Ah ! on voit bien
que tu n'es pas sur place ! D'abord elle n'est pas
infirmière, elle est auxiliaire de vie. Ensuite, justement, elle ne s'occupe pas beaucoup de papa ;
j'ai noté que deux fois déjà elle est partie avant
l'heure, par exemple lundi dernier elle devait
venir de cinq à six, eh bien... Du couloir où se
trouvait le téléphone, Claire observait sa mère qui
s'était à nouveau embusquée derrière le caoutchouc et scrutait le toit voisin, maintenant vide.
Voilà, maman, c'est ça que je voulais dire : j'ai eu
des auxiliaires dans ma vie. Souvent partis avant
l'heure, aussi. — Qu'cst-ce que tu en penses ? a
dit Antoine. — Oui, tu as raison, bien sûr. Avec
son frère, Claire avançait masquée. Il était le seul
de la famille avec qui elle ait reparlé de Jacques
quelquefois, après l'épilogue ; mais à la réflexion
cela n'avait créé aucun lien privilégié entre eux,
au contraire : car il n'est pas sûr que les confidences rapprochent sur un sujet pareil ; tant que
les choses ne sont pas dites, elles n'existent pas ;
dès qu'elles sont formulées, elles sont, et de préférence à qui les a faites l'on s'en prend à qui les
a dites. Si elle l'avait cru capable d'assez de loisir pour écrire un roman, Claire aurait volontiers
identifié son frère à l'auteur d'*Index*, puisque

comme lui il pouvait briser sans vergogne la loi du silence. De son côté Antoine Desprez sentait peut-être, quand il en parlait, qu'il aurait mieux valu se taire. Mais depuis des années il se reprochait, en qualité d'aîné, de n'avoir rien fait ; et il ne voulait pas s'accuser plus tard, dans cet interminable procès de sa vie où il était juge et partie, de n'avoir rien dit. Il était en quête de l'honneur perdu, sans bien savoir qui l'avait perdu. Pour le moment, apparemment, c'était Isabelle.

— Est-ce que maman t'a parlé d'un type avec un chapeau ?

— Avec un chapeau ? Non. Tu sais, elle déraille pas mal, elle n'est pas opérationnelle, ces temps-ci. Enfin elle a sa logique, d'après le toubib ; mais avec elle, si tu sautes une page tu es perdu.

Claire est revenue près de sa mère. Elle cousait l'ourlet d'une robe qu'elle ne mettait plus, qu'elle voulait remettre. « Vous cousez sans dé ! » s'était écriée Mme Blache en apprenant que Claire, telle une Ariane déboussolée, prétendait partir en Grèce avec son fils munie seulement de fil et d'une aiguille. M. Desprez s'est réveillé. Il a regardé la mer par-delà le caoutchouc. Isabelle est arrivée à cinq heures, Claire l'a aidée à changer son père, en détournant les yeux. Elle était très maladroite avec la couche-culotte. « Vous n'avez pas d'enfant », a dit Isabelle. Claire a regardé sa montre : fuir, grands dieux, fuir. Chaque minute passait avec le poids d'une heure et la force d'une année : lorsqu'on a vu le sexe de ses parents, on a cessé d'être jeune.

Le moment de partir est arrivé. Elle voulait attraper la *Frégate* de dix-neuf heures, sans arrêt jusqu'à Paris. En bas de l'ascenseur, le Dr Le Guennec l'a interpellée. Il y avait des années qu'elle ne l'avait pas vu ; il avait été leur médecin de famille avant le Maroc, puis ses parents l'avaient retrouvé en revenant à Rouen. Il n'avait pas changé. Il portait une chapka grise en astrakan pour affronter le froid normand au cours de ses visites à domicile. — Ah ! Claire, quelle chance ! Justement j'avais demandé à votre maman quand vous veniez... Il se souvenait de son prénom, il l'employait comme s'ils s'étaient quittés la veille ; elle n'avait pas dû changer non plus. — Excusez-moi, je n'ai pas le temps, j'ai un train à prendre... Son regard était exagérément scrutateur, comme en état permanent de diagnostic. — Eh bien ! laissez-moi vos coordonnées, en tout cas. Claire a eu envie de donner un faux numéro, elle n'a pas osé. Paris là-bas brillait de mille feux, pour rien au monde elle n'eût voulu le manquer. — Vous reviendrez sans doute pour l'anniversaire de votre père, Claire. Je vous verrai à ce moment-là. Un conseil : offrez-lui donc un livre, un roman historique ou autre. C'est ce que j'explique à votre mère : il n'a plus que ça, ne l'en privons pas. Chez l'hémiplégique, le cerveau... Mais je vous retarde.

Claire a hoché la tête. À bientôt. La gare, Paris, ses lumières, son anonymat, son oubli. Le concierge de l'immeuble arrosait ses parterres de futurs bégonias. Dans deux semaines c'était le printemps. Elle a dû échanger quelques mots sur le temps et sur la santé de ses parents. Le concierge s'est gratté la tête, indécis, puis il a lâché ce qu'il avait sur le cœur, rapport aux gens de l'immeuble qui commençaient à jaser : il trouvait qu'elle n'était pas bien, que c'était même plus embêtant que le papa, elle racontait des choses, il trouvait qu'elle était un peu... — il a agité sa main terreuse — enfin, vous comprenez ce que je veux dire, pas ? Votre maman, sauf votre respect, elle travaille un peu du chapeau.

Il y avait beaucoup de monde qui attendait la *Frégate*. Claire n'a pas pu s'asseoir dans le sens de la marche. Le trouble que lui donnait cette position contraire n'était pas physique (elle regardait peu au-dehors) mais psychologique : elle se sentait incongrue vis-à-vis de ceux qui étaient dans le bon sens, comme s'ils allaient rire au spectacle d'une passagère timorée qui tournait le dos à sa propre destination, tel un lâche à son destin. Elle a déplié son journal. Le train quittait Rouen, repoussant hors du cadre de ses fenêtres les contours de la cathédrale. Elle pensait que ses parents allaient bientôt mourir, qu'allait aussi diminuer au fil du temps le nombre des gens qui savaient. Elle était à la page du Carnet du jour, qu'elle lisait toujours avec attention. C'était un peu comme la lecture de l'annuaire : quelque chose de très parisien qu'elle aimait bien, mêlé au sentiment de n'être rien, d'être encore moins que ces défunts dont on parlait avec éloge. Elle passait rapidement sur les mariages, naissances ou fiançailles, les morts l'intéressaient davantage, ils étaient d'ailleurs plus nombreux. Elle s'interrogeait sur la variété des formules, qui renseignaient sur les familles plus que sur les morts ; certaines restaient modestes et mesurées, elles étaient tristes, elles avaient de la peine, d'autres annonçaient leur immense douleur d'avoir perdu un ancien directeur des Postes dans sa quatre-vingt-seizième année, n'était-ce pas une vie bien remplie, ne doit-on pas accepter la mort au bout de quatre-vingt-seize ans, Claire haussait intérieurement les épaules, des regrets auraient suffi ; il y avait de l'indécence dans la rubrique «Décès», quoiqu'elle ait vu aussi une fois dans le Carnet rose : ... ont le bonheur d'annoncer la naissance de Juliette, née trisomique, ils étaient heureux et l'avaient appelée Juliette, pourquoi pas Hélène ou Bérénice, bonheur parfait, joie pure d'être parents, ils habitaient Saint-Sulpice, Dieu les aidait peut-être. Quelques vieillards s'étaient éteints, depuis longtemps déjà ils ne devaient plus être flambants. Elle restait perplexe en revanche devant les gens *qui nous ont quittés,* elle y sentait une volonté pareille à celle qu'on peut avoir dans la vie lorsqu'on dit : je te quitte. L'avaient-ils fait exprès, s'étaient-ils tués par amour, nous quittant après avoir été quittés ? Les *disparus* du moins n'avaient pas fait de vagues, ils étaient sortis chercher des allumettes et on ne les reverrait plus jamais. En matière de conclusion, la mort copie l'amour : il y a ceux qui nous quittent et ceux qui disparaissent. Dans tous les cas, c'est la fin. Parfois une épitaphe était jointe, verset biblique ou vers lyrique selon la tendance du défunt, Ne me retenez pas puisque l'Éternel a fait réussir mon voyage, Mais toi rien ne t'efface, Amour, toi qui nous charmes, Le mal dont j'ai souffert s'est enfui comme un songe, Comment pourrais-je jamais vous oublier puisque je n'ai pas à me souvenir de vous ? Vous êtes le présent qui s'accumule ; l'Éternel est mon refuge. Dans le Très-Haut tu as placé ton abri !

La pluie s'était remise à tomber ; elle ruisselait sur les vitres, on ne voyait plus rien au travers, que des lumières. Comme chaque fois qu'il n'y avait, de bonne foi, rien à faire, Claire se sentait bien. Elle se laissait aller sur son siège en suivant les petits filets d'eau dont la chute soudain s'accélérait jusqu'au rebord de la fenêtre. Il lui semblait être à un commencement. Le passé n'existait presque plus, elle oubliait *Index,* son auteur anonyme et pas forcément malveillant. Adieu Camille Laurens, qui c'était, elle s'en moquait, la pluie normande l'emportait dans les égouts de la mémoire, Camille L'eau rince. Peu lui importait d'aller plus avant dans sa quête, d'ailleurs personne n'était au courant, rien, absolument rien ne lui était revenu aux oreilles. Elle s'était embringuée là-dedans sans motif, on avait vu le résultat. Elle ferait donc comme elle avait fait vingt ans avant : elle oublierait. Et un roman, au fond, c'est mieux qu'un malheur vrai : arrive plus facilement le moment où, c'est le cas de le dire, on s'en délivre. Mais elle n'allait pas se lancer elle aussi dans les calembours...

Une douce chaleur régnait dans le compartiment. Les vitres se couvraient de buée. Elle a joint les mains sur ses cuisses ; sous les plis mous de sa jupe, qu'est-ce que, elle a ramené son manteau contre elle. Les gens avaient l'air paisibles. La plupart avaient simplement un cartable, une mallette, on était entre Parisiens. Quelques rangs devant Claire, au fond du compartiment, quelqu'un était resté engoncé dans un pardessus mastic au col relevé, la tête à moitié dissimulée sous une capuche humide. Son visage était baissé fixement, il lisait. À côté de lui, de l'autre côté de l'allée, une dame tricotait du bleu. Des jeunes gens dormaient, lèvre pendante. Il se dégageait des voyageurs une sorte d'harmonie née du hasard. On était au chaud, à l'abri, on était vendredi. Claire a souri à la dame au tricot qui venait de rater une maille. Le frileux a plié un bras sur l'accoudoir avec une grimace d'inconfort, il a évalué du pouce combien il lui restait de pages. Claire ne voyait pas son visage, machinalement elle a plissé les yeux sur la couverture de son livre. Il en était presque à la fin. C'était *Index*.

DÉLIVRANCE

De cette affaire-ci je ne m'étais pas trop mal sorti. Ce n'était pourtant pas vraiment de mon ressort, en général je m'occupe plutôt des morts ou des femmes mariées — deux catégories d'individus qu'on a souvent raison de trouver suspects. Enfin je n'avais pas eu trop de peine à satisfaire le client, du moins l'espérais-je en mettant le point final à mon rapport. J'allai me servir un whisky ; la pluie ruisselait sur les vitres, sale temps, sale vie. Des histoires pareilles, on vous les raconterait, vous n'y croiriez pas. Et vous auriez tort. Je m'installai dans mon fauteuil, allongeai les jambes sur le bureau et entrepris de relire tout le topo avant mon dernier rendez-vous. Le commanditaire ne m'avait pas cassé les pieds, je n'avais pas eu à réclamer une avance ni à payer de ma poche les frais d'enquête (d'ailleurs ça n'avait pas été chercher loin, quelques voyages en train, une inscription dans un club, pas comme le job précédent où je m'étais carrément retrouvé dans la mouise à Frisco) ; la seule chose, c'est que ce client-là ne voulait pas se nommer. Moi, je comprends ça très bien : pour vivre heureux vivons cachés, comme dit le proverbe.

Ce n'était pas bien présenté. Je n'ai jamais su taper à la machine, et la secrétaire avait fini par tirer sa révérence. Mais c'était la vérité, bon sang, la vérité claire et nette :

« Pendant plusieurs mois, Blanche nia l'évidence. Tous les tests étaient négatifs, disait-elle à Georges. Difficile de trancher si elle mentait ou non. On ne voit pas ce qu'un mensonge lui rapportait, sinon de laisser passer le délai légal pour la Suisse ou l'Angleterre. Non, c'était plutôt le genre de filles qui prennent leurs désirs pour des réalités : elles croient qu'il suffit de secouer longuement la tête de droite à gauche et de gauche à droite pour que les choses n'arrivent pas. Ou alors elle avait tout prévu depuis le début. Peu probable en dépit de certains indices de perversité déjà signalés. Donc, à un moment, les choses se précisèrent. Elle portait des robes flottantes, c'était la mode ces années-là. Elle était au lycée (voir *supra*), il semble que personne n'ait rien remarqué, même chez elle. Sauf le père, probablement. Georges de son côté était heureux : il allait être papa, il épouserait Blanche, il travaillerait l'été comme il l'avait déjà fait, manutentionnaire sur le port, à décharger les ballots, ça paierait plusieurs mois d'existence à trois, après on verrait bien. Il comptait sur l'enfant pour rabibocher tout le monde, les deux familles et même sa mère et Blanche. Car dès avant sa grossesse elle avait tout fait pour que la mère de Georges la rejette. Elle avait toujours pris de grands airs, critiqué la maison, les meubles, Georges lui-même dans la ressemblance naturelle qu'il avait, la couleur des cheveux, des yeux. Mais ça n'avait pas suffi : une mère qui aime son fils accepte bien des épreuves. Alors Blanche s'était laissée aller à sa manie : elle avait volé un objet qu'on vénérait chez Georges, un briquet ayant appartenu à son père, mort depuis peu. La mère de Georges ne voulut plus entendre parler de Blanche à partir de là. Les rencontres devinrent clandestines. Blanche fit savoir que son père à elle aussi refusait Georges, parce qu'il était trop jeune, Jojo, trop gringalet, disait-elle : il fallait donc se voir en secret, ici ou là ; Georges dut passer plus de temps en trajets qu'en tête à tête.

« Quelques jours avant la délivrance, elle affirmait avoir tout préparé : elle avait vu un médecin, retenu une chambre dans une clinique de R. Georges n'avait donc à s'occuper de rien, d'ailleurs c'était la fin juin, il avait commencé sur le port. Elle disait qu'elle lui téléphonerait dès qu'elle sentirait... Là encore, impossible de démêler le vrai du faux. En tout cas, l'identité du prétendu médecin n'a pu être retrouvée. Il est certain aussi qu'elle n'a pas accouché à l'hôpital. Aucune trace, nulle part.

« Tout ce qui est sûr, c'est le dénouement, confirmé par des témoins dignes de foi : Blanche a appelé Georges sur le port le 1er juillet. On ne sait pas exactement ce qu'elle lui a dit, mais il est sorti tout heureux du bureau et a demandé l'autorisation de s'absenter exceptionnellement le lendemain. Il a pris le train. Il est arrivé à R. et s'est dirigé à pied vers l'immeuble où habitait Blanche avec ses parents. Elle lui avait fixé rendez-vous là en l'avertissant d'être à l'heure à cause de son père qui détestait l'inexactitude. Georges avait revêtu un costume et un nœud papillon, preuve qu'il comptait sur un entretien solennel. Selon les uns, il avait aussi un chapeau, mais à la main, de peur d'indisposer la famille ; pour d'autres c'était des gants beurre frais. On se souvient de toute façon d'un long jeune homme un peu ridicule dans la canicule, qui allumait des cigarettes et les jetait aussitôt sur le trottoir. Il a sonné en bas, bien que la porte du hall ait été ouverte. N'obtenant pas de réponse, il est monté à l'étage. C'était une belle porte bourgeoise en bois ciré. Elle existe encore. Il a dû rester devant assez longtemps à regarder sa montre. Un voisin est sorti sur le palier, lui a dit qu'il n'y avait personne. George a attendu que l'ascenseur ait disparu, puis il a essayé de tourner la poignée. La porte s'est ouverte.

« C'était un grand appartement où il était venu quelquefois, les premiers temps, meublé en Louis XV ou quelque chose dans ce goût-là. Vide, il paraissait immense ; les pièces se suivaient en enfilade depuis le seuil ; la première salle surtout semblait très vaste avec son parquet qui évoquait un bal malgré les brins de paille dont il était semé. Georges s'est avancé d'un pas réservé jusqu'à la chambre de Blanche : elle était vide aussi. Tout avait disparu, enfants, parents, meubles, plantes vertes, tableaux dont restaient les marques blanches, effets de pochoir aux murs. Le téléphone était posé par terre, tout son fil enroulé autour. Il était coupé. Georges est resté assez longtemps dans l'appartement, si bien qu'il est impossible de préciser à quel moment et dans quelles circonstances exactes il a découvert l'enfant ; mais il est probable qu'on ne l'avait pas caché, qu'on avait fait en sorte au contraire qu'il soit trouvé, encore tout rouge, un biberon sur le ventre. Il a été déclaré à la mairie de R. à la date de la veille, de mère inconnue. J'ai vérifié. Un garçon. Georges n'a plus jamais eu de nouvelles. »

C'était vrai, j'avais tout vérifié : la conscience professionnelle, voilà le secret. Et un peu de talent aussi. Ce genre d'enquête, c'est comme les crimes, ça tient de la reconstitution. Je suis un artiste, à ma manière. D'accord, on pourrait me reprocher de m'être un peu trop identifié à ce pauvre Georges, mais bon, qui va me jeter la pierre ? Dès qu'il y a une poule dans les parages, on est blousé ; lui, il a simplement décroché le gros lot.

Il me restait une heure avant mon rendez-vous.

Je rassemblai toutes les fiches qui m'avaient servi dans cette affaire. Ou bien je les donnerais au client pour montrer le sérieux de la maison — au plaisir de le revoir — ou bien je les brûlerais dans mon poêle, ni vu ni connu. Mais j'avais bien envie de les garder encore un peu à l'ombre ; j'avais appris, notamment par l'amie d'enfance, deux ou trois choses supplémentaires qui ne faisaient pas partie à strictement parler de l'enquête demandée. Pas mal, l'amie d'enfance. Évidemment je n'avais pas l'intention d'en causer. Mais je me disais que le client donnerait peut-être suite, voudrait en savoir davantage, il y avait matière, pour sûr. On verrait bien à ce moment-là. Je renfermai donc le fichier dans le tiroir du bureau, j'en avais comme ça quelques-uns à qui personne en fin de compte ne s'était intéressé, mais passons, j'avalai mon whisky et fonçai sous la douche. Pour l'heure j'étais soulagé d'en avoir pratiquement terminé avec cette affaire pas jolie jolie, même si je pré-voyais qu'en l'absence de tout autre coup, une fois épuisé ce dernier salaire, j'allais bientôt devoir remettre en place le système D.

- E -

E, angélique et féminin.

ROLAND BARTHES

ENFANT

Elle allait changer d'avis, mais elle ne le savait pas. Elle l'avait acheté à la librairie de la Sorbonne où, après quelques minutes de recherches empressées, on le lui avait apporté tout poussiéreux de la réserve. Cela s'appelait *Index,* et Constance Fabre de Cazeau, qui venait d'en relire le chapitre clé, était tout à fait convaincue qu'Alexandre Blache en était l'auteur.

Il était arrivé la veille à leur rendez-vous l'air tout bizarre, le melon de travers, le visage à l'envers. Sans y prendre garde, elle avait immédiatement orienté la conversation sur ce qui lui tenait à cœur, le numéro trois de la revue, le Spécial Polar qu'il fallait boucler avant le printemps. En tant que spécialiste des mythologies, le sujet devait beaucoup l'intéresser : le roman policier n'avait-il pas remplacé les mythes anciens ? Elle avait posé sur une chaise, prudemment hors de vue, une pleine chemise de manuscrits à lire dans la semaine, qu'elle comptait lui laisser en dépôt.

Mais il était absent, lointain, d'ailleurs elle voyait bien depuis le début de leur association que son ambition n'était pas précisément de découvrir de jeunes talents, à supposer qu'on eût ce privilège à *Boustrophédon*. Penchée la tête contre la sienne, elle était en train de souligner dans sa liste quelques noms d'inconnus qui lui avaient semblé prometteurs, il jugerait par lui-même, lorsque soudain il avait dit : — Connaissez-vous Camille Laurens ? — Non, avait-elle répondu, sincère, bien que le nom lui rappelât vaguement des cours de valse auxquels sa mère l'avait inscrite à l'âge des rallyes, qui est-ce ? Il avait paru se ressaisir, revenir d'un mystérieux monologue avec lui-même, il avait agité sa cuiller en projetant partout sur son papier des éclaboussures de thé, non, personne, je vous demandais ça à tout hasard, on m'en a parlé récemment, il a écrit un roman, vous auriez pu le connaître. Il avait l'air si malheureux qu'elle avait eu pitié de lui ; lorsqu'ils s'étaient quittés, elle l'avait laissé garder sa main dans la sienne une seconde de trop, condoléances ou encouragement, elle l'ignorait elle-même ; et surtout, tandis qu'il s'engouffrait sans se retourner dans une cabine téléphonique avec la hâte particulière aux envies pressantes, elle avait senti son cœur se serrer et elle avait, ô Sisyphe, ô Danaïdes, remporté sous le bras tout son dossier.

À présent, elle comprenait : son professeur était écrivain ! À la lecture du livre dans lequel elle s'était plongée aussitôt, intriguée, tout était rapidement devenu clair. Bon sang, mais c'est bien sûr ! Qu'elle avait été stupide de lui confier la tâche subalterne de lecteur ! Comme il avait dû souffrir dans sa sensibilité d'artiste (Mademoiselle Fabre de Cazeau avait déjà perdu quelques illusions sur les écrivains, mais elle restait pourtant persuadée qu'ils étaient sensibles) ! Heureusement elle n'était pas complètement idiote, elle prouverait à son professeur qu'elle déchiffrait adroitement les indices dès lors qu'on lui donnait une petite piste, fût-ce un pseudonyme lâché l'air de rien dans la conversation comme s'il s'agissait d'un autre : elle avait alors eu vite fait de reconstituer le puzzle d'*Index* dont les pièces patiemment assemblées dessinaient maintenant sans aucun doute le visage un peu épais d'Alexandre Blache.

D'abord il y avait eu le chapeau : feutre mou, taupé sur l'œil, Tiens tiens, s'était-elle dit. Gros comme le nez au milieu de la figure. Son instinct s'était éveillé aussitôt, elle avait senti monter en elle une excitation nouvelle ; son vœu le plus cher était exaucé : elle pénétrait au cœur de la création. Elle en démontait les mécanismes, étrangement simples au fond, d'une simplicité peut-être un peu décevante pour elle qui les avait crus secrets : les personnages reflètent leur auteur. C'était la loi première. Tous les galurins mènent à l'homme.

Ensuite il y avait eu l'histoire. En même temps

qu'elle la découvrait au fil des pages, d'anciens bruits lui étaient revenus, auxquels elle n'avait guère prêté attention les années passées, des choses qu'on colportait dans les couloirs de la fac sur les origines de Blache, une naissance louche, un enfant naturel, oui, c'était flagrant, l'histoire était autobiographique, il avait raconté sa mise au monde, l'essentiel concordait, un bébé mâle, un drame familial. C'était donc bêtement la loi seconde : la fiction reflète la vie. Tous les bâtards mènent à Blache.

À l'enthousiasme initial de Constance s'était mêlé bientôt un léger dédain entre le sourire et la moue, composé à la fois de l'impression d'en pouvoir faire autant et du sentiment que le jeu était futile. On n'accédait pas là à quelque vérité sublime. N'était-ce vraiment que cela, écrire : raconter sa vie, ou pire, se contempler longuement dans le miroir déformant de la page ?

Car les déformations existaient, grossières. À commencer par cette anecdote centrale épouvantable qui n'avait pas pu se passer ainsi. D'abord aucune mère d'un milieu social convenable ne laisserait son enfant tout seul dans un appartement, encore tout sanglant de l'accouchement. C'était psychologiquement invraisemblable. Constance comptait d'ailleurs le vérifier en offrant *Index* à sa propre mère, pour juger de l'effet sur une lectrice objective et qui connaissait bien le cœur humain. Elle désapprouvait particulièrement la manière dont M. Blache traitait les femmes dans son livre : en endossant alternativement l'imper du privé et la layette du nouveau-né, il répétait à l'envi que le destin du mâle est d'être abandonné des femmes. En cela c'était bien un roman d'homme, affligé de transpositions aberrantes : la mère célibataire, triste réalité de la vie, se muait au gré d'un fantasme personnel en père planté là avec charge d'âme par une vile séductrice. Mais, dans la vraie vie, Alexandre Blache habitait avec sa mère (du moins Constance avait-elle ainsi identifié la Lucienne qui l'accompagnait dans l'annuaire des Postes, une voix assez âgée qu'elle avait eue une fois au téléphone) ! C'était son père qui était parti, très probablement, si les potins avaient dit vrai, dans la bonne vieille tradition... Seulement l'auteur avait dû trouver ça trop plat pour un premier roman.

Constance a feuilleté de nouveau le livre. Son exaltation était passée. Au fond sa découverte l'embarrassait. Premièrement, toutes ces histoires de famille, elle en avait soupé. Elle eût préféré des trésors d'imagination, des pampas, des dunes, à cette métamorphose monstrueuse d'un professeur en bébé vagissant. Il lui semblait en outre que, lorsqu'à quarante-cinq ans on avait des joues de poupon rose et qu'on vivait encore chez sa mère, on était malvenu de se rêver autrement qu'en homme bleu du désert. Elle lui en voulait d'autant plus que, ces derniers temps, elle commençait à s'attacher à lui, il parlait bien, elle était flattée de l'intérêt particulier qu'il lui manifestait parmi toutes les étudiantes, peut-être n'aurait-elle pas dit non s'il avait tenté de l'embrasser, évidemment elle lui laissait l'initiative. Elle lui reprochait aussi d'être parti si vite sans les manuscrits, de l'avoir abandonnée là souriante, sur le trottoir, pour téléphoner à qui, sans faire même un signe d'adieu, elle voulait être aimée. Elle lui reprochait d'avoir cédé à la faiblesse d'avouer ce livre incongru dont, en fin de compte, *Boustrophédon* n'aurait pas voulu, d'avoir cédé à la faiblesse d'écrire ce livre, elle l'avait cru plus fort. Elle chassait de son esprit l'enfant bouffi, perdu, qui agitait sa cuiller, elle ressuscitait M. Blache sur l'estrade de l'amphi Descartes, un peu d'honnêteté que diable, ça n'avait pas pu se passer comme ça, tout cela sonnait si mal, si mâle, ha ha, elle souffrait un peu, l'ayant cru fait pour des œuvres et des amours sublimes. Car ce qui par-dessus tout lui était pénible, en refermant ce petit livre misogyne, c'était d'être obligée de conclure, au mépris de tous ses récents rêves d'hommes mûrs, attentifs et prévenants, que vraiment Alexandre Blache ne connaissait rien, mais absolument rien aux femmes.

*

« Non, ça ne s'est pas passé du tout comme ça...
Je vais tout vous raconter. »

Claire Desprez gardait les yeux fixés sur le lecteur d'*Index,* au fond du compartiment. Elle avait
envie de se lever, de marcher droit sur lui et d'in-
terrompre sa lecture pour lui dire cela, insolem-
ment, du ton dont on révèle à quelqu'un que c'est
le médecin qui a fait le coup dans *Le Train de dix-
huit heures cinquante-trois* qu'il vient à peine
d'entamer. Il lisait obstinément, les sourcils fron-
cés, semblait-il à Claire d'après une petite ride
verticale qu'il avait au-dessus du nez. Elle n'osait
pas. Son cœur battait à tout rompre. Dans un élan
absurde, elle a ouvert son cartable pour vérifier
que son exemplaire à elle était toujours là ; sa couverture blanche luisait faiblement entre les deux
soufflets de cuir et elle l'a considérée un instant,
sidérée, comme on reste incrédule devant la ressemblance irréelle de jumeaux. Il fallait absolument qu'elle l'aborde, pourtant, qu'elle sache qui
il était, qu'elle lui parle, car elle interprétait cette
rencontre comme un signe d'acharnement du sort
dont elle devait briser le charme, à la fin. Mais elle
ne voyait pas comment entrer en relation avec lui
sans attirer l'attention, sans passer pour nymphomane ou folle. Elle envisageait en pensée différents scénarios que leur inconvenance éliminait
presque d'office quand le train a freiné brutalement, ah, ont fait les voyageurs avec ensemble, un
rapide avait déraillé deux jours avant, on craignait

la loi des séries. Le lecteur a levé la tête vers une fenêtre. Claire l'a reconnu aussitôt : c'était l'étudiant roux qui avait oublié sur son siège une anthologie du Moyen Âge, quelque deux mois auparavant. Il avait un visage fin et des yeux ronds et bruns comme des noisettes, une physionomie d'écureuil. On n'avait pas encore atteint Pontoise, mais il n'était pas totalement inexplicable qu'elle se lève maintenant, elle passerait simplement pour une provinciale, une de ces personnes inquiètes qui s'ameutent près des portières vingt minutes avant l'arrivée, avec armes et bagages, tant pis, elle prendrait sur elle cette humiliation, d'ailleurs elle n'avait pas de valise.

Elle a tangué d'un bord à l'autre, son cœur chavirait aussi, son cartable heurtait les gens, les fauteuils. Excusez-moi... À côté du jeune homme était assis le séminariste habitué de la *Frégate,* de sa place elle ne l'avait pas vu, Bonjour ma sœur, a-t-il dit avec un sourire d'une infinie mansuétude en levant les yeux de dessus un missel patiné par les ans. Que répondait-on dans ces cas-là ? Pas « mon frère » quand même, ni « mon père », elle aurait pu être sa mère, il avait des boutons rouges et purulents sur le menton. Elle a fait un signe de tête. L'étudiant attendait avec étonnement, le visage tourné vers elle, il venait de rabattre en arrière sa capuche par un geste de courtoisie machinale, euh, a-t-elle bégayé, désemparée devant cette extraordinaire couleur d'automne, les cheveux, les yeux, les cils, qui donnait à la jeunesse de ses traits quelque chose de la mélancolie des saisons qui finissent et des photos sépia, annonçant ainsi, peut-être, pour un esprit superstitieux, qu'il était digne d'écouter le récit du passé.

— Excusez-moi, n'avez-vous pas perdu il y a plusieurs semaines un livre, des morceaux choisis du Moyen Âge ? J'étais à côté de vous, je l'ai ramassé après votre départ...

— Oui, a-t-il dit, surpris, en effet, oui, vous êtes gentille, mais...

— Il est chez moi, je l'ai lu d'ailleurs. Je vous le rapporterai. Vous prenez ce train quelquefois, je crois.

Elle n'a plus rien dit jusqu'à Paris. Elle est restée debout près de lui, la cuisse contre son accoudoir, bien décidée à ne pas le laisser échapper, mais comment faire, détournant son regard du voisin en soutane dont les sourires miséricordieux tentaient périodiquement de lui rappeler qu'un secours nous a été donné pour traverser cette vallée de larmes. L'étudiant ne lisait plus. Il est descendu juste derrière elle à Saint-Lazare, puis il l'a dépassée à grandes enjambées sur le quai. Elle n'avait jamais aimé se faire remarquer, et souvent ça marchait : on ne la remarquait pas. Elle avait la gorge nouée de peur et d'émotion à voir son dos mobile disparaître parmi la foule et reparaître ses cheveux rouges presque au portillon déjà. Elle a

couru derrière lui ; personne ne l'attendait ; elle l'a laissé faire quelques mètres encore dans la salle des pas perdus, enfin elle lui a touché l'épaule :
— Voilà, je me disais, si vous avez le temps, on pourrait aller prendre un café. Il a regardé sa montre, la pendule, comment avait-elle osé ? D'accord, a-t-il dit.

Comment il se trouvait en possession de ce livre ? La question l'a fait rire. Il y en avait une pile à Bréauté-Beuzeville, il en avait acheté un. Elle n'était pas enquêtrice pour des sondages, au moins ? Claire s'est mordu la lèvre. Tête à claques. Mais son secret l'étouffait, il fallait qu'elle parle, qu'elle s'en délivre, sans se livrer pourtant, sans parler d'elle. Elle a commandé un whisky, lui un café, il devait avoir peur de payer la note. Voilà — elle a sorti son *Index* de son cartable — je vais tout vous expliquer. Ce roman que vous lisez, je l'ai lu aussi. Je ne sais pas qui l'a écrit, mais ça ne s'est pas du tout passé comme ça, je tiens à vous le dire, par honnêteté. J'ai bien connu la fille à qui cette histoire est arrivée, c'était... une amie, une amie d'enfance, c'est pourquoi je connais les détails, vous comprenez ?

Elle s'appelait, mettons Blanche, comme dans le roman, elle préférerait sûrement l'anonymat, et lui, Geor, non, Jacques, il s'appelait Jacques, je me souviens, donnons-lui son vrai nom, Jacques, pour lui ça n'a plus tellement d'importance, il est mort, je crois, Jacques, d'un accident de la route, enfin il y a déjà longtemps que je les ai perdus de vue.

La première fois qu'ils se virent, elle était tout en blanc. C'était sur le port du Havre, le *Viking* avait du retard. Ils partaient en séjour linguistique à Londres, elle avec le groupe du lycée Flaubert de Rouen, lui avec celui du lycée Jean-Ango de Dieppe : vous savez, R. et D., les initiales des villes, dans le roman. Ils ne se parlèrent pas durant la traversée, bien que je sache qu'il la suivit d'un pont à l'autre, restant à distance, ses cheveux trop longs ramenés sans cesse par le vent contre son visage. Il a dit qu'il l'avait aimée aussitôt. Elle, non, mais c'est qu'elle était plus âgée, elle allait entrer en terminale et lui en seconde, à ses yeux c'était un gamin, elle n'y pensait même pas, elle avait le sens du ridicule, de l'inconvenance. À cette époque..., à cet âge, rappelez-vous, on ne supportait pas d'être jeune, on méprisait ceux qui l'étaient davantage, encore embourbés dans l'enfance. Il était grand, pourtant, 1,80 m peut-être, blond, mince, sur ce point le roman ne ment pas. Il se donnait des airs de poète, de musicien, par exemple il portait des écharpes longues dont les pans flottaient, sur le bateau il en avait une blanche, comme sa robe à elle, il arborait sans préméditation ses couleurs claires.

À Londres, ils se trouvèrent associés par hasard pour préparer un exposé sur la Tate Gallery. À la place il l'entraîna au cinéma voir ou revoir *Le*

Grand Sommeil, du moins je crois me souvenir du titre, elle prétendait n'avoir rien compris, l'histoire était incohérente, il s'était enflammé, disant que justement c'était cela son charme unique, qu'on n'y comprenne rien, elle faisait la moue, c'est parce que tu résistes au rêve, insistait-il en la regardant avec intensité, il louchait imperceptiblement, quelquefois, elle avançait à grands pas, gênée qu'il ait quinze ans, mais il faisait plus, personne ne s'occupait d'eux dans la rue, elle se laissait aller, il connaissait par cœur Dashiell Hammett et Raymond Chandler, il parlait anglais beaucoup mieux qu'elle, pour l'exposé il avait tout prévu, il revenait à sa passion, elle se taisait, un peu mortifiée, c'était quoi le big sleep ? La mort, peut-être...

Le livre ne parle pas des beaux côtés de l'histoire, voilà ce que je trouve terrible, c'est comme une calomnie de l'amour. À le lire on s'imagine qu'elle était calculatrice, hypocrite, insensible. C'est faux : elle a toujours été sincère. Les choses ont mal tourné, simplement, mais elle n'a pas voulu le faire souffrir. On l'a accusée — ça revient dans le roman — d'être une voleuse, par malveillance. Je peux vous assurer que ce n'est pas vrai : elle n'a jamais rien volé. Oublié de rendre quelque chose, emporté par mégarde, à la rigueur, mais volé, non. Il faut me croire, n'est-ce pas, c'est important pour moi de rétablir la vérité, c'est une espèce de devoir, où qu'ils soient tous deux maintenant. Ils s'aimaient, elle l'aimait aussi, je le sais, excusez-moi, j'en ai les larmes aux yeux.

Elle ne voulait pas faire l'amour. Elle avait remarqué que dans le désir il devenait rouge et congestionné, il louchait plus que d'habitude, elle l'avait en horreur dans ces moments-là. Ils se rencontrèrent d'abord (avant que sa mère à lui ne la chasse) chez l'un ou chez l'autre, à Dieppe ou à Rouen, cinquante kilomètres en train, ils passaient des après-midi au bord de la mer ou de la Seine, il aimait passionnément l'Océan, le port ; les marins le fascinaient, il avait envie de partir, mais pas sans elle. Sans doute aurait-il mieux valu qu'ils partent ainsi, sur un navire, enfin c'était un rêve, naturellement, dans la réalité ça ne se passe pas comme ça. Et puis elle ressassait souvent l'âge qu'il avait, elle sentait qu'il ne songeait pas à rien construire, sinon de la manière la plus puérile : ils traçaient ensemble les plans de leur future maison, elle décidait, elle voulait une ferme à colombages dans le bocage normand, elle souriait, il la prenait dans ses bras, il essayait de lui caresser les seins, elle serrait ses coudes sur sa poitrine, elle ne voulait pas.

Un jour pourtant, à Paris où ils avaient rendez-vous, elle se laissa emmener dans un hôtel. Par la suite elle était incapable de préciser où, elle se souvenait seulement du tapis râpé des marches et d'un néon bleu qui avait dû l'attirer, lui, Jacques. Elle ne voulait pas, elle se débattait, secouait la tête, vous comprenez, elle l'aimait comme on aime à dix-sept ans : en doutant d'aimer. Tout ce qu'on lui reproche dans *Index,* les agaceries, les mensonges, n'était qu'une façon maladroite de chercher une réponse ; elle n'avait pas de définition de l'amour, elle n'était pas sûre, elle se trouvait abandonnée : chez elle elle se taisait ; Jacques était trop jeune pour savoir. Quant à sa mère, elle l'avait repoussée, persuadée qu'elle jouait la comédie, qu'elle n'aimait pas son fils. C'est dommage : il lui aurait suffi, pour être sincère, qu'on la croie sincère.

Dans cet hôtel, finalement, elle se laissa faire. Mais il ne savait pas faire. Elle a été enceinte ce jour-là, certainement.

Je devine ce que vous pensez : si elle ne l'aimait pas, si elle n'était pas sûre, elle n'avait qu'à se débarrasser aussitôt de son enfant. Elle devait connaître l'existence des faiseuses d'anges, tout de même, de la Suisse, de l'Angleterre. Plutôt que de l'abandonner *après.* Au moins tout le monde eût été quitte.

Vous êtes comme Camille Laurens : vous ne comprenez pas qui était Blanche. Cet enfant n'a jamais existé pour elle, à aucun moment de l'histoire. Il est resté abstrait, d'abord impossible (elle parlait d'une grossesse nerveuse), ensuite irréel (elle ne l'a jamais vu). Entre les deux il y eut l'accouchement, voilà tout. Je ne peux rien en dire, elle n'en a jamais rien dit, elle ne pouvait pas

270

l'évoquer, même longtemps après. Je sais seulement qu'elle était seule dans sa chambre, à crier Jacques, Jacques, j'accouche. À ce moment elle le haïssait de tout son corps, elle n'acceptait pas, les hommes sont si lointains, si lâches. Si l'enfant avait été une fille, peut-être l'aurait-elle gardée.

Eut-elle des remords ? Aucun. Elle cessa d'y penser. Ce n'est invraisemblable qu'en apparence. Cet enfant n'existait pas ; elle n'y a plus jamais pensé, je ne sais même pas quel, je ne sais même pas si elle saurait quel âge il a, quel âge il aurait, il est mort aussi, je crois, dans un accident de voiture avec son père, Jacques. Je crois.

J'ignore si vous avez aimé ce livre. Mais il est faux. Si j'étais elle, Blanche, je porterais plainte contre Camille Laurens. Mais pour quel motif que la loi recevrait ? Plagiat de sa vie ? Calomnie de sa jeunesse ?

Et la scène de l'appartement ? Horrible, épouvantable. Ça ne s'est pas du tout passé comme ça. L'enfant n'était pas seul ni sanglant. Quelqu'un l'avait lavé, nourri, pas elle car elle avait perdu connaissance, on l'avait mise sous calmants, mais son père peut-être, ou son frère aîné, maladroitement... Donc Blanche n'était pas là, en effet, mais son père se trouvait dans l'appartement au moment où Jacques arriva, ils se parlèrent, ils devaient se mettre d'accord au sujet de l'avenir. Il paraît que Jacques fut lamentable, il ne voulait plus entendre parler de cette famille de dingues, de voleurs, d'ordures, criait-il, sa mère à lui prendrait bien l'enfant, et voilà tout, sa mère était une sainte, elle saurait l'élever ! C'est donc la faute de Jacques si tout a raté, il n'a donné sa chance à personne. Cela, le roman ne le dit pas. Il est d'une misogynie incroyable, vous ne trouvez pas ? Ainsi les livres mentent pour accentuer le tragique : un nouveau-né tout seul dans un appartement désert, abandonné par une mère indigne avec son cordon rouge de sang, ça fait pleurer le monde. Mais c'est faux, archifaux...

À moins que... Oui, je vois ce que vous pensez : le père de Blanche ne savait-il vraiment rien jusqu'à cette date ? Et sa mère ? Sa mère, non, certainement, elle s'occupait surtout de ses fils, de son mari. Mais lui... Serait-ce possible ? En tout cas il a feint d'ignorer jusqu'au terme. Dès février pourtant, cela me revient clairement, à l'étonnement général il avait demandé sa mutation au Maghreb, il voulait voir du pays soudain, un homme si austère. Février : sa fille était enceinte de quatre mois, n'avait-il rien remarqué sous sa robe flottante, un soir par exemple qu'elle passait devant une lampe, cette rondeur à contre-jour ? Peut-être, peut-être aimait-il follement sa fille, il avait préparé leur fuite vers d'autres cieux. Lui non plus ne voulait pas que cette histoire soit vraie. S'il en était ainsi, le détesterait-elle ? N'aurait-il pas obéi simplement à leur commun désir ?

On n'en saura jamais plus, de toute façon,

c'était un homme secret, sévère, et puis maintenant... Rien ne pénètre jusqu'à ces profondeurs
sans mourir.

Claire a avalé d'un trait son whisky. Dans la vie
rien n'est simple, n'est-ce pas ? a-t-elle conclu.
Elle se disait en s'imprégnant de sa rousseur
qu'elle ne le reverrait jamais, qu'elle prendrait le
train à d'autres heures.
   L'étudiant, en effet, n'avait pas tout suivi parfaitement. Il n'avait pas non plus fait d'effort particulier pour cela, sauf au début ; il s'était laissé
bercer par la voix haletante de la jeune femme ; il
lui donnait dans les trente-cinq ans. Il avait commandé d'un doigt levé un autre café noir et posait
à l'écrivain au café de l'Univers où ils étaient
assis, s'imaginant Breton et elle Nadja, elle avait
cette beauté démodée des photographies des
années vingt. Elle déraillait sans gravité, mytho-
mane, cleptomane, nymphomane ?, mêlant des
allusions livresques à des épisodes apparemment
vécus, difficile d'opérer un tri, elle lui faisait sûrement le coup de l'amie d'enfance, aussi éculé que
les conclusions qu'il lisait à longueur d'année
dans les copies d'élèves des collèges de la région
où il faisait des remplacements, « mais tout cela
n'est pas vraiment arrivé, heureusement ce n'était
qu'un mauvais rêve », c'était d'elle qu'il s'agissait
sans doute dans ce flot de paroles, d'ailleurs
ça n'avait guère d'importance, il était flatté et

n'écoutait plus. Elle continuait, voyant qu'il ne répondait pas, comme soulevée du bord de sa chaise par la volonté de le convaincre ou de le séduire, les yeux brillants, presque rusés, les mains posées à plat sur la table ; elle avait une petite cicatrice à la tempe, pas d'alliance à l'annulaire.

— Je tenais à vous donner un point de vue authentique, et féminin aussi. Car *Index* est le roman d'homme par excellence, qui simplifie tout et ne comprend rien à la psychologie des femmes. Non ? Vous n'êtes pas d'accord ?

L'étudiant n'a pas bronché. Il trouvait le bouquin suffisamment compliqué pour être l'œuvre d'une femme, mais il jugeait prudent de garder pour lui cet argument. Il a senti néanmoins qu'il était temps d'entrer dans la conversation :

— Ah ! je ne sais pas, ça... Après tout, Camille est plutôt un prénom de femme, non ?

Claire est restée bouche bée, cette possibilité ne lui avait pas effleuré l'esprit, elle a bredouillé : Mais non, voyons, regardez... Elle a réfléchi : Camille Desmoulins, le révolutionnaire, Camille Saint-Saëns, le... Il l'a coupée : oui, mais Camill-E Claudel, la *sœur* du poète, et Camill-E, la sœur des Horaces dans Corneille, et la reine Camille dans Virgile, et... Visiblement ces noms ne lui évoquaient pas grand-chose, il a enchaîné : et une que vous connaissez certainement : la cou-

274

sine modèle dans *Les Malheurs de Sophie,* elle ne s'appelle pas Camille, peut-être ?

Claire n'a pas répondu. L'étudiant roux était lancé : D'ailleurs tout ce que vous m'apprenez me surprend beaucoup. D'abord je m'étais imaginé que la scène se passait en Bretagne. C'est vrai — il a ouvert son livre et en a tiré un prospectus publicitaire qui ne figurait pas dans l'exemplaire de Claire ; celui-ci reprenait la quatrième de couverture, avec en plus la mention, en rouge et en oblique : Prix Spécial du Jury breton, décerné par la ville de Rennes lors du 3ᵉ Festival du Livre —, R., pour moi, c'était Rennes, la pluie, la campagne triste, la mer non loin, les paysages, tout cadre avec la Bretagne, il me semble ; et D., ce pourrait être Dol, ou Dinard, ou Douarnenez. Non ?

Le prospectus entre les doigts, Claire se taisait. Le whisky qu'elle venait de boire à jeun lui tournait la tête. Elle n'était jamais allée en Bretagne, ni Jacques Millière non plus, dans son souvenir. Ils n'avaient rien à voir avec la Bretagne, ne connaissaient personne là-bas, n'y étaient connus de personne. Un vertige l'a submergée d'un seul coup, encore incrédule pourtant : et si elle s'était trompée ? Et si *Index* était sans rapport avec elle ? Et si toute cette histoire était arrivée à d'autres gens, en d'autres lieux, en d'autres temps ? Et si toute cette histoire était arrivée à une femme inconnue nommée Camille Laurens qui aurait décidé de s'en affranchir en la racontant, à moins qu'elle n'ait simplement, comme c'est le cas souvent dans les livres, tout inventé ?

L'étudiant a respecté son silence égaré, puis il a dit d'une voix douée, apaisante :

— Vous êtes bien sûre d'avoir reconnu... votre amie d'enfance ? Car enfin, si vous avez relevé tant de faussetés dans le récit, c'est peut-être tout bêtement qu'il ne parle pas de vous, enfin, d'elle. Il a ri. Dans les romans on devrait mettre en page de garde, comme dans les films : « Toute ressemblance avec des personnes mortes ou vivantes serait pure coïncidence. » D'ailleurs, à ce sujet — il a consulté sa montre — si nous allions au cinéma ? Je suis un provincial, moi, vous savez, j'habite Rouen, je viens à Paris le week-end pour les spectacles. Il a tiré *L'Officiel* de sa poche, a consulté la liste alphabétique. Qu'est-ce que vous préférez, comme genre ? Son doigt descendait le long de la page, ses mains étaient blanches et fines, lisses, laiteuses, il n'avait pas beaucoup de taches de rousseur, mais quelques-unes curieusement placées sur les lèvres mêmes. Ah ! Tenez, justement — il a levé la tête, elle s'est emparée vivement de la note, un whisky, deux cafés — ils jouent *Le Grand Sommeil*. Ça vous dit ? Claire sortait des billets de son porte-monnaie : payer, partir plus morte que vive. Garder contenance, aussi. — Oh ! non, je vous remercie, je l'ai déjà vu... Elle s'est arrêtée, elle n'aimait pas son sou-

276

rire moqueur, elle a repris : à moins que je confonde... Avec Humphrey Bogart et — Mais non, justement on irait voir l'autre, le remake de 1978 avec Mitchum dans le rôle de Marlowe. Il y a eu deux versions filmées du livre de Raymond Chandler ; vous ne le saviez pas ? Elle se mordillait un ongle. Allez, venez. Je vous invite... Laissez-vous faire.

*

Alexandre Blache tournait en rond dans l'appartement. Sa mère était un peu souffrante, elle s'était couchée tôt. Il était neuf heures du soir. La cour de l'immeuble était noire et triste, la télévision des concierges brillait à travers le carreau — un film d'action —, Madame Blache n'avait jamais voulu de poste.

Il n'allait pas bien. Tous ses projets avortaient. Constance Fabre de Cazeau ne lui avait encore présenté personne du milieu de son père, elle le voyait toujours seul à seule. Il aurait volontiers patienté si elle s'était montrée plus séduisante, mais elle gardait un côté prude qu'elle croyait sans doute nécessaire à la bonne marche d'une entreprise intellectuelle comme *Boustrophédon*. Elle aimait provoquer l'amour mais n'était pas capable d'en ressentir. Ah ! ce n'était pas elle qui aurait eu l'idée géniale de lui proposer une pomme ! On pouvait reprocher tout ce qu'on voulait à Claire

Desprez, mais là elle avait été brillante. Il faudrait le lui dire, oui, sans faute, le dire à Claire. Lui qui, sur les conseils de sa mère, n'attaquait qu'à coup sûr, avait eu depuis bien peu de victoires aussi pleines et, pour être honnête, bien peu de victoires en général. Dans l'autobus en rentrant rue Chapon tout à l'heure, il avait rencontré une ancienne étudiante à lui, du moins s'était-elle ainsi présentée, il n'avait aucun souvenir d'elle, malgré ses yeux bleus immenses. Elle avait abandonné ses études et gagnait très bien sa vie dans la vente d'encyclopédies par téléphone. Elle était contente. De toute façon elle n'aurait eu aucun débouché dans un métier littéraire, et pourtant ses années de Sorbonne lui avaient beaucoup plu. «Vous savez que j'étais amoureuse de vous», lui avait-elle dit. Il n'avait pas eu le temps de décider si c'étaient là des avances car elle avait aussitôt éclaté d'un rire en cascade, plusieurs personnes s'étaient retournées. Elle avait sauté du bus à son arrêt; sur le trottoir où elle marchait sans suivre des yeux l'autobus qui la dépassait elle riait encore pour elle-même. Alexandre Blache était tombé alors dans un délire d'interprétation : et s'il était descendu avec elle, qu'aurait-elle fait ? Et s'il lui avait proposé de se revoir, et pourquoi pas le soir même au lieu de se morfondre chez lui un vendredi quand tout Paris était dehors ? Mais un examen rigoureux des circonstances l'avait convaincu qu'il rêvait : parce que enfin, elle avait ri éperdument... Bien sûr le rire d'une femme est quelquefois un encouragement ; mais quand il s'accompagne d'une envolée sur le marchepied d'un autobus et d'un signe flou d'au revoir qui est un adieu, il n'y a guère de quoi pavoiser. Ce rire évoquait un passé révolu, un ridicule achevé. Il signifiait que c'était là une erreur de jeunesse, une naïveté d'élève, mais surtout il exprimait que tel sentiment n'était plus possible aujourd'hui. Non pas qu'un professeur de la Sorbonne fût inaccessible à une vendeuse de dictionnaires. Simplement elle n'avait plus envie de l'atteindre. Sa gaieté en était la preuve, car de même qu'on ne dit pas tout sourire à quelqu'un qu'on l'a cru mourant tant qu'il n'est pas tout à fait hors de danger, de même une femme n'avoue pas gaiement son amour à un homme qui peut encore être aimé.

Il a noté la phrase dans son carnet. Les idées de roman étaient parfois si impérieuses qu'elles avaient débordé sur le répertoire d'adresses : dans les premières pages elles s'y mêlaient aux coordonnées des gens dont le nom commençait par A ou B, les plus nombreux. À Z il n'y avait rien, que Zeld, Yves, suivi d'une adresse depuis longtemps périmée. Alexandre était épuisé par l'effort de courir perpétuellement derrière ce père indigne qui toujours échappait. Quelques jours plus tôt, passant devant une boutique de téléviseurs, il l'avait aperçu dans la vitrine, participant à une émission sur les chefs-d'œuvre en péril, méconnaissable, la moustache fournie et le bouc taillé en pointe ! Comment ses...

Le téléphone a sonné. C'était Constance Fabre de Cazeau qui voulait avoir de ses nouvelles. S'il allait mieux ? Mieux que quand ? Il allait bien, merci. Oui. Oui. Comment, quel livre ? Ah ! mais non, je vous assure. Non. Non. Mais non, ce n'est pas moi. Je ne sais pas, mais ce n'est pas moi. Peut-être mais... Un chapeau ? Vous parlez d'une preuve ! Non. Puisque je vous dis que ce n'est pas moi. Une fureur l'a pris, il secouait le combiné : Ce n'est pas moi, ce n'est pas moi, à la fin. Il a raccroché. — Raymond, c'est toi ? a dit Madame Blache d'une voix ensommeillée. Un rai de lumière a souligné sa porte. — Oui maman, c'est moi.

Il a failli entrer dans sa chambre s'épancher à son chevet, mais à cet âge on a le sommeil difficile, il vaut mieux ne pas s'agiter. — C'est moi, oui, je téléphonais. Ne t'inquiète pas. Je te raconterai demain. — Bonne nuit, mon chéri. Elle a toussé deux fois, puis elle a éteint.

Sa solitude était effroyable. La lampe projetait sur les murs des ombres funestes. Des piles de livres jonchaient le parquet. Il n'osait pas regarder du côté de son petit bureau de bois blanc, d'un format écolier, où l'attendait son œuvre. Mme Blache lui avait offert récemment une machine à traitement de texte, on pouvait tout faire avec, des romans, des mémoires, des index, des calculs d'impôts, il suffisait de programmer, Alexandre n'avait pas eu le courage de s'atteler au guide explicatif de six cents pages joint à l'engin. L'ensemble gisait par terre sous sa housse grise.

Décidément tout allait de travers. Sa thèse d'État était au point mort, il avait toute la fin dans sa tête mais il n'arrivait pas à écrire le début. Sa carrière à la Sorbonne stagnait. Son directeur l'avait bien sollicité pour collaborer à une vaste encyclopédie mondiale des mythologies, mais le comité lui avait attribué d'office les mythes wolofs et les contes zapotèques, si bien qu'il avait le temps de se suicider vingt fois avant que son nom ne figure au tome six, pendant que les spé-cialistes des Atrides se serviraient du premier volume comme d'un tremplin vers l'empyrée des professeurs de rang A. Il se sentait devenir fou. Mme Blache le calmait en posant ses mains à plat sur sa tête, à l'endroit où le port abusif du chapeau clairsemait ici et là ses cheveux, et lui répétait, croyant bien faire, de ne penser qu'à son livre.

Or, précisément, il ne pensait qu'à ça. Il dispo-sait d'un certain nombre de matériaux dispersés en maint endroit dans son carnet, ses fiches, sa mémoire. Il avait notamment de fort beaux titres dont seules restaient à écrire les pages qui les jus-tifieraient, *La Fugue-miroir,* partition romanes-que, *Novembre et mai,* ou, plus sobre. *Décembre, Nature morte à la robe à fleurs, La Succession, L'Album,* roman-photo, *Tango pâmé,* nouvelle érotique, il n'était pas très doué, au mot « nue » il abandonnait. La très-chère était nue et connaissant mon cœur, *Là-bas,* non, déjà pris, *A. B.* mystérieux, ses initiales, roman à clé. Petits amis qui sûtes nous prouver par A plus B que deux et deux font quatre, *Portrait de femme,* la femme est un sujet sur lequel j'aime assez m'étendre. Il avait aussi des exergues, inutile d'insister, il préférait ne pas y songer maintenant. Il ne lui manquait que les phrases.

Il s'est assis à sa table, éreinté. Que ne t'endormais-tu, le coude sur la table ? Il savait bien d'où lui venait ce sentiment d'être léger, vide, le corps exsangue et la tête exténuée : on lui avait tout pris. Partout où il s'arrêtait, dans les cafés, les restaurants, les autobus, les gens prononçaient des phrases de son livre, ils les lui avaient prises avant qu'il ait eu le temps de les écrire, il ébauchait le geste de tirer son calepin de sa poche puis s'interrompait, conscient de la supercherie, ne voulant pas se donner le ridicule de noter des mots qui étaient siens, de copier ses propres textes ; partout autour de lui la conversation des passants le plagiait, l'imitait, le parodiait en grimaces de singe où toutefois il reconnaissait des esquisses de propositions, des embryons de paragraphes et d'histoires à lui, comme si les gens, dotés d'une mémoire fabuleuse, eussent récité au long des rues toutes les pages qu'il avait pensé écrire un jour. Ils défilaient devant lui, assis sous les abribus, debout sur les quais du métro, au comptoir des bars, dans les allées des magasins et les couloirs de l'université, lâchant à son passage des bribes de phrases qui lui appartenaient, sans vergogne, cousant ensemble de leurs voix multiples des lambeaux d'existence, débitant des anecdotes dont la fin lui échappait souvent malgré la décision qu'il prenait quelquefois de ne pas descendre à sa station ou de commander un quatrième gâteau pour en savoir davantage, pour vérifier jusqu'où allait le complot universel qui l'empêchait d'écrire son œuvre originale. Plus il en entendait, plus il éprouvait la sensation d'être léger, il n'existait plus guère car il était volé, pompé, il devenait fou, de follem, ballon, il était creux comme un ballon, on lui avait tout pris. Devant l'amphithéâtre comble, deux fois déjà il avait failli éclater — des bouffées de haine imprévisibles — à les voir là tous assis hypocrites, avec la somme des choses qui leur étaient arrivées, filles ou garçons, et les mots pour le dire, et certains même avaient vécu des aventures, d'autres possédaient des épisodes, des incipit au moins, des transitions, des conclusions quant à l'amour ou à la mort, des fins bêtes comme la vie, des commencements. Il avait réussi à se contrôler, le cours s'était déroulé normalement, mais au prix d'un immense effort. Il les regardait d'un air égaré échanger saluts et nouvelles, des morceaux de phrases lui parvenaient sur l'estrade où il était censé dominer, il les contemplait avec fureur et désespoir, assis sur les gradins comme, derrière la porte vitrée d'une grande bibliothèque, des rangées de romans inaccessibles, déjà écrits par d'autres. Dans ces cas-là il avait envie de faire n'importe quoi pour qu'on le reconnaisse et qu'on lui rende ce qui lui appartenait avant qu'il soit trop tard, avant qu'on l'ait vidé sans pitié de sa substance. Personne ne le reconnaissait, son père moins qu'un autre ; jamais on ne le reconnaîtrait, ni son père ni la postérité. Il serrait sa tête entre ses mains, grosse coque vide, ballon bouffi d'air. Depuis quelques semaines il avait encore grossi, prenant du poids, de l'âge, tandis qu'on lui prenait sa voix, ses pages. Il fallait faire quelque chose, vivre ce n'est pas respirer c'est agir. Mais il n'arrivait à rien, à peine une page en huit jours, encore avait-il le sentiment abominable d'avoir déjà lu ça quelque part.

Il devait pourtant pondre quelque chose. La nuit avançait. Ce travail l'exténuait sans résultat, il transpirait, il se tordait l'esprit et il n'en sortait rien, rien, c'était à devenir fou, mon cœur si faible est fou, c'était trop tard, tout est dit et l'on vient trop tard... Qu'avait dit à son amie cette jeune femme rousse croisée sur le boulevard. Mais qu'est-ce qu'il s'imagine, je te le demande, et cette autre : Un col Claudine, n'est-ce pas un peu trop petite fille pour mon âge ? et l'appariteur de la porte C à son acolyte, Carré d'As dans la sixième, ils s'étaient tus à son approche, et une longue histoire d'avortement sur la ligne du 38, une séparation chez Pons, Que veux-tu que j'y fasse, ce n'est pas ma faute, répétait l'homme, ce n'est pas ma faute, pratiquement après chaque phrase. Alexandre l'a balayé, il n'en voulait pas, il préférait écrire une page sur les commencements. Il était fasciné par la manière dont les histoires commencent, avec une pomme, par exemple ; mais il n'arrivait pas à commencer. Ou alors il parlerait de la mort. Oui, il se sentait doué ce soir pour l'évocation de ce moment probable où l'on perd conscience, où l'on ne sait plus. Et au moment où il le sut il cessa de le savoir, au moins était-ce un récit peu galvaudé, même si un jour au Balzar il avait vu rouler à ses pieds avec un chou à la crème une dame énorme devenue blême qui avait dit : Je meurs, il s'en souvenait parfaitement, et au moment où elle le sut elle cessa de le savoir. D'autres bribes toujours plus nombreuses assaillaient Alexandre, ses doigts tremblaient sur le vide papier que sa blancheur défend, il traçait quelques mots, le tout est de tout dire et je manque de mots, il avait déjà lu ça quelque part, on lui avait tout pris, il faut rendre à César ce qui est à César, il pressait les doigts sur ses paupières, le mieux était peut-être d'aller dormir, il était tard, tout est dit et l'on vient trop tard.

Il s'est levé. Il fallait faire quelque chose, pourtant, quelque chose de décisif, qui change sa vie.

Mais quoi ? Il ne le savait pas.

ENQUÊTE

Constance Fabre de Cazeau avait envie de pleurer, et pourtant il fallait impérativement qu'elle dépouille les derniers manuscrits avant de passer à l'imprimerie. La cause de *Boustrophédon* ne soulevait plus l'enthousiasme initial, elle se sentait abandonnée. Elle a décacheté en soupirant la première enveloppe de la pile : par chance, le texte était court et lisible.

Enquête

Pour un job bizarre, c'était bizarre. Je ne sais pas qui avait eu cette idée tordue, mais ça n'avait pu germer que dans un cerveau compliqué. En tout cas c'était nouveau dans les annales de la profession.

Tous les contacts avaient eu lieu par la poste : courrier tapé à la machine, rapports à renvoyer poste restante sous un nom à la gomme. Jusque-là, rien à dire, c'est régulier. Là où les choses deviennent étranges, c'est quand je reçus les premières directives. Jamais je n'avais eu ce genre de travail à faire ; vous pourriez chercher cent sept ans, vous ne devineriez jamais.

Je devais m'arranger pour qu'*une certaine poule* lise *un certain livre.*

Vous voyez le topo ! Deux jours après, le facteur m'apporta une pile d'exemplaires du bouquin. Le client avait été grand seigneur : j'avais droit à plusieurs essais. Étaient jointes quelques informations sur la fille, où la trouver, à quoi elle ressemblait, le minimum. S'il n'y avait pas eu une liasse de bank-notes dans le lot, j'aurais sûrement laissé tomber.

Toute la soirée je retournai l'affaire dans ma cervelle au comptoir de chez Harry's. Le J & B aide à réfléchir. La preuve, c'est que le lendemain mon plan était sur pied.

Et ça a marché ! Premier essai, transformé. Le coup n'avait pourtant rien d'évident. Filer un type, repérer un maître chanteur, découvrir un criminel, passe. Mais allez donc vous arranger pour faire faire quelque chose à quelqu'un qui n'en a pas envie. Et à une femme, en plus ! Un vrai casse-tête. Enfin moi j'y suis arrivé. Voici comment.

Je commençai par repérer le trajet qu'elle faisait régulièrement. Deux fois par semaine elle attendait une correspondance dans un patelin.

Vingt minutes, d'après l'indicateur des chemins de fer : juste le temps d'acheter un bouquin

Je repérai le tabac-journaux en face de la gare, le seul à cent lieues à la ronde. La patronne n'était pas mal, en plus ; j'ai toujours eu une bonne étoile. Bref, on bavarda, elle et moi, et je lui demandai en prenant l'air intellectuel s'il n'y avait rien à lire dans ce fichu bled. Elle me dit que oui, vexée, mais que les journaux n'étaient plus livrés depuis deux jours (décidément la chance me collait aux basques) et qu'elle avait liquidé le rayon Romans, pas assez rentable dans le secteur : vu le trou, c'était sûrement une décision raisonnable. Enfin, de fil en aiguille, elle m'emmena dans sa cave chercher de vieux stocks, des machins pas possibles dont personne n'avait voulu. Après je n'eus plus qu'à refiler discrètement deux-trois exemplaires du mien sur chaque pile, juste avant le passage de la poule, et à attendre en croisant les doigts.

Elle l'a acheté. Le lirait-elle ? Là, vraiment, c'était trop me demander. Mais en la filant, par la suite, j'ai appris à la connaître, et il me semble bien, à certains signes d'agitation, que l'objectif a été atteint. Quel est le fond de cette histoire, je ne pourrais pas le dire au juste ; car là, je n'ai pas été malin : j'aurais dû garder un bouquin au lieu de les laisser tous sur leurs piles une fois le coup réussi, j'aurais sûrement appris des choses. Même avec l'expérience on n'a pas forcément le bon réflexe. Maintenant, pour être au parfum il faudrait casquer ; c'est la meilleure !

Après, je devais lui emboîter le pas et noter tous ses faits et gestes, qui elle voyait, l'air qu'elle avait. De temps en temps, je recevais des renseignements pour la précéder quelque part, pour qu'elle ne se doute de rien. Cette enquête-là n'a pas eu que des côtés désagréables, je ne m'en cache pas ; à un certain moment je me suis pris au jeu, je suis entré dans la danse, si l'on veut, j'ai un peu abusé des consignes, mais bon, j'avais besoin d'approcher de plus près, la fin justifie les moyens. Et puis dans mes rapports je ne raconte que ce qui me chante, je n'entre pas dans le détail, chacun a ses méthodes.

Au bout du compte, j'ai effectué le boulot sans rien comprendre. À quoi ça peut bien servir, tout ça ? La fille est jolie, c'est entendu. Mais qui peut avoir intérêt à la faire suivre ? Pas un mari, elle n'en a pas. Pas un amant, elle n'en a pas non plus, de régulier je veux dire. Elle mène une petite vie tranquille, assez banale dans le fond. À mon avis. Qu'est-ce que le client trafique avec mes rapports qui s'accumulent sur les riens de l'existence ? Mystère. Dans tous les cas, tant que je suis payé, je continue l'enquête, je n'ai pas l'habitude de me dégonfler ; dans le travail c'est comme avec les femmes : j'assure du début à la fin.

Constance Fabre de Cazeau s'est pincé le haut du nez entre le pouce et l'index. Sa capacité de jugement était épuisée par les récents événements. Comme il était difficile de savoir la vérité des êtres ! Elle a rassemblé les pages du manuscrit. Elles étaient soigneusement tapées à la machine ; l'en-tête ne mentionnait aucune adresse, c'était simplement signé Camille Laurens.

- F -

F donc bien profond foin de lumière vite la fin là-haut dernière chose dernier ciel.

SAMUEL BECKETT

FIN

Presque personne n'est descendu à Beuzeville.
Claire en a été soulagée : elle n'aurait pas aimé
qu'il y ait trop de monde pour la voir monter dans
la Corvette de Francis Cosse qui pétaradait à l'entrée de la gare comme une moto ancienne, dès le
marchepied elle avait regretté d'être venue, elle
craignait les regards réprobateurs du séminariste
sur les frasques du fils à papa, luxe et luxure unis
en cette blanche idole pour le triomphe de Satan,
heureusement il n'était pas là.

Le conservateur s'est levé pour lui ouvrir la
portière avec une révérence, sa casquette en tweed
a balayé l'asphalte : la voiture de Madame est
avancée. Le chef de gare se grattait la nuque derrière la vitre de son bureau ; sur le seuil de sa boutique la marchande de journaux souriait photogé-
niquement dans le film où un riche et bel héritier
venait l'enlever à sa fade existence. Malgré le
bruit fou du moteur, la station paraissait suspendue dans l'air froid du matin. Rien ne bougeait que

les mâchoires des vaches dans les prés. Il faisait beau et sec, c'était le premier jour du printemps.

Francis Cosse lui avait laissé le choix de leur destination ; elle avait décidé qu'ils iraient à La Bouille par les petites routes. D'accord, avait dit le chauffeur aussitôt, les gens de là-bas ont sûrement une bonne tête. Il n'avait pas demandé d'explication, l'essentiel était de faire prendre l'air à sa belle engourdie par l'hiver. Claire voulait aller sur la tombe de Jacques Millière : on déjeunerait sur les bords de la Seine en regardant passer les bateaux ; au café elle s'éclipserait sans rien dire, ou bien il irait avec elle, les cimetières sont des promenades comme les autres, elle irait lire le nom sur le marbre, les noms, les dates, et puis tout serait vraiment fini, tout pourrait commencer. Elle voulait clore ainsi l'épisode, tourner la page.

Car elle s'était trompée : toute cette histoire d'*Index* ne la concernait pas, enfin pas plus qu'une autre ; elle avait pris pour elle ce qui au fond était universel, d'ailleurs elle s'appelait Claire et non pas Blanche, quelle erreur ridicule, est-ce que toutes les Iris et les Rose et les Violette s'identifiaient aux Marguerite des romans, s'étaient-elles écriées en chœur dans des lettres à l'éditeur : la Dame aux camélias, c'est moi ! D'abord elle n'avait pu y croire, ensuite l'évidence était devenue définitive : des femmes qu'on avait accusées de vol, il y en avait des tas, qu'une «belle-mère» irascible avait chassées par jalousie, des belles-

294

mères jalouses, il y en avait des tas, et des villes qui commencent par R., et des ports qui commencent par D. de par le monde. Et ce qui la réconfortait, c'était qu'il y eût aussi des femmes qui n'avaient pas voulu d'enfant, qui s'étaient arrangées, débattues pour vivre libres, des filles comme elle, moins fortes qu'elle puisqu'elles avaient parfois éprouvé le besoin d'en faire un livre où elles ne se donnaient pas le beau rôle, comme s'il fallait quand même être coupable jusque dans le récit des gestes qu'on revendique. Finalement ce roman lui avait servi : elle se sentait supérieure à son auteur, cette Camille Laurens si tel était bien son nom, qui prenait le parti des hommes en les parant des signes des héros, cigarette, chapeau, intelligence, beaux yeux, à moins qu'elle n'ait rien compris, qu'elle n'ait pas vu l'ironie, le second degré, les allusions ; mais peu importait. De toute façon elle était délivrée du cinéma qu'elle s'était fait. Elle en sortait sans trop de blessures, lisse encore, malgré le souvenir à vif dont elle savait par expérience qu'il cicatrise, la vie formant une peau nouvelle qui le recouvre. Elle allait donc voir Jacques Millière une dernière fois, elle lirait son nom sur la dalle comme, après Je t'aime, sa signature au bas des anciennes lettres, comme un paraphe qui clôt le texte du passé, Adieu Jacques, je t'aimais, je ne t'aime plus, puis elle tournerait la page. Elle n'avait pas eu le courage de jeter *Index* ni même de le laisser dans la *Frégate,* par superstition ou simplement parce que quelqu'un l'y aurait ramassé, feuilleté, peut-être lu, qui sait, et elle ne voulait pas : l'oubli n'est véritable que s'il est universel, les livres ne meurent vraiment que si plus personne ne les lit. Elle s'en était donc finalement débarrassée lors de sa dernière visite à la *Villa Mauresque* où, invisible du public et ignoré du conservateur lui-même, il calait un pied du vaisselier de Guy sur lequel elle avait en personne rangé chaque assiette pour s'assurer qu'il ne bougerait plus. Le sel et l'humidité en viendraient à bout rapidement.

— Alors, qu'en pensez-vous ? a dit Francis Cosse, ça vous plaît ?

Ils avaient quitté Beuzeville, ils roulaient sur une départementale toute droite.

— Je n'ai pas mis le hard-top, c'est mieux ainsi, non, on sent le vent ?

— Oui, c'est très bien. J'aime beaucoup.

Elle l'a regardé dans le rétroviseur. Sa casquette lui donnait un air canaille inattendu, mais sa concentration était rassurante. Il allait changer sa vie, elle le sentait. Elle a fermé les yeux ; le vent l'empêchait de respirer.

Elle envisageait assez la vie comme ça, rouler dans une voiture de sport dotée d'un pare-brise panoramique californien, d'un moteur V 8, de doubles phares, elle feignait de s'intéresser à ses explications en hochant la tête sans rouvrir les yeux, la Corvette avait fini huitième aux Vingt-

Quatre Heures du Mans 1960, l'année de ma naissance, a-t-il continué ; je suis content que vous fer-
miez les yeux, ça prouve que vous n'avez pas
peur, il n'avait pas encore trente ans, elle a souri,
elle se disait qu'elle avait rêvé cette vie-là, en
moins voyant peut-être, elle n'appréciait guère
tous ces chromes, les prises d'air factices, le style
kitsch, et puis le bruit qu'elle faisait, et puis aussi
qu'il soit si jeune encore. Les gens s'interrom-
paient au milieu de leurs conversations, se retour-
naient, les enfants couraient après eux en les montrant du doigt, là c'était trop vraiment, les berlines
avaient du bon, on y était à l'abri des regards. Elle
monte à 160 en seize secondes, vous voulez
essayer ? Elle n'a pas eu le temps de répondre, oui,
non, comment, combien, il appuyait sur l'accélérateur en serrant les dents comme s'il s'agissait
d'un exploit personnel, les mains crispées sur le
volant, le regard fixé sur l'horizon de la route tel
un champion entré en lice sur son cheval arabe,
mais elle eût préféré être dans la tribune, vêtue de
blanc. Elle hésitait à lui parler pour qu'il ralen-
tisse, au risque de le déconcentrer ; elle avait l'estomac noué, c'est quoi au juste, un moteur V 8 ?
a-t-elle dit, mais le vent seul l'a entendue. La
vitesse a diminué. La route à présent tournait un
peu. Une pie s'est envolée brusquement d'une
haie. Claire a porté les mains à son visage dans un
geste d'horreur bien qu'en réalité elle souhaitât
seulement éviter d'arriver à La Bouille avec le nez

cramoisi. Francis Cosse ne parlait plus, d'ailleurs les bruits mêlés du moteur et du vent rendaient toute conversation difficile. Il paraissait préoccupé, soudain.

Le conservateur, en effet, malgré la jouissance que lui procurait la maîtrise de sa propre ivresse, n'était pas heureux. Premièrement il avait reçu les dossiers d'inscription aux concours du Quai d'Orsay, enfin, concours, c'était vite dit, cela lui faisait plutôt l'effet d'une belle arnaque. Il y avait en moyenne trois postes, pas nécessairement pourvus, précisait la notice, ainsi en 1987 avait-on dénombré : postes : 2, candidats : 17, admis : 0. Ce bilan déjà avait jeté un froid ; mais il s'était glacé tout à fait en découvrant à la page suivante la liste des épreuves : lui qui avait pensé se remettre tranquillement au russe niveau terminale avec la méthode à Mimile, il lui faudrait aussi avaler, au choix mais obligatoirement, le tchèque, le polonais ou le bulgare, à moins qu'il ne lui vînt l'ambition de s'immerger dans l'hébreu ou le chinois, sans compter l'arabe, s'il souhaitait briguer ce titre légendaire de Secrétaire d'Orient auquel il avait rêvé quelquefois, s'imaginant inventorier non plus les guenilles d'un écrivain vérolé mais les fastes des Mille et Une Nuits, sans toutefois négliger les nécessaires figures du tango argentin aux réceptions de l'ambassade, qu'il eût apprises plus facilement que le serbo-croate, à n'en pas douter. Il savait bien que, pour entrer dans la diplomatie, il y avait le concours et le concours de circonstances, mais il ne connaissait personne susceptible de donner à ces dernières le coup de pouce favorable. Et pourtant il mourait d'envie de quitter la *Villa Mauresque,* ou, plus exactement, parce qu'au fond il aimait bien Guy, de planter là les soi-disant amis de Maupassant dont le président, M. Davert, avait failli la veille exploser de fureur : Comment, le musée n'ouvrirait pas ses portes pour le 21 mars ? Et lui qui avait lancé des invitations pour un week-end printanier en littérature, de quoi aurait-il l'air ? D'un vautour, estimait Francis Cosse. Ce n'est pas ma faute, avait-il dit. Il a crispé les mâchoires à ce souvenir et donné un bref coup de klaxon à des gamins qui dégringolaient d'un talus en poussant des cris. Vu le salaire d'un conservateur de province, on ne pouvait pas en plus le rendre responsable si tout n'allait pas parfaitement. M. Davert avait parlé de se plaindre au ministère. Faites, faites, avait répondu Francis Cosse. Ce n'était pas sa faute et il comptait bien ne pas se laisser refiler le bébé, ça non, on-ne-lui-fe-rait pas por-ter le cha-peau.

Cette certitude l'a détendu. Mlle Desprez nouait avec difficulté sous son menton un foulard imprimé de roses ; elle portait des couleurs de saison jusque sur les joues et sur le pourtour des oreilles. Voici des blancs frimas la fin, Le Bonhomme Hiver est défunt. Seule la cicatrice à sa tempe faisait une ligne blême.

— Vous avez froid ? J'aurais dû vous prévenir de mieux vous couvrir. Vous voulez mon blouson, ma casquette ?

Elle a ri : Non non, merci — elle criait —, je ne vais pas vous déshabiller, enfin, non, ça va très bien.

Ils ont roulé en silence. Il prenait les virages un peu vite, les pneus crissaient, mais la route était bien sèche. Alors, vous l'aimez ? a-t-il dit. Claire s'est éveillée d'un rêve où la question se posait justement. Oui. — Ça me fait plaisir. Vous savez, je suis fou de cette voiture, de toutes les voitures d'ailleurs, enfin les belles. C'est comme les chaussures. C'est comme tout. Ma prochaine, ce sera une Jag, la type E, vous voyez ce que c'est ?

Claire ne voyait pas, elle n'avait jamais reconnu que les 2 CV et les 4 L. — Mais les prix grimpent... Enfin on peut toujours rêver... Pour les approcher de près, il faudrait... je ne sais pas... travailler dans un garage. C'est peut-être là que je finirai, au fond.

Il se parlait à lui-même, tristement, a pensé Claire. Il avait ralenti. Elle avait les larmes aux yeux, la vitesse sans doute.

— Vous croyez qu'on peut devenir fou, comme ça, d'un seul coup ? a-t-elle dit.

Il s'est esclaffé : — Pourquoi ? Vous voulez m'enfermer ? Vous me trouvez dingue, c'est ça, avec mes histoires de bagnoles ? Allons mademoiselle, un peu d'indulgence : c'est une folie douce, tout de même.

— Non, je veux dire : fou. Vraiment fou.

— Ah! fou...? Fou à lécher les murs de sa chambre, comme Guy dans la clinique du Dr Blanche?

— Oui, enfin, pas tout à fait non plus. Je me demandais... Est-ce que les choses peuvent aller si vite?

Tout est allé si vite, avait dit Madame Blache en lui ouvrant la porte, rue Chapon. Une tenture déteinte pendait le long du mur, ses agrafes encore accrochées aux lisières. Je ne l'ai pas entendu sortir. Et puis la police a téléphoné. Sur son bureau il avait laissé un mot : Le dire à Claire. C'est pourquoi je vous ai prévenue.

Claire admirait la piété maternelle qui obéit encore aux ordres d'un fils interné à Sainte-Anne. Elle s'est avancée dans la chambre en enjambant quelques livres, signes d'une lutte contre les démons peut-être. Elle n'était pas émue, plutôt incrédule, elle ne comprenait rien; ne s'étant jamais proposé d'autre fin que de ne pas se faire remarquer, elle concevait mal comment on peut à ce point montrer aux autres ce qu'on est, sinon par l'effet d'une folie ou d'un désespoir également sans remède. Elle ne l'a pas dit, mais il lui paraissait incroyable que Mme Blache pût encore parler, expliquer, décider, comme si tout n'était pas fini, comme si elle n'avait pas perdu son fils, perdu la raison de son fils et donc sa raison d'être, comme si elle n'était pas seule, à jamais sans lui, parti, envolé, la tête en allée. Et pour la première fois l'amour des mères a semblé à Claire moins monstrueux que pitoyable.

Ensuite elle a changé d'avis, quand elle a vu Alexandre à l'hôpital. Il n'avait pas de camisole de force, il était habillé avec soin. Seuls les cheveux étaient un peu en désordre. Rien n'était anormal : il parlait autant que d'habitude, aussi bien, avec des gestes éloquents de la main, la voix simplement enrouée par une grosse bronchite. Il a parlé de choses et d'autres, sauf de ce qui l'avait amené là, justifiant sa présence dans cette chambre nue par une grande fatigue, le trimestre avait été pénible, il avait eu beaucoup de travail, ses cours, sa thèse, et puis d'autres travaux difficiles à mettre en œuvre, elle savait bien quoi, inutile d'y revenir, pour l'instant il s'octroyait quelques jours de congé, une cure de sommeil sans doute. Je me réveillerai le jour du printemps, comme les marmottes, avait-il conclu.

Que s'était-il passé exactement ? Madame Blache, la police et le médecin de garde de Sainte-Anne avaient à peu près reconstitué, à l'aide de leurs témoignages successifs, l'itinéraire d'Alexandre dans la nuit du vendredi au samedi, et c'est bien plus dans ce dossier que dans sa mémoire qu'il lui faudrait, des années après, chercher de quoi alimenter la page qu'il tentera d'écrire, dans des affres pareilles, sur la folie ordinaire, À moi. L'histoire d'une de mes folies, quand l'un de ses personnages — mettons... Guy, par exemple — fera ce qu'il n'a déjà plus souvenir d'avoir fait.

«Le... mars..., Guy sortit à cinq heures. Il faisait nuit, ce n'était pas encore l'aube. La rue Chapon était déserte, odorante, et, comme si la nuit exacerbait les parfums, il sentit les fortes vapeurs d'acétone qui s'échappaient des maroquineries chinoises. Quelques lampes brillaient derrière les fenêtres, des couche-tard, des lève-tôt, des travailleurs clandestins, des fêtards plus probablement, un samedi. Au croisement de la rue Beaubourg, une voiture pleine à craquer, vitres ouvertes d'où débordaient des bras et même une jambe, passa dans un hurlement. On lui jeta une fleur rouge. Il pensa que c'était des noctambules chassés des Trottoirs de Buenos Aires à l'heure de la fermeture. Il avait froid, il serra son manteau contre lui mais des frissons glacés lui hérissaient la peau. Il marcha rapidement jusqu'au carrefour de Bretagne où l'appelaient son devoir et sa destinée. Sur le chemin il ne croisa qu'un piéton errant à visage de pauvre type qui le regarda pourtant de la tête aux pieds, longuement, comme étonné de rencontrer plus perdu que lui, plus fini. Les automobiles, veaux paisibles, étaient couchées dans la pénombre où luisaient ici et là les numéros d'une plaque, la lettre d'un pays. Une enfilade de voitures le long d'un trottoir rectiligne lui rappela le train électrique de son enfance avec lequel il avait joué des mois entiers sur le tapis du salon. Il arrangeait les barrières, les tunnels, les pylônes, les gares, courbait la voie en des méandres subtils, plaçait les ponts, compliquait les parcours d'aiguillages minutés. C'était lui surtout qui décidait qui allait passer, qui s'arrêter, qui attendre à la station ; il avait même le pouvoir de programmer un accident. Il l'avait fait une fois, par curiosité de voir se disloquer les wagons dans un bruit de ferraille et une gerbe d'étincelles. Ensuite il s'était lassé, il avait préféré les bateaux du bassin du Luxembourg, puis les livres.

« Il se posta exactement au centre du carrefour, sur le rond-point rouge et blanc surélevé, et se mit à régler la circulation. Bien campé sur ses pieds, la tête haute et le geste impérieux malgré le froid glacial, il contrôlait le flux des véhicules français et étrangers qui débouchaient des différentes artères. De l'index il faisait signe à ceux-ci de dégager rapidement, menaçait ceux-là qui ne ralentissaient pas, bloquait un flot d'une seule paume, des F mais aussi des B d'une lenteur effarante, pauvre Belgique, des E muets, dociles au coup de sifflet qu'il lançait en mettant deux doigts dans sa bouche, quelques D dirigés sur la droite d'un simple mouvement des bras ; les théories désordonnées s'organisaient, les flux et flots obéissaient, s'articulaient en une syntaxe impeccable dont il était le maître. Enfin on reconnaissait son autorité. Son manteau entravant ses signaux, il le plia en deux à ses pieds. Lorsqu'il se releva, une piétonne s'engageait dans le passage clouté, arrogante, le nez en l'air, exactement comme s'il n'avait pas été là, de profil par rapport à elle, les deux bras perpendiculaires au corps. Il introduisit l'index et le majeur entre ses dents, un peu trop loin, il eut un hoquet, il se reprit et siffla. La passante indisciplinée tourna la tête, se rendit compte de sa faute et fit demi-tour en courant comme une folle ; il n'en demandait pas tant, il suffisait de se soumettre à sa volonté. Il jouissait du vertige de la puissance : il était libre de choisir, personne n'osait le contredire ou seulement l'ignorer, le méconnaître. C'était lui qui ordonnait le monde et non le monde qui le dominait. Il était en dehors des lois odieuses qui contraignent les gens obscurs, il régnait, il brillait parmi le flot dompté du carrefour de Bretagne. Il profita d'un moment creux pour réchauffer son nez entre ses mains, et c'est à ce moment que déboula du fond de l'avenue une lumière bleue clignotante beaucoup trop rapide à son goût. Il pivota aussitôt pour lui faire front, prit sa pose de grand chef indien. Un instant il douta douloureusement si ce chauffard allait négliger son injonction. Mais à son immense soulagement la lumière bleue s'arrêta net en face de lui. »

Mme Blache, avertie par téléphone, s'était précipitée dans l'escalier, au bas duquel elle avait trébuché sur le pyjama en pilou de coton de Raymond. Celui-ci avait donné le numéro de la rue Chapon, tout en prétendant se nommer Z, vous savez, le Z du Colosse de Rhodes, vous ne me reconnaissez pas ? Cela s'appelait une bouffée délirante, il était trop tôt pour dire si le phénomène se reproduirait ; on le gardait quelques jours en observation. Sa fiche le classait parmi les Exhibitionnistes, ce dont Mme Blache s'offusquait, s'appuyant pour affirmer bien haut la pudeur de son fils sur le témoignage d'un infirmier de Sainte-Anne qui avait eu toutes les peines du monde à détacher la main droite du patient de ses couilles gelées et la gauche du chapeau dont il ne s'était à aucun moment défait.

— Vous savez, disait Francis Cosse en amorçant un virage en épingle, le corps penché vers elle qui se tenait du bout des doigts au tableau de bord, je vous répondrai ce qu'un malade a crié à Guy en 1889 lors d'une visite à l'asile de Tunis : «Nous sommes tous fous, moi, toi, le gardien, le bey.»

Dans le vacarme du moteur, Claire n'a pas bien entendu, elle a seulement noté qu'enfin il l'avait tutoyée. Sur le fond, elle n'était pas tout à fait d'accord, elle ne se sentait pas folle ; il lui semblait qu'on n'était fou vraiment qu'aux deux extrêmes de la vie, dès la naissance ou en vieillissant, comme ses parents, au sujet desquels elle avait d'ailleurs reçu un appel téléphonique du Dr Le Guennec, chez elle, à Paris ; sa voix énigmatique l'avait agacée, ces médecins de province supportaient mal de rester à leur place, il leur fallait des occasions d'exercer un pouvoir qu'ils n'avaient pas. Il lui avait demandé quand elle viendrait à Rouen, il avait des éléments à lui communiquer confidentiellement. Il y a mes frères, avait-elle dit sans aménité. Oui oui, je sais, mais vous étiez, enfin vous êtes la préférée de votre père, je crois ? Elle n'avait pas eu le cœur de nier cela, qu'elle était la préférée de son père. Elle devait le voir le vingt-trois mars. Elle détestait en bloc le corps médical imbu de son savoir, que savait-il au juste ? La vitesse l'étourdissait, elle avait envie de dormir, de plonger sans fin dans l'inconscience comme ce pauvre Raymond, d'oublier les folies, les pères et mères universels, et *Index,* et Jacques, et les déraillements, et tout. Cela n'avait été qu'une erreur d'aiguillage, il fallait se remettre sur les rails ; car elle aussi après tout avait été folle, à y bien regarder, avec sa hantise résurgente du passé : elle avait cru voir dans un livre le dessin de sa vie tracé par quelque main mystérieuse quand le hasard avait tout seul forgé les ressemblances. *Index* était le poing fermé du Colosse de Rhodes, où Zeld avait reconnu le génie d'un démiurge antique avant d'être obligé d'avouer que les sillons des doigts crispés avaient été sculptés naturellement par la force des flots sur un rocher énorme, avant de reconnaître que de cette œuvre la mer était l'auteur.

— J'ai faim ! a hurlé le conservateur. Pas
vous ?

Au sortir du virage, des vaches avaient laissé
des paquets de bouse encore fumante. Un moineau
s'en est envolé sur la droite en même temps que
le capot de la Corvette, et hop. Un pré d'un vert
intense s'est approché puis éloigné. Sur le bord
opposé, un paysan en bleu, bouche entrouverte,
levait un doigt vers la visière de sa casquette,
ou vers sa tempe peut-être, ils étaient fous ces
Amerloques, ils allaient se tuer à rouler si vite.
Le conservateur se démenait comme un dément
qu'agite une danse de Saint-Guy, tanguant d'un
côté et de l'autre entre des talus houleux comme
des vagues. Nous irons à San Francisco, un choc
violent a projeté Claire contre l'épaule de Francis
Cosse, nous n'irons même pas à La Bouille, elle
s'est vue avec lui dans l'éclair du rétroviseur. Est-
ce que vous m'aimez ? Elle s'était encore fait des
illusions, d'ailleurs il était trop jeune. Toutes les
histoires se ressemblent, les gens sont les mêmes
aussi, on a beau inventer des fins, des feintes, c'est
toujours pareil. Changer sa vie, quelle blague ! La
changer en mort, oui, et pftt...

Un grand crac a déchiré la carrosserie. Mourir...
Il n'y a pas de neige au printemps, il y a de la
merde. Jacques, Jacques, j'accours... Mais elle n'y
croyait pas, elle était amoureuse, elle voyait le
destin comme un romancier qui ne peut pas
décemment priver le monde d'une histoire inté-

ressante. Elle était donc à l'abri des imprévus, Dans Le Très-Haut tu as placé ton abri, une phrase d'*Index* lui a traversé la mémoire — ou bien était-ce un brouillon d'Alexandre Blache? — Blache est vache, et au moment où elle le sut elle cessa de le savoir. Francis Cosse a lâché les commandes. Mlle Desprez avait glissé le long de son bras droit, sa chère Belle et Blanche a dérivé, chaviré dans l'océan des prés. Qu'est-ce que vous avez à la tempe, c'est une chute de ski, c'est ça? Un accident aux Arcs il y a douze ans, c'est ça? Je suis désolé... Lui non plus n'a pas pensé à la mort, vieux capitaine, il appartenait à cette catégorie de gens qui croient leur fin impossible tant qu'ils ont quelque chose à faire, comme si les projets empêchaient de mourir. D'ailleurs ils étaient jeunes, ils avaient la vie devant eux: le destin n'attendrait-il pas qu'ils soient âgés?

Index

DU MÊME AUTEUR

Aux Éditions P.O.L

INDEX, 1991 (Folio n° 3741)
ROMANCE, 1992 (Folio n° 3537)
LES TRAVAUX D'HERCULE, 1994 (Folio n° 3390)
PHILIPPE, 1995
L'AVENIR, 1998 (Folio n° 3445)
QUELQUES-UNS, 1999
DANS CES BRAS-LÀ, 2000. Prix Femina (Folio n° 3740)

*Composition Bussière
et impression Bussière Camedan Imprimeries
à Saint-Amand (Cher), le 20 septembre 2002.
Dépôt légal : septembre 2002.
Numéro d'imprimeur : 23218-022596/1.*

ISBN 2-07-041792-1./Imprimé en France.